Police at the Funeral

法拉第葬礼

［英］玛格丽·阿林厄姆——著

薛璇子——译

海文艺出版社

上海故事会文化传媒有限公司

名家导读

/刘苏周

刘苏周，华东师范大学比较文学和世界文学文学博士，淮北师范大学外国语学院副教授、硕士生导师，主持和参加多项国家社科基金、省部级科研项目。

二十世纪二三十年代，英国民众的爱国热情逐渐低落，代之而来的是对现实的不满。为了忘却纷扰的现实，人们有时渴望通过文字游戏、恶作剧乃至"谋杀"来消磨时间，侦探小说正好顺应了这一需求，从而在战后通俗小说创作中找到了自己的立足点。

在此期间，一大批优秀作家脱颖而出，标志着侦探小说黄金时代的到来。其中，最富有人气的当属有着"侦探小说四大女王"之称的阿加莎·克里斯蒂、多萝西·赛耶斯、玛格丽·阿林厄姆（和恩加伊奥·马什。她们继承了爱伦·坡和柯南·道尔等人创设的古典式侦探小说创作模式，即通常将故事的背景设置在有钱人家的乡间别墅，人物则除了管家、仆役外，大都属于有钱、有闲阶层，而破案者要么是才智过人的大侦探，要么是博学多识的业余侦探。同时，她们在创作过程中却又不时挑战、突破已有的创作规则，试图将案件从客厅或花园中搬出来，使之突破智力游戏的框框，成为真正具有文学地位的作品。在她们的笔下，各自形成了细腻、粗犷、奇异、严峻、恐怖、幽默的艺术风格与流派。相比之下，"校园谋杀案"体裁以及"离经叛道"的艾伯特·坎皮恩侦探形象的塑造，让阿林厄姆成为黄金时代唯一超出阿加莎克里斯蒂作品销量的作家。

阿林厄姆1904年生于伦敦伊灵一个拥有浓厚文艺气氛的家庭，父母皆为作家兼编辑。七岁时，刚进入寄宿学校的阿林厄姆便在祖父任编辑的《基督教环球报》上发表了一篇小故事。十五岁那年，她离开剑桥珀斯女子学校，并以戏剧专业学生的身份进入伦敦摄政街理工学院学习。1923年，年仅十九岁的她发表了自己的处女作《黑纱迪克：梅尔西岛的故事》。尽管这只是一篇冒险故事，却是她迈向二十世纪伟大作家生涯的起步。此后，她又尝试写了几部剧本和严肃小说，但始终觉得和自己的写作风格发生冲突，遂决定转而从事侦探小说创作。1928年，随着《白色小屋之谜》的出版，阿林厄姆在侦探小说职业生涯上迈出了重要一步。一年后，她又在《布莱克·达德利的罪恶》中实现了写作上的重大突破，小说中的业余侦探坎皮恩则成了她后续作品的灵魂人物。"二战"爆发后，她积极参加民防，并据此创作了自传体小说《橡树心》，描述了英国民众的恐惧和抗战决心。1944年，她重返侦探小说创作。到1966年去世时，阿林厄姆创作了共二十余部坎皮恩系列侦探小说，包括《法拉第葬礼》《幽灵的死亡》《献给法官的花》《给殡葬者添活干》《烟中虎》，等等。书迷们担心她心爱的坎皮恩系列小说会和她一起死去，于是，她的丈夫菲利普·卡特以她的名义不仅完成了遗作《鹰的货物》，还额外创作了两部坎皮恩侦探小说。1969年去世时，他仍遗留了一部小说片段。2012年，迈克·里普利用这一片段续写了一个新的坎皮恩故事《坎皮恩先生的告别》。

事实上，阿林厄姆算不上"校园谋杀案"体裁的开创者。早在爱伦·坡撰写第一部侦探小说之前，高等院校就在犯罪小说中占有一席之地。十七世纪英国诗人约翰·多恩就曾在一篇布道中说道："大学是一个天堂，那里有知识的河流……它也是……封闭的水井，那里有无数深不可测的忠告。"而20世纪诗人奥登也曾在《有罪的牧师》一文中说："侦探小说需要一个'封闭的社会'……越像伊甸园的地方，犯罪就越明显。"很明显，西方的学院和大学满足了这些必要元素。它们就像乡村别墅或者村庄一样，四周布满高墙，宵禁时大门紧闭，以至案发时嫌疑人均被限制其中。即便如此，侦探小说的这个子类型直到二一世纪初才出现。虽说爱伦·坡在小说《莫格街的谋杀案》中，将杜宾的出现场所安排在了一个图书馆，但爱伦·坡还不能称为"校园谋杀案"侦探小说的起源。这个荣誉似乎更应该属于柯南·道尔，他在1904年创作的三个侦探故事——《修道院学校》《失踪的四分之三》《三个学生》，均以牛津和剑桥大学校园作为背景。不过，直到侦探小说的黄金时代，这个校园谋杀案子类型才逐渐走向高潮，具有代表性的作品包括阿林厄姆的《法拉第葬礼》和多萝西·塞耶斯的《校庆狂欢夜》，前者聚焦于伊格内修斯大学专横的校长遗孀卡罗琳·法拉第姨姥姥及其家族死亡的诡谲气氛，后者中讲述的凶案则发生在以牛津大学萨默维尔学院为蓝本虚构的什鲁斯伯里学院。

阿林厄姆的另一个成功之处在于她塑造了一个与众不同、怪异滑稽、充满张力的侦探坎皮恩形象。在她的早期作品中，这位年轻的侦探只是一个小人物，虽是贵族出身，却显然没有福尔摩斯、波洛那般高傲、冷峻的外表，而是戴着一副大镜框眼镜和一顶老式粗花呢帽，显得十分滑稽且极不协调。同时，他身材瘦削，面色苍白，但行动起来却极为灵活、利落，甚至能将身强体壮的嫌疑犯打翻在地。此外，他不是传统的福尔摩斯式的无所不知的逻辑学家，而是显得有点呆滞、愚笨，不仅容易判断出错，还会错过很多线索，甚至经常会和一些不太合适的女性纠缠不清，但他的直觉同样展示了侦探的最佳品质。这种略显怪异滑稽的侦探特性，加上纯粹惊悚的情节以及作家幽默的笔调，恰好迎合了二十世纪二十年代中产阶级读者的消遣性阅读心态。

不过，阿林厄姆后期作品的风格发生了较大转变。一方面，她不再着重于塑造娱乐性强但肤浅的角色。换言之，小说中坎皮恩的怪异滑稽的特性逐渐被淡化，取而代之的是成熟、高明和正义等特质。同时，侦探坎皮恩也退为陪衬的背景人物，罪犯反而跃身为整个故事舞台的中心。另一方面，她不再依赖脑筋急转弯式的谜题，而是转向更多严肃的社会现实和人道主义关怀。在《法拉第葬礼》等旦期作品中，她主要集中于调查人员和侦探评估犯罪细节、主要嫌疑人"牢不可破"的不在场证明、楼层平面图、或快或慢的时钟、隐藏的通道和密室等重点环节，换言之，"如何谋杀"往往比"为什么或谁谋杀"更重要。然而，她后期的作品不再钟情于利用这些情节机制或巧妙的曲折来吸引读者，而是转向通过让读者关注人物及其动机来吸引他们的情绪。因此，她的人文关怀、对英国社会的讽刺以及后期小说中挥之不去的邪恶景象，也成为读者津津乐道的话题。

正如阿加莎·克里斯蒂评价得那样，阿林厄姆的侦探小说还具有一种通常与犯罪故事无关的气质，那就是"优雅"。一方面，她在小说中创造并使用的怪诞手法，使之充满了古怪的想象与热情；另一方面，她的作品还具有狄更斯等维多利亚时代大作家的风范，背景描写细腻，对衰败的知识分子家庭的描写有趣、惊险、感人。她在此试图向读者证明的是：侦探小说同样可以不故作深沉、矫揉造作，不模仿中产阶级的消遣性小说，而写成有艺术水准的作品。

Contents

"一位慈善家长眠于此"

在伦敦的街头巷尾，但凡有人尾随他人，无论尾随者和被尾随者多么小心谨慎，也很难不被人察觉。

至少有四个人注意到不久之前刚被提拔为"五巨头"之一的斯坦尼斯劳斯·欧茨督察现在正被人沿着上霍尔本街一路跟随。尾随者身形矮胖，穿得破破烂烂的，但同时又有种说不上来的感觉，让人转眼就忘记了。

欧茨督察身穿雨衣，双手插兜，头戴一顶旧毡帽，衣领高高拉起，几乎抵着帽檐。他耸着肩往前走，鞋子也湿哒哒的，步伐沉重，一副垂头丧气的模样。

跟踪者是个壮实的男人，偶然经过的路人兴许只当他是个马贩子，很难发现他正在尾随欧茨督察。若是他知道已经有人发现自己对欧茨督察的行踪感兴趣的话，肯定会大吃一惊。在地方银行门口卖花的卡特大妈早就发现了欧茨先生和他身后的"尾巴"，她很好奇尾随者有何目的。她朝女儿大喊，后者趁着等《伦敦标准晚报》晚间号外的货车的间隙，把自己的高跟鞋在溪流经过的排水沟里灌满了水。

在英美大酒店台阶上的门童也发现了这两个人，暗暗得意没什么事儿能逃脱自己的双眼。斯台普旅馆前停着的最后一辆出租车里，托德老哥无精打采地等待晚高峰，担心刹车会不会在这场暴雨中失灵，他的眼神掠过眼镜钢丝边框，注意到了这个奇怪的场景。

此外，欧茨督察自己也觉察到这一情况。二十五年的从警生涯让他变得尤其警觉，他敏锐地发觉自己此时并非在独自散步。那位默不作声，与他小心翼翼地保持一定距离的同伴仿佛就在身侧。

欧茨督察对此有所觉察，但他并不想过多理会。也许有不少人都对他心生怨恨，恨不得针对他发动一场袭击。然而据他所知，还没有一个人胆敢在光天化日之下的城市中心冒险一试。于是他踩着水，迎着雨继续啪嗒啪嗒地往前走，迷失在自己抑郁的情绪之中。并没有什么事能让这位头发油腻，腹部微凸但脾气温和的男人心烦意乱，他只不过感觉有些消化不良，再加上预感自己好运到头，一种厄运将至的不适感令他有些不安。他算不上是一个联想丰富的人，然而预兆就是预兆。他才刚刚成为"五巨头"，所以他身上的责任和一切可能出现的困难，分毫也不会减少。

出门散步消消食却碰到下雨天——雨根本没有停的意思。高架桥这里更是狂风怒号，大雨如注，他停下脚步暗暗咒骂自己。现如今，跟在他身后的那个模糊的身影也就算不上是什么麻烦了。见鬼！这场雨把他淋透了。附近一家旅馆都没有，感谢政府慈母般的体贴入微，酒吧一个半小时后才准许营业。淋湿的裤腿紧贴着脚踝，他紧了紧雨衣领子，立刻感觉雨水顺着帽檐流进后脖子里。

他本可以有千百种选择，乘的士回到苏格兰场，或者去个餐馆还是旅馆之类的地方，悠闲地弄干自己，但他这个人生性执拗，不懂变通。他环顾四周，心想，即便在这片荒无人烟的地方，哪怕是个初出茅庐的小警员也一定知道在哪里可以避风挡雨，能让人擦干身体，暖和暖和自己，说不准还能独自一人，惬意地抽一斗禁烟。

伦敦，跟千百年来所有已经建成或重建改造的大城市一样，有各种各样奇奇怪怪的角落，那些被遗忘但珍贵的小片土地，虽然属于公共财产，却早已隐藏在大量私人财产的巨石堆之中。站在高架桥上，斯坦尼斯劳斯·欧茨想起二十年前，那时他还只是个从地方郡县到伦敦的基层巡警。毫无疑问，他之前回家的时候肯定途经过这条隶属于霍尔本辖区的沉闷街道，在他字斟句酌应付完春天那场可怕的面试之后，抑或是将吹嘘得有些离谱的简历交给马里恩之后——那位至今还待在多塞特郡，亲切友善，很容易相信别人的老好人。毫无疑问，这一切都难免让他心生退意。

周围的建筑早已旧貌换新颜，但是脚下的土地依然如故。回忆袭上心头，起初零零散散的，仿佛是透过树叶的间隙所看到的斑驳景色一般。突然，他想起热麻袋和热水管发霉的气味，之后，一切都想起来了——昏暗的甬道尽头的那束光亮，嵌在墙壁中的那扇红色大门，门外挖土机的铲斗，以及大门正对面的雕像。

他瞬间精神一振，再次启程，朝城市走去。经过一个急转弯，迎面是一道狭窄的拱门。拱门就挤在两个宫殿式的入口之间。走廊上铺着的窄条石板都已经被磨平了，乱七八糟地拼凑在一起。石灰墙壁上挂着一块破旧的小公告牌。公告牌上的字一半都被灰尘掩盖，根据模模糊糊的阴影，隐约能看出上面简简单单写着几个字："通向墓地"。

斯坦尼斯劳斯·欧茨督察毫不迟疑地沿着这条陡然而下的通道径直走去。

步行几米后，他来到一个小院子。自打知道这个地方以来，院子的门脸就从未改变过，还是老样子，就和过去的几百年以来一模一样。院子四周黑褐色的建筑物高耸入云，勾勒出一小块充满敌意的灰色天空。这片古建筑群的正中央有一个特殊的通风井，占据了院子一大半的空间。一块长方形的枯黄色草坪四周围着围栏，围栏里稀稀拉拉地长着些许杂草，草坪中央立着一尊穿着紧身衣裤的男性石雕像。好奇者可以从雕像脚下的碑文中得到答案：

> 托马斯·利利普爵士
>
> 这片土地的主人
>
> 他的尸骨得以在此地安葬
>
> 莫要扰他安宁
>
> 否则尔等灵魂难安
>
> 伦敦市长阁下，1537，

在这些字下面还有较为现代的表述：

> 一位慈善家长眠于此
>
> 切勿迁移。

至此，后来伦敦那些虔诚又或许有些迷信的权贵们对托马斯爵士以及他的财产无比尊重。他们的产业遍布在他墓地周围，但绝不会安置在他墓地的正上方或正下方。

然而，由于法律对地役权的严格规定，不允许把他人不动产作为货物入口，于是这片街区的建造者就利用这个小院子来运输煤炭。欧茨督察记忆中位于雕像右侧的红色大门便是通向街区东边一个老商行放置陈旧的供暖设备的地方。

门由铲斗支撑，一如既往地大敞着。欧茨督察目光如炬，发现铲斗似乎还是从前的那一个。不知道老伙计福昕———一个熟悉的、令人愉悦的姓名出现在他脑海——现在还抽不抽烟。每走一步，心情也随之变得轻松。他有些雀跃地走进昏暗的锅炉房，竭力遏制住自己的荒唐想法，不要踢门旁的铁桶一脚。

"要是我没弄错，华生，我们的委托人来了，"昏暗的角落传来一个声音，"天哪！是警察！"

倒吸一口冷气，欧茨督察迅速扭头，发现自己对面有个年轻男性晃晃悠悠地坐在火炉旁边的一堆废弃物上面。借着炉火的光亮，他看清了对面的人，瞬间让他如释重负。

此人身材瘦削，干净利落，但他面色苍白，大半张脸被他的玳瑁架眼镜遮住了。年轻人的脑袋上得意扬扬地戴着一顶老式猎鹿帽，显得十分不协调。

总侦缉督察斯坦尼斯劳斯·欧茨被他这副打扮逗得捧腹大笑。十分钟后，他才有所缓和，止住了笑意。

"坎皮恩！"他问，"你这是在等谁啊？"

年轻人艰难地从他的宝座上下来，朝欧茨伸出手。

"我正在等一位委托人，"他漫不经心地说，"我在这儿已经等了半个小时了。你在找什么？"

"温暖以及些许清净，"另一位满腹牢骚地答道，"这天气搞得我肠胃不舒服。"

他脱下雨衣，不由分说地抖了抖，然后把它铺在坎皮恩之前休息的地方，接着又把帽子也同样一番操作。在确保自己不被烫伤的前提下，他尽可能地靠近锅炉取暖。

他的同伴注视着他，那有些茫然的脸上露出一丝笑意。

"我看啊，你还是从前那个小警察，"他说，"发生什么事了？老鲍比又重提当年被捕的事儿了？又或者这是咱们大人物的一次感伤之旅？斯坦尼斯劳斯，我讨厌这么刨根问底的，但是我一直在等我的委托人，我跟你说过的。实际上听到你脚步声的时候，我还以为你就是那个神秘的'她'呢，没想到是你，说真的，我还有些沮丧哩。"

欧茨督察从锅炉那边转过身，仔仔细细地打量着他的朋友："今天你怎么穿得这么讲究？"

坎皮恩摘下头上那顶难看怪异的粗花呢帽子，爱惜地看着它，

"我来这儿的路上顺道去了贝洛克的店里一趟,"他回答说,"正巧看到这顶帽子。他们说每年都会为乡村教区司铎制作这么一顶帽子,用来参加当地的狂欢节,我必须要得到它。与一位富有浪漫气息的委托人会面,正好需要这个东西,你不觉得吗?"

欧茨督察咧嘴笑了笑,四肢逐渐暖和起来,人也变得温和起来。

"坎皮恩,你可真是个别出心裁的家伙,"他说,"你出现在这些最为稀奇古怪的地方,我一点都不觉得意外。我敢说这个藏身的小地方,伦敦有一半人都不知道。二十年来我第一次来这儿,居然看到你西装革履地坐在这里。你是怎么找到这个地方的?"

坎皮恩解开猎鹿帽的护耳,若有所思。"是卢格那个老好人鼓动我接这个案子的,"他回答道,"他还跟着我,你知道的,他既是我的副手又是家仆。我一直在找一个合适的地方与那位年轻的女士见面,谁让她被严重误导,以为我是个私家侦探哩。"

欧茨督察把烟斗在锅炉上磕了磕,清空烟灰。

"怎么会有这种传言,这也太可笑了!"他说,"那这些日子你是怎么称呼自己的?"

坎皮恩用责备的目光看向他。"'协查冒险家',"他说,"前几天我突然想到这个名字,我认为这个称呼是对我的一种完美概括。"

欧茨督察严肃地摇了摇头。"不再加上'圣杯骑士'这几个字?"

他说，"上次你可把我吓坏了，总有一天，你会惹上大麻烦的。"

闻言，年轻人满面笑容。"你所说的麻烦一定是弥天大祸。"他喃喃道。

欧茨督察这次并没有笑。"这正是我所说的麻烦，"他指着门外围栏里的那丛草坪说道，"很可能以后没人会在你脚下写下'一位慈善家长眠于此'。这次又是什么案子？上流社会的一桩丑闻？还是你要去捣毁哪个间谍组织？"

"都不是，"坎皮恩遗憾地答道，"斯坦尼斯劳斯，你在这儿发现我，你觉得我正沉溺于某种可笑而孩子气的欲望，好叫人印象深刻。顺便说一下，作为我的回击。我在这里等着见一位女士——我跟你说过好几次了，你就是不信。我不认识她。说起来，你来这儿倒是有助于我们此次会谈的基调。我说，你能不能去外面管你手下执勤的巡警借顶头盔？这样一来我介绍你的时候，她才能相信我说的都是真的。"

欧茨督察心中警铃大作。"你要真是来这里见某个傻女人，就不许告诉她我的身份，"他警告道，"不过，出什么事儿了？"

坎皮恩从内兜掏出一叠厚厚的灰色信纸。

"这封信是律师写给我的，"他说，"我估计这花了他六先令八便士。继续吧——把信读一下，遇到晦涩的词儿我会帮忙的。"欧茨督察接过信，一字一句，磕磕绊绊地低声读了出来。

剑桥市女王路索尔2号公寓大楼

亲爱的坎皮恩：

我常常在想终究会是你来找我请教专业上的事务，而不是由我来找你。然而，机会之神总是像女人一样反复无常——当然，也正是由于女人傻白甜的缘故（从撒克逊的意义上讲），我恳请你的帮助。

在我宣布订婚后，你还曾欣然给我写过信，所以我想你定然还没完全忘记这件事情。正是为了我的未婚妻，乔伊斯·布朗特，我才给你写了这封信。

或许我曾告诉过你，她目前——这个可怜的孩子——在她姨姥姥家工作，提供专业的"女儿兼陪护"服务。她的姨姥姥是令人深刻缅怀的"蟒虫"博士（约1880年）法拉第的遗孀，来自声名显赫的赫库芭家族。他们家是个严重老龄化的家庭，年龄比例相当荒谬。照顾法拉第夫人也是项苦不堪言的工作。

言归正传，眼下乔伊斯对她舅舅，安德鲁·希利失踪一事担心得有些离谱。安德鲁也是家庭一员，已经有大概一周的时间没在家里出现过了。我知道这个人，他是个不折不扣的寄生虫，恐怕和家里大多数人一样。在我看来，最有可能的是，他赌马赢了几英镑（据我所知，这种间接性运动是他最热爱的项目），所以他就休息一周，以此躲避他姨妈的铁规。

乔伊斯虽然惹人喜爱，但同时也非常固执。自从她下决心明天（十号，周四）到市里找这方面的专家咨询此事，我认为我唯一能做的就是把你的姓名和地址给她，然后写信提醒你注意。

我担心她天生富于幻想，可她的生活却如此枯燥乏味。如若能让她至少见一见侦探本人，体会下探案过程的紧张和刺激，亲爱的伙伴，我将不胜感激，铭感不忘。

你忠诚的，

马库斯·费瑟斯通

附：荒谬的是，若我人在伦敦——说不准我还会去监视你们此次的会面。

又附：戈登，你也许还记得他，最后终于赞成英国对印度的统治，当然，他终会如此。亨德森写信告诉我他的一切都"打水漂了"，不管这究竟是什么意思，但听起来这也是他的一贯作风。

欧茨督察小心翼翼地把信叠好，交给坎皮恩。

"我想我自己是不会喜欢上那个家伙的，"他评论道，"人还挺不错，这点我并不怀疑。但是如果你被安排和这种家伙一起出现在证人席，可他还不忘对你这般千叮咛万嘱咐的，那就是把你当成傻瓜了，对进一步调查此案也没有任何帮助。他以为自己无所不知——说起书籍和灭亡的语言还差不多——他对于导致被告在1903年和第一个证人结婚之后，1927年又和原告在奇斯威克结婚的心理过程是否有一丁点儿的了解？这辈子都不会！"

坎皮恩点了点头。"我认为你说得对，"他说，"尽管马库斯是个非常出色的事务律师，但是我相信剑桥的案子通常都值得受理。如果她来了，希望她能现身。我给过勒格明确的指示，她一到波特大街就把她带到这里。我认为这样也能让她窥探一下地下世界，这么做既文雅又安全，还具备教化的作用。能被马库斯说服嫁给自己的人智商一定有问题。此外，她的麻烦也似乎有些荒诞。她那位不胜其烦的舅舅不知所踪——那又何必费力找他呢？我就打算坐在这堆现成的东西上，戴上我可爱的猎鹿帽，直截了当地说说我对安德鲁先生的看法。这位年轻的女士对此一定会印象深刻，然后再把她的所见所闻一字不落地告诉马库斯——这种事情屡见不鲜。马库斯就会认为我是在敷衍了事，然后把我的名字从他的通讯录上勾掉，好让我平静地生活。你最近工作怎么样？"

欧茨督察耸耸肩。"马马虎虎，"他说，"不过从我记事起，我便知道晋升就意味着麻烦。"

"当心！"坎皮恩突然说，"她来了！"

两个男人站起身，竖起耳朵听外面的动静，巷子里回荡着此起彼伏的脚步声。她几乎都走到院子里了，然后又往回退了几步。

"一个跛脚的男人，穿着九码的靴子，叼着方头雪茄，很可能是杂货店的伙计。"坎皮恩戴上他的粗呢帽，低语道，"听声音，鞋子'漂亮而舒适'，"他稍显严肃地继续说道，"我希望马库斯没挑个叽叽喳喳的英伦玫瑰。"

欧茨从门缝向外瞥了一眼。"哦，"他漫不经心地说，"是那个家伙呀。"

坎皮恩吃了一惊，满脸疑惑。

欧茨解释道："我今天从苏格兰场出来就一直被人跟踪。"他说，"坦白说，这场雨太大了，让我把这个男人的事全都给忘了。估计从我进来，他就一直在门口徘徊，可能是某个心怀不满的家伙，又或者是个想让我立马抓他个现行的疯子。坎皮恩，要是你知道我遇到过多少次这种事情，你也会大吃一惊的。我想我最好去会会他。"

尽管天色依然阴沉，凉飕飕的，但是雨这时已经停了。

斯坦尼斯劳斯·欧茨督察走出院子来到巷口，朝巷子尽头望去，然后再次回到院子的隐蔽处。坎皮恩站在锅炉房的门口看着这场好戏。他身材清瘦颀长，衣服一尘不染，头上依旧戴着那顶可笑的粗花呢帽子。

脚步声再次响起。不一会儿，那个身体壮实，穿着稍显不得体的男人出现了。

从近距离观察他，他的外表要比从远处看要复杂得多。他脸颊泛红且浮肿，皮肤粗糙，布满深深的皱纹，几乎遮掩了他原本的容貌。他得意扬扬地穿在身上的那套西服满是油污，再加上此刻衣服几乎都湿透了，显得更加破旧肮脏。尽管他鬼鬼祟祟地四下张望，但依然能感受到他身上的戾气。最终，他那双充血的眼睛死死盯着欧茨督察。

"欧茨先生，"他说，"我有事想和你谈谈。我手里有些消息，会给你和你的朋友省去很多麻烦的。"

欧茨督察一言不发，站在那里静观其变。这个男人的嗓音格外深沉，让人意外的是，他谈吐还挺斯文的。坎皮恩饶有兴趣地从自己藏身的地方朝他们走过来。看到坎皮恩多少有些新奇的打扮，这位入侵者顿时瞠目结舌，说了一半的话也突然停了下来。

"我不知道你还有同伴在场。"他怒气冲冲地说。

"或者是人证？"欧茨督察冷冰冰地建议道。

坎皮恩摘下帽子，朝院子走去。

"督察，不介意的话，我这就离开。"他说完，突然停住脚步。

三个男人全都沉默地站在那里，明显可以听到巷子里回荡着高跟鞋踩到石头上发出咔哒咔哒的声音。坎皮恩的访客已经到了。

不一会儿，她就出现在院子里。和预期的截然不同，这位年轻女子身材苗条，穿着得体，完美体现了乡村小镇的着装风格。她很年轻，要比坎皮恩预计得年轻许多。正如欧茨督察后来说得那样，她看起来就像是某个邻家小妹。她并不漂亮，嘴巴有点儿大，棕色的眼睛过于深陷，但是她确实以一种自己独有的、不同寻常的方式让人心生喜欢。

坎皮恩庆幸自己现在没戴着他那顶猎鹿帽，下意识地，他对马库斯的看法也有所改观。他迎着她走过去，朝她伸出手。

"是布朗特小姐吗？"他问，"我是坎皮恩。哎呀，非常抱歉，劳烦你长途跋涉来这里。"

他没有继续说下去，只见她的眼神越过他，扫过另外两个人。她突然看见那个矮胖的陌生人，就是那个声称有重要的事情要告诉欧茨督察的人，她的脸上露出极度惊慌的神情。坎皮恩警觉地发现一抹苍白之色涌上她的脖子，随后逐渐蔓延开来。下一刻她迟疑地向后仰了过去，坎皮恩赶忙伸手扶住她的胳膊，欧茨督察也立刻朝他们冲了过去。

"小心，"他说，"托住她的头，她很快就会缓过来的。"

他正摸索着自己随身携带的小药瓶，这个女孩挺直身体，站了起来。

"抱歉，"她说，"我没事了。他去哪儿了？"

两个男人回过头，但他们刚刚认识的那个壮汉早已不知所踪。巷子里急促离开的脚步声说明他已经跑远了。欧茨连忙追了出去，可当他跑到巷子的尽头环顾街道，发现此刻正值晚高峰，人行道上熙熙攘攘，而那位神秘的陌生人，刚一露面就让费瑟斯通的未婚妻大惊失色的家伙，现在早已无影无踪。

安德鲁舅舅的命运

出租车沿着湿滑的路面急速向波特大街 17A 座驶去，这是坎皮恩位于卡迪利广场的住址。出租车里，欧茨督察坐在乔伊斯·布朗特对面，姑娘嘴角挂着青春洋溢的迷人微笑，望着坐在她身旁的年轻人，满口谎言。

"在苏格兰场跟着你的那个人？"她回应欧茨督察提出的一个试探性问题，"哦，没有，我从来都没有见过他。"她坦然地望着他们，面颊有些泛红。

坎皮恩大惑不解，陷入沉思，原本和颜悦色的脸此时皱在一起，同时又带着些许嘲弄。

"但是你看到他的时候，"他小心地提醒道，"我以为你要晕倒了。你——嗯——好转后，当时说的是'他去哪儿了？'"

这个姑娘的脸更红了，但她仍旧愉悦地冲着他们微笑，一脸天真。

"哦，没有，"她用清晰但略显童稚的声音重复道，"你一定是弄错了。怎么会呢？我不可能见过他。他对我而言毫无意义，他怎么可能呢？"她斩钉截铁地说。语毕，有好一阵子，大家都默不作声。欧茨督察瞥了坎皮恩一眼，但是这位年轻人大镜框后的眼睛毫无波澜，不露声色。

这个姑娘似乎对事态稍事权衡，因为不一会儿她就继续对坎皮恩说道："你瞧，恐怕我今天当众出丑了。我实在太过担心啦，今儿一天什么都没吃。早上没吃早饭就匆忙出门了，也没时间吃午饭，嗯——估计就是因为这些，我才会眩晕。"她没再继续说下去，知道自己的解释听起来并没有什么说服力。

然而坎皮恩似乎对她的回答相当满意。"不吃饭是很危险的。"他正色道，"等我们到家，卢格会照顾你的。我以前认识个人，"他神情严肃，继续说道，"因为忧虑、精神紧张这些原因，在相当长的一段时间里都没有进食，所以他对此避之不及。当他意识到自己正出席一场晚宴时，便彻底不知所措了。试想一下——晚礼服上这儿一块汤汁，那里一片菜叶，每个口袋都装着牡蛎壳，那场面简直惨不忍睹。"

欧茨督察若有所思地注视着他的朋友，而那个女孩，尚不习惯坎皮恩的跳跃性思维，疑惑地瞥了坎皮恩一眼。

"你就是那位坎皮恩先生，马库斯的朋友，对吗？"她不由自主地开口问道。

坎皮恩点点头。"年轻的时候不务正业，所以就和马库斯认识了。"他说。

这个姑娘有些拘谨地傻笑道："他要是变了，就不是马库斯了。"她似乎立刻对自己说的这番话懊悔不已，因为她马上就想到另一个更为重要的话题。"我来这儿是想请你帮帮我们，"她缓缓说道，"想必马库斯已经给你写信了吧？我担心他会给你留下一个非常错误的印象。这件事，他根本就没当回事，但这是件很严肃的事情。"她的声音坦率而诚恳，让听者不免有些吃惊，"坎皮恩，你就是那种私人侦探，对吗？我是说——在马库斯告诉我之前，我对你早有耳闻。我认识萨福克郡的盖尔斯和伊索贝尔·佩吉特，他们是你的朋友，对吗？"

坎皮恩换下他一贯的那种自鸣得意的愚蠢表情，正色道："他们是我的朋友，这世上最讨人喜爱的两个人。你瞧，有些事我最好还是说清楚。首先，我不是侦探，如果你需要警察，这位是欧茨督察，'五巨头'之一。我是个专业的冒险家，这点千真万确。我会尽我所能帮助你的。出什么事儿了？"

欧茨督察有些慌乱，没料到坎皮恩轻易就把自己的行政职务和盘托出，但这个姑娘随后的话减缓了他的担忧。

"这——这件事就不劳烦警方出面了。"她说，"您该不会介怀的，对吧？"

他笑了。"听你这么说，我倒还挺高兴的，"他说，"我只是坎皮恩的一个老朋友，我觉得他应该就是你要找的人。好吧，艾伯特，你就和你的委托人好好谈谈吧，我先走了。"

坎皮恩漫不经心地挥了挥手，说道："好吧，我要是遇上大麻烦，一定会告诉你的。到时候你就关我禁闭，直到危险解除。"

随后欧茨督察就离开了。趁着坎皮恩付车费的间隙，女孩打量了下周围的环境。这里是皮卡迪利广场附近一个狭窄的死胡同，他们站在警察局的侧门旁，门牌上面写着 17A。从门口往里看，还能看到屋子里的木质楼梯。

"下午来这里的时候，我还担心自己是到了警察局，直到发现你的地址是在它楼上的公寓，我这才感觉如释重负。"她吞吞吐吐地说，"我——我找人聊过，他告诉我在哪里能找到你，那个人有点奇怪。"

坎皮恩看上去有些懊悔。"他穿了件旧制服，对吗？"他问，"每次想让别人记住我们的时候，他才会穿那身衣服。"

姑娘直勾勾地盯着他，问道："马库斯跟你说我只是个喜欢胡思乱想的小孩，是吧？所以你今天只是想陪我玩玩？"

"人非圣贤，孰能无过？"坎皮恩一边陪她上楼梯，一边说道，"记住，就连先知约拿也有沉沦的时候，我现在非常认真。"

走过两段楼梯后，台阶上铺着地毯，墙上也装了护栏板。终于他们在三楼一扇厚重的橡木门前停下脚步。坎皮恩掏出钥匙打开门，带她穿过一个小门厅，来到一间配置了舒适家具的小房间。虽然墙上陈列的那些奖杯有些哗众取宠，算不上雄心勃勃的大学生渴望拥有的那一类，但多少还是能让人想起大学宿舍里漂亮的样板间。

待女孩在壁炉前那把宽大的扶手椅上坐好，坎皮恩按了下铃铛。

"我们先吃点东西，"他说，"按照卢格的理论，正是下午茶赋予了生活意义。"

女孩刚要反驳，坎皮恩的勤杂工就出现了。他人高马大，面色阴郁，两撇浓黑的粗八字胡让他苍白的面色有所缓和。他只穿了件长衫，发现还有个姑娘在场，不免有些诧异。

"哎呀，我还以为只有你一个人。"他说完朝来访者隐隐一笑，"小姐，请多包涵，可以说我这身衣服是件女士晨衣吧。"

"胡扯，你有胡子。这可是我们最近刚置办的，"坎皮恩对乔伊斯继续说道，"衣服还不错吧，你觉得呢？"

卢格试图隐藏他孩童般的满足感，脸色比之前更加忧郁了。

"很漂亮。"女孩喃喃道，不知道他们究竟期待自己怎样的回答。

卢格几乎面红耳赤。"它还没那么过时。"他谦逊地说道。

"来点下午茶吧？"坎皮恩询问道，"这位女士今天一整天都没吃东西。卢格，你看能为她准备点什么吃的？"

这个忧郁的男人那张苍白的脸几乎立马有了生气。"交给我就行了，"他说，"我会好好招待你的。"

坎皮恩硕大的眼镜后闪过一抹警觉的神色。

"不要做鲱鱼。"他说。

"好吧，别糟蹋东西。"他咕哝着，往外走去。走到门口，他留恋地注视着来访者。"我想您不会喜欢鲱鱼番茄酱罐头吧？"他小心翼翼地询问道，看到她无可奈何的表情，没等她作答，便拖着脚步走了出去，然后随手把门关上。

乔伊斯和坎皮恩二人四目相对，都笑了起来。

"他真是个令人愉悦的人啊。"她说。

"等你了解他之后，就会发现他绝对让人非常着迷，"他附和道，"要知道，他曾经是个窃贼。这是个很久远的故事了——他失去了一根指头。正如他自己所说的，现在唯一的出口就是前厅那扇对开门，实在让他无法施展才华。他已经跟了我很多年了。"

女孩望着他，眼神犀利。"嗯，"她说，"你刚说帮我是认真的吗？恐怕某些严重的事情已经发生了——或者不久就要发生。你能帮帮我吗？你——嗯，我是说——"

坎皮恩点点头："我究竟是个专业人士还是个胡闹的家伙？我知道那种感觉，但我向你保证，我是顶级专家。"

一瞬间，那副大眼镜框后的灰白色眼睛就和她的眼睛一样，眼神凝重且坚定。

"我非常认真，"他接着说道，"我这种和善的愚笨神情生来如此，不过这也算是我的惯用伎俩，就和明年赛马德比的获胜者一样，诚实、整洁且神秘莫测。我会倾尽全力的，你最好还是告诉我这一切究竟是怎么回事，好吗？"

他把马库斯的信从信封里抽了出来，边看边问道："你的一位亲戚失踪了，对吧？你很担心？主要就是这个问题，对吗？"

她点点头："我知道，这一切听起来平平无奇。我舅舅也是个成年人，能照顾好自己，但是这确实十分反常，我有种预感，有什么事情很不对头。正是因为我过于担心，所以才坚持让马库斯把你的地址给我。你看，我觉得我们应该找个人，至少这个人对这个家族还算友好，而不是某个被剑桥的观念所影响的人，又或者是看见姨姥姥就犯怵的人。"

坎皮恩在她对面坐下。"你必须给我说说这个家族，"他说，"他们只是你的远房亲戚，对吗？"

由于太过迫切想把事情说清楚，她身体前倾，那双棕色的眼睛此刻已经眯成一道缝。

"你没必要把每个人都记住,我现在只能把我们的大致情况告诉你。首先是姨姥姥卡罗琳·法拉第。我无法形容她,不过她五十年前就是位贵妇,是姨姥爷——伊格内修斯大学的校长——法拉第博士的太太。从那时起她就是位高贵的夫人了,她去年已经是八十四岁的高龄了,不过依然是全家最鲜活的人物。怎么说呢,她仍然一丝不苟地掌管着一切,仿佛是伊丽莎白女王和教皇合二为一。姨姥姥这个人刚愎自用,做事独断专行。

"然后就是威廉姆舅舅,她的儿子。他已经六十岁了,在好几年前的一起巨额公司欺诈中失去了所有的钱,所以不得不回到姨姥姥的羽翼下生活。尽管姨姥姥还是把他当个十七岁的孩子看待,但他并不这么认为。

"接着是他的妹妹,姨姥姥的女儿朱莉娅姨妈。她一直都没结婚,也没有真正离开过这个家。你知道的,在当时那个年代,她们是没办法离开家的。"

坎皮恩从衣兜里掏出一个信封,在信封背面潦草地做着记录。

"她现在有五十来岁?"他询问道。

姑娘有些茫然,"我不知道,"她答道,"有时候我甚至觉得她比姨姥姥还要苍老。她是——嗯,她是我们教区'老姑娘中的老姑娘'。"

24

坎皮恩镜框后的眼神变得柔和起来："她不好相处吧？"

乔伊斯点点头："只是有一点。然后是凯蒂舅妈，朱莉娅姨妈的妹妹。她嫁人了，但是她丈夫去世后一分钱都没留给她，所以她也不得不回到家里。正是这个缘故，我才到这个家里。我妈妈是她丈夫的妹妹，我的家人很早就去世了，是凯蒂舅妈抚养我长大的。大萧条后我本来找了份工作，但是姨姥姥派人找到我，在过去的十八个月里，可以说我就是他们一家人的陪护，付付账单，照顾照顾花草，安排人更换床单被罩这些，还要给全家人读读报纸，诸如此类的事情。偶尔我还会陪威廉姆舅舅下下象棋。"

"事实上，这些还蛮有趣的。"坎皮恩喃喃道。

她笑道："我也很乐意做这些。"

他又把这封信翻看了一遍："稍等，安德鲁先生是怎么到这个家里的？我看到他姓希利。"

"我就要说到他了。你知道的，他是姨姥姥弟弟的儿子。和威廉姆舅舅一样，他在那起诈骗案中也损失惨重，所以几乎在同时间也住到家里。这一住，就有二十来年了。"

"二十年？"坎皮恩大为震惊，"在这之后他们就这样无所事事吗？我是说，抱歉，这简直让我心态失衡。"

乔伊斯犹豫地说道："他们对工作完全不在行。尽管，我并不这么认为。我觉得姨姥爷也意识到了这一点。这就是为什么尽管姨姥姥她自己也有很多财产，他还是把大部分的财产都留给了妻子。在我说到关键的地方之前，我还有件事需要再解释下。我刚才说姨姥姥掌管一切，我是认真的。全家人的生活方式没有丝毫改变，就和她1870年首次规定时的一模一样。全家上下像时钟一样运转，每件事都要准时准点。每个人周日早上必须去教堂，我们一般会坐轿车去——一辆1913年产的戴姆勒轿车——我们也轮流陪姨姥姥坐马车去。夏天是辆四轮折篷马车，冬天是辆布鲁厄姆马车。马车夫老克利斯莫斯几乎和她一般年纪。好在大家都认识他们，虽然会阻碍交通，不过也就听之任之了。"

坎皮恩恍然大悟，那张不怀好意的脸上露出惊讶的神色。

"噢，我之前见过他们，"他说，"你知道的，我之前和马库斯就住在剑桥，我见过这群人。天啊！好多年以前的事啦！"

"如果你看到的是匹灰马拉的车，"乔伊斯说，"那就是同一辆马车了。驾，驾，所向披靡。欸，等一下。我说到哪儿了？噢，对了，我们全住在姨姥姥的宅子里，就在特兰平顿路上，离市区不远的地方。那是一座占地不小的L形建筑，就在俄耳甫斯巷子的拐角处。房子四周高墙环绕，但因为现如今，人坐在公共汽车里经过的时候就能看到围墙里面，姨姥姥正考虑把围墙再加高一些。"

"苏格拉底庄园。"

她点点头：“你怎么知道的？”

“我青年时代的景点之一，”坎皮恩坦言，“好的，这些我都完全了解了。现在我们来聊聊安德鲁吧。”

那位姑娘深吸一口气，说道：“这是上周六的事儿了，就发生在吃晚饭的时候。提起这些事实在让人难为情，但我相信你会理解的。姨姥姥把其他人都当作长不大的孩子，可他们都不年轻了，也有七情六欲，所以自然总会怄气争吵。除了凯蒂舅妈，她还是那么和善，没什么头脑，还有些无助，朱莉娅姨妈总是对她颐指气使的。她还想对家里的那两位男士发号施令，所以他们也很讨厌她。不过他们两个也彼此生厌，谁也看不上谁，有时候还会连续生好几天的闷气。有一次他们毫无缘由地吵了快一个星期。我想要不是因为有姨姥姥在，他们肯定会闹得不可开交。姨姥姥不允许家里人大吵大闹，正如她不允许喝早上喝茶或是在礼拜日使用留声机一样。

“吃晚饭的时候——有八道菜，大家表情严肃且拘谨，你知道的——气氛压抑到让人忍无可忍，我想威廉姆舅舅可能失去了理智，他突然用大汤匙敲了下安德鲁舅舅的头——也不管姨姥姥是否会看到这一幕。朱莉娅姨妈近乎歇斯底里地狂笑不止，凯蒂舅妈盯着她的沙拉战战兢兢地抽泣。那简直就是你这辈子所听到过的最激烈的吵闹声了，就在房间的正中央。凯蒂舅妈像个小火车一般尖叫着跳了起来，威廉姆舅舅已经疯了，嘴里嚷着'该死'还是'他妈的'或者其他什么——我现在也记不起来了。朱莉娅姨妈变得更加歇斯底里，安德鲁舅舅也丢下他的叉子。这时坐在高背椅上的姨姥姥坐直身体，手指连续敲击桌面。她的手指干巴巴的，但很坚硬，仿佛戴着小号象牙顶针。她沉声道：'凯蒂，坐下来。'然后又对着威廉姆舅舅说，'说真的，你在我的房子里住了这么久，应该知道我不允许有人在我的餐桌上出言不逊。不管怎么说，你们每个人都应该知道钟锤每十五年都会掉下来一次吧？'威廉姆舅舅答道：'是的，母亲。'后来直到用餐结束，没人再说一句话。"

"晚饭后你打开了那座落地式摆钟，"坎皮恩说，"然后你发现钟锤已经掉下来了。这就是我们这些伟大的侦探的探案方式——雷厉风行。"

她点点头。"摆钟木质底座上有条凹痕。我问过爱丽丝——家里的女佣，现在已经三十五岁了——她说姨姥姥说得没错，距它上次掉下来已经过了十五年了。在这个钟锤消失之前，她是最后一个见过它的人。我知道这些事听起来无足轻重，"她连忙说，"但是我必须按事件发生的正确顺序讲给你听，否则我们两个都会晕头转向的。"

卢格的到来打断了她的话。这次他穿了件灰色开襟羊毛衫，整个人神清气爽。他推了辆小餐车，上面摆满了各种食物，全都是他自己中意的美味佳肴。

"你瞧瞧，"他语气傲慢，不过也情有可原，"虾罐头，阁下的开胃小菜，鸡蛋，还有上好的火腿。我还沏了壶茶，我个人喜欢热可可，但我还是准备了茶水。用餐愉快。"

坎皮恩挥手示意他离开。他出门的时候嘴里嘟嘟囔囔，抱怨他们没良心，不知感恩。

"你刚提到苏格拉底庄园，所以卢格必须置身事外。"坎皮恩说道。

乔伊斯目不转睛地看着他。"我也是这么想的。"她坦言。吃饭的时候，她继续说着她的故事。她的脸上有了些许生气，但焦虑还是让她无法正常思考，直接说出心中的疑惑。

"安德鲁舅舅是周日失踪的，"她说，"你要是对我们这家人有所了解，你就会明白这个家族本身就非常特殊。周日这天姨姥姥要求我们不能离开她的视线，谁要是想悄无声息地溜走，一定不会选择周日这天。这次轮到我来驾驶那辆四轮马车。姨姥姥要到五月底才会换上她那辆折篷马车，所以我们必须比其他人提前二十分钟出发。而他们一般会开车在附近兜兜风，因此我们比他们到家要早一些。事发当天，我们到家的时候，只有朱莉娅姨妈和凯蒂舅妈在家里。"

她继续道："姨姥姥对此相当恼怒，因为她觉得开车要更快一些。她询问其他人的行踪，朱莉娅姨妈回答说威廉姆舅舅和安德鲁舅舅是步行回家的。这事儿本来就有些蹊跷，因为将近有一周的时间，这两个老朋友之间的关系异常紧张。姨姥姥也感到很好奇，说她希望这次锻炼对他们两个人都有好处，让他们能像绅士一样和平共处，而不是敌对的民兵军官。尽管我和凯蒂舅妈尽量拖延开饭的时间，可他们午饭的时候还没有回来，姨姥姥对此很生气。

"饭吃到一半的时候，威廉姆舅舅怒气冲冲地走了进来，因为走得太急，热得满头大汗。发现安德鲁舅舅还没回来，他好像也很吃惊。根据他所说的，我们大致得知尽管威廉姆舅舅不乐意，安德鲁舅舅还是坚持从教堂步行回家。他要走的那条路也很可笑，要绕一大圈才能到家——我听威廉姆舅舅说好像是要穿过牧羊草甸，最终他们对路线争论不休。"

她停顿了一下，有些歉意地看着这位年轻人。

"你知道的，彼此厌恶的两个人不管为了什么蠢事都能争吵起来。"

他会意地点点头，于是她继续讲了下去。

"威廉姆舅舅自然对他所说的话有所保留，像这种争吵，事后再说起来难免显得很愚蠢。但显而易见，这一切都是安德鲁舅舅的错——至少威廉姆舅舅是这样说的。安德鲁舅舅想从格兰切斯特路走回家，这样一来自然要绕不少路。威廉姆舅舅又冷又饿，所以他们走了一段后，两人吵得更厉害了，威廉姆舅舅说——或者据他自己所说："她匆忙更正道，"'安德鲁，这条见鬼的路你自己走吧，真该死！我自己走我自己的。'然后他们就分道扬镳。威廉姆舅舅回来了，但安德鲁舅舅并没有回来，而且他现在还没有回来。他就这么消失了——毫无踪影。他是不可能离家出走的，因为他身无分文，我很清楚这点，因为他从凯蒂舅妈那里借了半克朗放在教堂的奉献盘里。姨姥姥从不会给他很多钱，一旦他拿到钱，这些钱就会到赛马赌注登记人手里。"

"你也不能这么说，"坎皮恩热心地说，"说不定他也会赢点钱，偶尔还是会赢钱的。"

"噢，他从没赢过——以后也不会！"她愤愤不平且不无歉意地说道，"你知道的，这还只是冰山一角。姨姥姥认为赌马不仅伤天害理，而且俗不可耐，不过最后这点更为重要。所以为了避免任何激烈的争吵，有关安德鲁舅舅的小投资，我们会尽可能地为他遮掩，否则少不了又是场灾难。他以前常和姨姥姥发脾气，怒气冲冲地坐在那里对她冷嘲热讽，直到把姨姥姥真正激怒后，命令他回到他自己的房间，仿佛他还是个小学生一样，于是他不得不离开。只怕这一切都会让你大为震惊吧。"

"一点都不会，"坎皮恩客气地说，"继续说吧。"

"好吧，我每天晚上都会去卧室里转转，看看爱丽丝有没有把他们的床收拾妥当。当然她总是做得很好，但姨姥姥还是希望我去看看。我周日晚上去安德鲁舅舅的房间时，发现他桌子上有两封还是三封信，已经贴好邮票就等着邮寄出去了。他正在写的那封信只写了一半，我猜，这时候晚祷的钟声响了，所以他不可能是故意离开的。谁都不会丢下来不及寄出的信件和还没写完的信，就这么一走了之。不过，我已经把封好的信件寄出去了，另一封信上的吸墨纸也收了起来。其中一封信是写给他的赌马经纪人的，其他的我没注意。周一早上他还没有回来，姨姥姥态度严厉。'乔伊斯，太可恶了！'她对我说，声音都有些发紧，'完全没有自我约束力。你安德鲁舅舅一回来，立刻让他来客厅见我。'朱莉娅姨妈和凯蒂舅妈大多时候都不苟言笑，默不作声。我好像听到凯蒂舅妈说了句'可怜又任性的安德鲁'，但她被朱莉娅姨妈狠狠地数落了一顿。威廉姆舅舅向来自命不凡，安德鲁舅舅离开了，我觉得他还挺高兴的。这样他可以随心所欲地傲慢无礼，不用忍受安德鲁舅舅的挖苦，搞得他心情沮丧或丑态百出。直到这个周末，当然，我们所有人都有些慌乱。周日的时候，朱莉娅姨妈提出报警，要是能行的话，广播找人或用其他什么办法，但姨姥姥对此很反感，威廉姆舅舅也一样。她说安德鲁舅舅不可能失忆，没有人会把法拉第家族和这些事情联系起来。她还说她家里从来就没有出现过警察，以后也不会，不过如果朱莉娅姨妈真的很担心，她可以给其他所有亲戚写封信，委婉地问问他们有没有见过安德鲁。凯蒂舅妈说安德鲁舅舅失踪后，周二的时候她就已经写信问过大家了，但是没人知道他的行踪。她的话让大家多少有些慌乱，然后这件事就暂且搁下了。

"接着就是周一……"此刻她语速加快，激动得满脸通红，"还发生了两件古怪的事情。首先，我们收到了一封发给安德鲁舅舅的电报。爱丽丝把它直接给了我，这也是我们和安德鲁舅舅之间的约定，如此一来，姨姥姥就不会知晓他赌马的事情了。他不在家的时候，寄给他的电报都会直接交给我。我打开电报，上面写着：'土耳其地毯'获胜，75-1。祝贺你，随信寄付支票。西德。

"因为是赌马经纪人寄来的，也没什么用处，于是我就把它放到他房间写字台的抽屉里了，第二天早上我不得已又找来那封电报。"

她停顿了一下，青春洋溢的双眼目不转睛地看着坎皮恩。"这不仅仅是出于好奇，"她说，"我并没有借助蒸汽或是其他什么东西把信封打开——仅仅是打开了它。你看，我当时想，要是支票上没多少钱，他也许不会把它当回事儿，自然也就不会专门回来取支票，因为回来就意味着难免要和姨姥姥大吵一架。不过，如果是一大笔钱——因为我觉得他肯定会一直关注报纸上的消息，那他就会知道自己赢了多少钱。这样不管将要面对怎样的争吵，他都会回来。支票上的金额着实让我震惊，将近750英镑。我把它连同电报重新放回抽屉，心情也好了许多，因为我知道——非常肯定——他白天肯定会回家的。但是下午发生的那件蠢事，也不知道为什么会让我感到十分害怕。有人来家里处理那座落地摆钟，因为钟表走得有点慢，而且钟锤也不见了。"

她疑惑地看着这位年轻人："这些听起来是不是有些太过琐碎了？"

坎皮恩靠着椅背，透过他的眼镜严肃地看着她。

"不，"他说，"不会的。我很赞同你的观点，发生这种事确实让人心烦意乱。想必你已经找过它了吧？大家都来帮忙了吗？"

"哦，是的，当然找过了。我们把角角落落全都找遍了，但没发现任何痕迹。而且，你知道的，这并不是容易丢失的东西。"

坎皮恩点点头。"这很有趣，"他说，"你是什么时候决定寻求外援的？"

"昨天。"她答道，"周一晚上，周二一整天还有昨天早上，我都在等他，越等越害怕。我找过姨姥姥，可她还是坚决不肯报警。最后，我说服她允许我把整件事交给马库斯处理。当然，他处理这种事应该更胜一筹，但他最终却把我推给了你，于是我就来了。"

"呵，马库斯，"坎皮恩说，"他能有什么用？就算当个家庭律师也不够格吧？"

姑娘笑了笑。"我想他确实不怎么样，"她附和道，"但你千万别告诉他。事实上，他的父亲，老休·费瑟斯通，才是姨姥姥真正的律师，但是他现在年纪太大了，自然就由马库斯负责大部分的事务。"

"我明白了，"坎皮恩说，"你到底为什么要找到安德鲁？"

突如其来的质问让她有些惊慌失措，犹豫片刻，她终于开口道："坦白说，我并不想找他。我是说，就我本人而言，你能明白我的意思吗？

34

安德鲁舅舅并不是个招人喜欢的人，其他人也都一样不想找到他。也许只有可怜的凯蒂舅妈，或者还有姨姥姥除外，尽管她的方式有些匪夷所思。我想找到他是因为我太害怕了，我只想确认他一切安好，没遇到什么可怕的事情。"

"我明白了，"坎皮恩缓声道，"我想你已经采取了某些行动——你有没有打听过他的下落？全都找过了吗？我是说他会不会在某个沟渠崴了脚，或是泡在'波尔'酒馆？"

她不满地看着他。"噢，当然，我都找过了，"她说，"但我可以告诉你，完全没有他的任何踪迹。你知道的，我没办法大张旗鼓地找，担心会引起骚乱，自然而然地——嗯，像在剑桥这种地方，不用推波助澜，谣言本来就传得够快了。我担心你会觉得我厚着脸皮跑来找你却只能告诉这么点线索，但是——噢——我不知道——我只是很担心——"

坎皮恩点点头说道："你是担心他遇到了比普通意外更加严重的事情？"接着他直言不讳，"此外，你心里还有别的担忧，对吗？现在欧茨督察也不在这里，你能否告诉我——在院子里把你吓坏了的男人是谁啊？"

闻言，姑娘一惊，扭头看着他，脸憋得通红。

"你说得没错，"她说，"我之前骗了你们。我的确认识他，但是他和这件事毫无关系，你还是把他忘了吧。"

有好一会儿，坎皮恩面无表情地注视着前方，没做任何回应。之后，他抬眼看着她。

"也许你是对的，"他说，"但我认为我们应该坦诚相待，我讨厌两眼一抹黑地卷入案件之中。"

她深吸一口气，说道："他跟这件事儿没关系，请忘记他吧。你真的想帮我吗？"

坎皮恩站了起来。她还在担心坎皮恩要如何礼貌地回绝她，卢格此时恰好出现在门口。

"电报，"他说，"送信的孩子还等着呢。需要回复吗？"

坎皮恩撕开橘色的信封，展开里面的薄纸。

"哎哟，"他说，"是马库斯的信，正儿八经的剑桥电报，一定很贵。听着：'你和乔伊斯能立刻回来吗？事态相当严峻。我十分钦佩你在处理这类事情上的专业性。我估计你一定会来的，你住的房间都已经准备妥当了。你可以看看晚间报纸，《彗星》或者其他什么报纸。马库斯。'"

乔伊斯立刻站了起来，回头看着他。

"事态严峻，"她说，声音变得有些沙哑，"噢，发生什么事了？到底发生了什么事？"

坎皮恩扭头看向卢格，他此时正带着专业的眼光站在门口，兴致勃勃地观察里面的情形。

"不用回复了，"他说，"要我说，你还是出去买一份《彗星》回来。"

"厨房就有最近的特刊，"他一本正经地答道，"我大概知道你要找什么，稍等。"

两分钟后他回来了："给你。"他指着头版最上面的专栏中的一段话，乔伊斯和坎皮恩一起看向标题。

著名学者之侄头部中弹暴尸河中

已失踪十日

剑桥、周四

（我刊特约记者报道）

该男子的尸体今早于大学浴池附近的格兰塔河中被打捞上来，手脚均被绳子捆绑，头部中弹。经证实被害人是安德鲁·希利先生，圣·伊格内修斯大学已故校长法拉第博士的侄子。希利先生从位于特兰平顿路的住所失踪已有十日之久。剑桥郡警察尚未决定是否有必要请求苏格兰场的帮助以揭开可谓本年度最为骇人听闻的不解之谜的真相。

正如我们之前独家报道中所言，尸体由两位印度大学生发现。

"事态相当严峻……"

正值假期，大学城里空荡荡的。一辆上了年头的宾利牌轿车正沿着伦敦路朝剑桥市教堂塔楼和尖塔的方向驶去。"方便的话，在这儿停一下，我先下车。你看，就是这栋房子。"她不无歉意地在坎皮恩耳边低语。闻言，他顺从地放慢车速，好奇地看向马路对面那栋黑漆漆的巨大宅邸。从他们所在的地方，通过车道大门上的铁质装饰大体可以看到这座建筑的全貌。

坎皮恩苍白的脸上露出审视的神色。"它的外观没什么变化。"他说。

"内部也没有。"乔伊斯说，"你有没有觉得，"她压低声音继续说道，"这栋房子相当——相当可怕？"

让她欣慰的是，坐在她身旁的这位非同一般的年轻人并没有对她所说的话置若罔闻，至少表面上是这样，因为他再次朝这栋房子望去，坐在车里若有所思地盯着它看了好一会儿。

除了正门上方半圆形的灯光外，整栋房子都笼罩在夜色之中，尽管暮色朦胧，它的外观和大致的细节之处依然清晰可辨。这栋房子于上世纪初依山而建，呈 L 形，房间宽敞，但窗户却很小。外墙上长满了爬山虎，让它看上去更加阴暗。从房屋的角度看，草坪上种植的雪松在夜空的映衬下构成各种诡异形状。这栋房子并没有什么地方明确地令人感到不舒服，但它有着某种类似研究机构的、令人厌恶的庄重和冷漠感。一栋把所有房间的窗帘全都拉得严严实实的宅院，让人无法洞悉它的任何情绪。

坎皮恩扭头看着那位姑娘。"你确定现在就要进去吗？"他说，"不先去见见马库斯？"

她摇了摇头："你不介意的话，我现在不能去。他们或多或少都觉得有些无助。他们也许非常需要我，哪怕我只能给他们准备些热水袋。再见，谢谢你能来。"

在他阻止她之前，她已经下车了。他看着她急匆匆地穿过马路，沿着车道从铁门往里走去。他一直守在那里，直到黑漆漆的厅门打开，突然出现的一道矩形光束将她吞没，他这才松开离合器，沿着缓坡向城里驶去。沼泽地升腾的浓雾笼罩着整个山谷。除了几个急着回家躲避潮湿阴冷天气的人之外，此时的街道幽暗静谧，空无一人，坎皮恩的大轿车小心翼翼地穿过狭窄的街道曲折向前行驶。他一边开着车，一边隐约有种失落感：这不是开学时期的剑桥，那个他所熟悉的剑桥，而是一个寒冷阴沉的中世纪城市，房门紧闭，石雕门廊围绕在四周。

轿车驶离皇后大道进入索尔公寓大楼。尽管每家都高朋满座，他还是在黑暗中精准地发现了一处整洁的小广场。这里是英格兰所剩无几的堡垒之一，邻里之间的亲密关系还尚未被现代行为准则所渗透。在这里百叶窗全都放下来了，保留了此处的静谧。与其说是为了隐藏自己的私事，倒不如说是出于礼貌，不去搅扰所识之人的私生活而让人觉得难堪。

他在索尔 2 号公寓大楼前停好车，发现安妮女王河堤路就和其他地方一样漆黑一片。菱形的大窗户上的老式木百叶窗令一丝光线都透不出来。

他从车里下来，拉了下门上的铁质门铃。他听到门内传来沉重的脚步声，下一刻大门旋即打开。房内井然有序，一种混杂着家具上光剂、温暖和烟草的温馨味道扑面而来，那是长期有人居住而产生的奇怪而独特的味道。迎接他的女佣是位瘦削的剑桥郡妇人，已经年过半百。她身上的制服十分朴素，并没有因最近的性别解放运动而有所改变。在现代人眼中,她那顶浆洗过的绣花帽子还带着点古董头饰的味道。她朝这位年轻人勉强挤出一个微笑。

"坎皮恩先生,"她说,"马库斯先生在饭厅等您。厨师已经为您准备好了冷餐。"

他发觉这十来年间费瑟斯通一家,又或者说是这位令人尊敬的妇人的外貌没有丝毫改变,这让他多少还是有些震惊。于是,他和善地笑了笑,摘下帽子,脱掉外套,朝饭厅走去。

"你的风湿病怎么样了?"他不敢贸然猜测她的名字,只好问问她的病情。

她佯装愉悦,敷衍地回答道:"还是老样子,谢谢您,先生。"说完就朝装着护栏板的走廊走去。她白色围裙因摩擦发出呲啦呲啦的声音,沉重的鞋子咔哒咔哒地踩在彩色地砖上。不一会儿,坎皮恩就看到了自己的老朋友。

马库斯·费瑟斯通从壁炉旁的高背椅上站起身,迎着他走了过来。他约莫有二十八岁,看模样很符合他的年龄和教养。他身材高大,浑身上下流露出那种天生的粗枝大叶的感觉。他的西装尽管剪裁精良,但显然有些过于宽松,一头鬈曲的红棕色头发无拘无束,但从时尚的角度来说有点过长了。尽管从行为举止可以明显识破他在努力使自己看起来比实际年龄成熟一些,但他也绝不像干巴巴的苦行僧那般毫无魅力可言。虽然多少还带着些许优越感，但坦率地说，此刻的他惊慌失措，忐忑不安。他穿过房间，握住坎皮恩的手。

"你好，坎皮恩，很高兴你能来，"他说，"我恐怕是有些大惊小怪了。先吃点东西吧。"他含糊地朝餐桌的方向挥了挥手。他说话时显得很急促，带有一种奇怪的羞怯感，这与他漫不经心的态度截然相反。

在餐桌上方巨大水晶吊灯的照射下，坎皮恩看起来比平时更加呆滞愚笨。他说话的时候显得有些心不在焉，含糊其词。

"来这儿之前我看了报纸，"他说，"情况相当糟糕。"

马库斯警觉地看着他，但对方一脸严肃，此外再无其他表情。他继续说着，依旧是那种淡淡的漠然态度。他这种说话的口吻常常让许多熟悉他的人都不免火冒三丈。

"我把布朗特小姐放在苏格拉底庄园了。一位令人着迷的姑娘，祝贺你，马库斯。"

过于明亮的灯光，擦得锃亮的胡桃木家具，闪闪发光的银器，再加上房间略低的温度，这一切精妙地营造出一种特殊的气氛，使这次怪异的重聚显得与众不同。坎皮恩变得越来越朦胧，而马库斯天生的冷淡成功地让他几乎缄口不言。

坎皮恩礼节性地吃了一点儿冷火腿，举止严肃庄重。马库斯也礼貌性地满足了自己的需求，他恪守礼仪规则——必须给刚到的客人准备食物，而冷餐就是最合适的选择。

至于坎皮恩，他似乎完全没有意识到在这种时候这些安排有何不妥。被人专程请到灾祸现场，迎接他的却是冷火腿，这也许是他所经历过的最普通不过的事情了。吃完饭，他恭敬地接过递来的香烟，这才抬起头看着对方，嘴角挂着礼貌性的微笑，稍微抬高声音："每年这个时候都会发生不少起谋杀案吧？"

马库斯盯着他，脸不由自主地慢慢红了起来。

"你还是那个该死的笨蛋，坎皮恩，"他突然爆发，"我有种感觉，你吃饭的时候一直都在嘲笑我。"

"完全没有，"坎皮恩说，"我刚才是在回忆往事。你是出于礼貌才会装出这副郁郁寡欢的模样吧？"

马库斯笑了笑，瞬间让他看起来像个正常人。然而下一刻，他再度变成那个严肃而焦虑的马库斯。

"你看，"他说，"我不希望你觉得我是在捏造事实，好把你弄到这里来，但我的确身陷困境。"说话间，他迟疑了一下。

坎皮恩挥了挥手。"我亲爱的朋友，"他不以为然地说道，"我当然会竭尽所能。"

马库斯如释重负。那位有风湿病的女佣过来收拾桌子，于是他提议他们到他的私人书房详谈。当他们走上狭窄光滑的橡木楼梯时，他对坎皮恩再次表达歉意。

"你对这种事情早就习以为常了吧？"他喃喃道，"但我还是得承认我有些精神紧张。"

"一般情况下，我很少会在同一区碰到一具以上的尸体。"坎皮恩谦逊地低声说道。

随后他们走进一间典型的剑桥式书房，除了壁炉前摆放的两张深色扶手椅有点突兀之外，从审美角度讲，这间书房无可挑剔，简朴而大方。他们进门后，一只血统纯正的硬毛猎狐犬从壁炉前的地毯上站了起来，带着些许威严，不慌不忙地走过来迎接他们。马库斯连忙介绍道："费恩，'费瑟斯通豪恩'的草体。"

随后发生的事让它的主人多少有点尴尬。坎皮恩和这只犬握了握手，而它似乎领会到坎皮恩的恭谦，跟着他们回到了壁炉前的地毯上。等他们都落座后，它这才重新在地毯上占据自己的位置。在这之后的过程中，它就和它的主人一样，带着那种刻意维持的教养，煞有介事地坐在那里。

此时的马库斯·费瑟斯通恰如其分地展现出一个人的悲惨光景：他就连生活中那些微不足道的琐事都不想花费心思，而是把它们简化为一套严格的行为规范，而此时他突然面临的这种情况，即便是最优秀的人对此也没有固定的行为方式。

"你瞧，坎皮恩，"他们刚坐下，他突然开口，"乔伊斯对这件事太过投入，这才是我真正的麻烦。"

坎皮恩点点头。"这点我很理解，"他说，"赶紧说说事情的前因后果，希利先生也算是你的朋友吧？"

对方惊讶地抬起头。"算不上是什么朋友，"他说，"乔伊斯没跟你说吗？希利是个很难对付的顾客，我认为他没有多少朋友。事实上，我想不出有谁会喜欢他，这也就是此事十分棘手的原因所在。"他皱了皱眉头，停顿了一下，但犹豫片刻后，冷静下来继续说道，"我今天下午才第一次听说这件麻烦事。法拉第老夫人派人来请我父亲，幸亏他不在，谢天谢地，剑桥的冬天不适合他。于是我就独自去了那里，发现整个家乱成一团，可以说是处于一种被抑制的骚乱之中。"

他说话时身体前倾，眼睛紧盯着对方的脸。

"当然，一切都在法拉第夫人的掌控之中。坎皮恩，她是位了不起的老夫人。我到了以后，剑桥郡刑事调查部的几位警探、督察就在客厅里，他们紧张得就像舞会上拿着刀的孩子一样。事情大致就是这样，坎皮恩。你知道的，大学要到下周三才开学，但假期时总会有一两个印度学生在这里。有两名学生沿着河岸捕虫，在格兰切斯特草甸的河里发现了尸体，就在离游泳池不远的地方。它被柳树根缠住了，可能已经在那里待了好几天了。那条小溪每年这个时候都没什么人，而且天气一直很恶劣。于是他们报了警，警察随后赶到。把尸体放在停尸房后，他们发现钱包里还有一张名片，上面名字依然清晰可辨，还有一块纪念手表，上面刻着他的名字，他们这才去了苏格拉底庄园。后来威廉姆·法拉第就去辨认尸体了。"

他顿了一下，冷笑道："整件事令人惊愕不已，但法拉第夫人坚持要开车和他一起去，她就坐在外面的车里等着。你想想看！她八十四岁了，是个独裁者，我自己都害怕她。然后威廉姆去了警察局，还做了笔录。直到我们回到宅子里，他们才告诉我们枪击事件。在那之前，我们都以为他是淹死的。"

坎皮恩坐在椅子上面，身体前倾，镜片后面的双眼黯然无光，但他的语气依然漫不经心。

"关于枪击，"他说，"到底发生了什么事？"

对方的脸变了颜色，回忆往事，他脸上露出痛苦的表情。"他头部中弹，"他说，"后来我去看了尸体，是近距离射中头部的。当然，这可能很容易解释清楚，但不幸的是，他手脚都被绑着，而且他们还没找到枪。我今天去郡里见了警察局局长，他是我父亲的老朋友，一个很不错的人，盎格鲁－印第安出身，是个'难道你不懂式的老派人物'。当然，我们的谈话完全是非官方的，他私下跟我透露，毫无疑问——这是一起谋杀案。事实上，他的原话是'这是谋杀，我的孩子，这是一起该死的讨人厌的谋杀案。'"

坎皮恩的嘴角快速闪过一抹微笑，他又点了根烟。

"你瞧，费瑟斯通，"他说，"有一点我必须跟你说清楚，我虽然不是侦探，但我当然愿意帮忙。你觉得我具体能为你做些什么？"

这位东道主犹豫再三才回答了这个问题："恐怕还有件小事需要解释一下。"他终于开口，声音干巴巴的，听起来有些怪异，"我第一次请你过来的时候，当时还以为是请你来帮我阻止某桩特别难堪的丑闻。你知道的，这是世界上为数不多的地方。在这里，你的某个亲戚——或者是客户蹊跷地被谋杀了，那这就不仅仅是不幸，而是一种糟糕透顶，极其恶劣的罪行。当然，如今这件事已经远远超出了丑闻的范畴，但我觉得，我这么说并无冒犯之意。请一个我所认识的人，这个人不受法令约束——嗯——又或者说他可以肆无忌惮地调查。让这个人来帮助这边的警察，对我而言是大有裨益的。他能巧妙地监督警方行动，又完全值得信赖。我亲爱的坎皮恩，请原谅我使用一个让人反感的措辞，一位绅士。换句话说，"他突然变得十分固执，近乎天真地补充道，"我父亲也快八十岁了，没办法真正胜任这份差事，而我也已经焦头烂额了。"

坎皮恩笑道："我明白。我来这里要扮演好我的专业角色——一个解决麻烦的人。我是说，希望警察能喜欢我，他们向来不喜欢这个主意。

47

恐怕要我兴高采烈地去'协助'他们，这几乎是不可能的。但是，我还是有些朋友的，就像卢格对法官说的那样。我会尽我所能帮助你的，但是我必须掌握所有内情。目前情况对威廉姆先生似乎很不利吧？"

对方并没回应，于是他继续说道：

"跟我说说最难堪的事情，我现在就是只搜寻线索的猎犬。毕竟，你不会希望我发现了这家人的丑事之后，像猎犬一样摇着尾巴，得意扬扬地冲着你叫着邀功吧。"

马库斯拿起拨火棍，若有所思地戳着一块特别坚硬的煤块。他的行为举止不再生硬，现在的他也不再装腔作势，反而只是个毫无戒备心的普通人。"坎皮恩，我要是不认识你的话，"他开口道，"我根本想不出来你为什么坚持要这样称呼自己——我当初根本就不该把你卷进来，然而真正让我害怕的是这个家庭。"

他说话的语气让最后这四个字具有某种不祥的意味。

"那个地方令人极度不舒服，"他猝不及防地开口，明亮的眼睛紧紧盯着对方的脸，他说这些话的时候句句肺腑，终于抹去了他之前的冷淡痕迹，"他们就住在那里，一个落后于这个时代四十年的家庭。除了老夫人的思维方式与他们有所不同外，家里面的其他人生来精力充沛，性格乖张，喜怒无常。把这么一群人聚集在那座巨大陵墓一般的房子里，并由一位我所遇到过的，有着最令人惊骇性格的人所镇压。

坎皮恩，你想象一下，那栋房子里的规矩比你我以前在学校被迫遵守的规矩还要严格，于是，他们插翅难逃。"

"你看，"他诚恳地说道，"在那个屋檐下，任何一个活人都无从发泄自己被压抑的仇恨、小题大做的嫉妒心、欲望以及冲动。老太太掌管着一切，她是第一个也是最后一个法官。这群人全都靠她养活，他们中的任何一个人离开她的话，都不得不忍饥挨饿，因为他们中间根本没人有能力挣到六便士。如今在那种气氛下，尽管我不愿意这样想，但我还是忍不住觉得任何事都有可能发生。"

"事实上，你很确定，"坎皮恩说，"是家里的某个人干的？"

马库斯并没有正面回答这个问题。他拨了拨额前的头发，叹了口气。"这一切都糟透了，"他说，"安德鲁甚至都没被抢劫，哪怕有人偷了他的钱包，我都觉得能有些用处。或者是他想他表哥出丑，抄近路回家，然后失足落入河中。如果是这样也行啊，但是，这些可能全都被排除了。我见过尸体，什么人把他捆了起来，然后几乎打爆他的脑袋。在你到达这里的半个小时前，警察都还没找到那把枪。这点恐怕毋庸置疑，正如警察局长今天下午说的那样，这是起'有目共睹的谋杀案'。"

"为什么这么说？"坎皮恩问。

对方瞪了他一眼。"喂，一切要以证据说话。"他说。

"噢，不，我不是这个意思。我是说，为什么有人要杀了他？从我目前掌握的情况看，他似乎就是个普普通通，上了年纪的讨厌鬼而已——事实上，就跟大家的舅舅没什么不同，而且他也没什么钱，单凭这点就足以让他长命百岁了。"

马库斯颔首道："这就是问题所在。当然，还有赌马经纪人的那张支票，但是法医很确定尸体已经泡在水里至少一周了，所以支票这条线索也没什么用。此外，他似乎只有几笔小额债务，再无其他。这就是关键所在：家里的所有人一点钱也没有，除了老夫人，她绝对是个有钱人。反正我想不出来还有什么杀人动机。"

"当然是为了钱，"坎皮恩说，"人越多最终能瓜分到的就越少。"

马库斯再一次沮丧地拨弄着炭火。"即便真的如此也没什么帮助，"他说，"当然这需要严格保密，但我猜测全家人应该都知道，法拉第老夫人在不久前刚刚变更了她的遗嘱。按照新规定，安德鲁·希利是她的侄子，所以他一分钱都得不到。那么她过世后，他要么饿死，要么就要仰仗他这些表亲们模棱两可的施舍了。他这都是自作自受，你知道的，我也不是对逝者不敬，但他的确不是个善茬。一个爱发牢骚的小人，骨子里就是个无赖，我自己也常常想给他一脚。不过话说回来，他们都不招人待见，全都是。老夫人有些自命不凡，凯蒂人还比较和善，但我确实很讨厌愚蠢迟钝的女人。而真正让我感到恐惧的是，要是我也住在那个宅子里，我也随时会有杀人的冲动。"

"朱莉娅，"从一贯乏味无趣的马库斯嘴里听到这番话，坎皮恩多少有些惊讶，"朱莉娅呢？目前她还是个未知数。我听乔伊斯说她是个老姑娘，很难相处。"

马库斯思量片刻，说道："我一直不明白朱莉娅究竟是冷酷无情、城府颇深还是仅仅只是冷酷无情。但是大家都知道她从教堂开车回家了，众目睽睽之下。她要把一个男人捆起来，然后射杀他，再把他扔到河里——哎呀，老兄，别犯傻了。"

"或许当时的确就是这么凑巧。"他迟疑地说。

马库斯耸了耸肩。"这谁能知道？"他说，"威廉姆肯定是最后一个见过他的人。要是警察发现了凶器，威廉姆现在已经被关起来了。"他猛然抬头，走廊外响起一阵沉重的脚步声，紧接着传来断断续续的敲门声。那位年长的女仆又来了，一脸的不高兴。她拿着一个银托盘，托盘上有张卡片，她一言不发地把托盘递给马库斯。这位年轻人有些惊讶地接了过来，扫了一眼就把它递给了坎皮恩。

剑桥市特兰平顿路苏格拉底庄园

威廉姆·R.法拉第先生

名片上那个印刷精美的名字让他们惊讶地意识到，两人一直在谈论的那个人就在他们身边。坎皮恩把名片翻过来，背面潦草地写着一行字，字迹华丽，但名片空间有限，所有字全都挤在一起。

若能抽空相见，将不胜感激。W.F.

看到这行字，马库斯皱了皱眉头，心不在焉地把卡片塞到兜里，说道："哈莉特，带他过来。"

"诈骗高手"

"那么，这就值得推敲啦，"坎皮恩喃喃道，"究竟是'凶手登场'，还是'化身为战神马尔斯的无辜者的出场'？"

已经没时间评论了，门开了，马库斯连忙起身让那位先生进来。威廉姆·法拉第先生个子不高，胖墩墩的。他穿了件"老乡绅"式的黑色小礼服，约莫有五十五岁。他面色红润，蓝色小眼睛明亮且贪婪，胡子刻意蓄成部队中常见的那种样式，可惜并没有收到预期效果。他的手胖乎乎的，穿着一双方头鞋，这都莫名强化了其主人自命不凡的性格。

他大步流星地走了过来，和马库斯握了握手，然后审慎地看着站在一旁的坎皮恩。他看到那个年轻人时，那双蓝色的小眼睛里先是流露出一丝喜悦的光芒，随即又滑稽地变成了赤裸裸的惊讶，然后他不由自主地戴上垂在宽大黑色腰带上的夹鼻眼镜。

听马库斯介绍完后，这位老人更加惊讶了。

"坎皮恩？"他说，"坎皮恩？不会就是那个坎皮恩吧？"

"毋庸置疑，家族成员之一。"年轻人傻呵呵地说。

这位威廉姆舅舅尴尬地用力咳了一声。"你好！"他伸出手缓和气氛，然后突然对马库斯说道，"乔伊斯，你那位亲爱的姑娘，刚刚回来了。我——嗯——从她那里得知你今晚在家，所以我——我就贸然前来拜访。谢谢你，我的孩子。"他说完就一屁股坐在马库斯为他准备的椅子里。看到坎皮恩正避嫌地往门那边走去，他连忙喊道："不，不要走——请不要走，先生，没什么好隐瞒的，我来找马库斯谈谈这桩恶心的丑闻。"

要是在其他情形下，他那种挑衅的口吻听起来多少有些滑稽，但在他气势汹汹背后，那双蓝色小眼睛里满是恐惧，他看上去就是个令人同情，兴奋过头的老人，仿佛谚语故事中那只口中冒火、气鼓鼓的青蛙一样。

大家分别回到自己的座位上，马库斯坐在中间的高背椅上，费恩卧在他脚边。"马库斯，我的孩子，这件事糟透了，"威廉姆继续说道，"真的糟透了。我们需要聪明人动脑筋帮助我们摆脱这件事，别让我们自己成为整个国家的话柄。尤其是安德鲁，"他突然抬高嗓门，吓了大家一跳，"就算他离开了这个世界还要给大家添麻烦。他们今天下午把我留在警察局谈了快一个小时。"

他带着询问的目光扫了坎皮恩一眼，十分怀疑在这种紧急的情况下，这个年轻人究竟能帮上什么忙。他的疑虑如此明显，就跟他亲口说出来没什么两样。他又对马库斯说：

"好吧，我的孩子。你父亲还没有回来——毕竟，他也上了年纪了。我们该怎么办？我把我所知道的一切都告诉了警察，真该死，我对他的了解实在少得可怜。实话跟你说，他们好像一点都不满意。要不是我知道这是不可能的，他们如此质疑我的说法，我简直都要怀疑他们这么做究竟是何目的，虽然事情的确就是那样。就像是安德鲁，"他又说道，"我知道那个家伙正从地狱或者其他什么地方仰着头，嘲笑地看着他是如何让我们陷入了如此尴尬的境地。"

二人之间的厌恶之情就这么赤裸裸地公之于众，马库斯不免吃了一惊。于是他咳嗽了一声以示警告，然而威廉姆还沉浸在自己的故事中，并没有理会。

"今天下午我在家里不是跟你说了安德鲁的那个愚蠢决定，他坚持要从教堂步行回家。不知道你有没有告诉坎——坎皮恩。我当时在走廊和个熟人——贝莉小姐——一位非常漂亮的姑娘，聊了几句，所以就落在了后面。等我出来的时候，他已经让车先回去了，否则我一定会坚持开车回家的。如此一来，我想也就不会有现在的这些麻烦事了。我不知道警察到底为什么认为这是起谋杀案，关于这点似乎没有任何证据。不过，就像我说的，我和那个白痴说的话你应该都知道吧？我当然也都告诉警察了。匪夷所思的是，他们似乎觉得两个像我们这个年龄的人怎么会过分考虑哪条路回家更近，这点很蹊跷。真见鬼，我早就跟那个穿着制服的死无赖说过了——无论他年纪有多大，他都不喜欢被人断然反驳。此外，我的腿也要遭殃。安德鲁不像我要负担这身重量，他比较瘦弱。不过，死者为大，我们必须尊重逝者。"

他停顿了一下，坐在那里恶狠狠地盯着面前的两位年轻人。马库斯显然不知道该说些什么，至于坎皮恩，他面色沉重，一副不可思议的呆滞表情。他脸色苍白茫然，瘦长的双手交叉放在膝盖上。

威廉姆觉得时机成熟，可以摊牌了。他开门见山地说："马库斯，我今晚来这里主要有三个原因。首先是因为我们那位可爱的姑娘——也是你的好姑娘。我认为目前她不再适合继续住在苏格拉底庄园。当然，对于年轻人，我没什么发言权，但是我认为如果由你出面，我的孩子，我们可以让她离开那里，让她和她城里那位漂亮的美国小朋友住在一起。"

听出他话里的暗示，马库斯突然愣了一下。他不知自己在这件事上为何没有尽到作为未婚夫的义务。威廉姆认为自己占了上风，于是继续说道：

"要是我年轻的时候，我是不会允许我有幸要娶的人和这种肮脏的事情搅在一起的。你明天就着手办这件事吧，这是第一个原因。第二点是我忘记告诉警察的，或者更确切地说，我本来想告诉他们的，但是他们临时改变了谈话内容，你知道的。关于安德鲁所谓的死亡时间——这点对我来说很重要，你也这样认为吧？"

他涨红了脸，挑衅地看向坎皮恩，年轻人朝他友好地笑了笑。

"相当重要，"坎皮恩说，"一定要弄清楚。"

"嗯——"威廉姆咕哝道，"他们认定安德鲁无论如何都是在死后才被扔到河里的。他们推测死亡时间是周日下午一点十分，因为那个家伙的表正好停在一点十分。我想告诉他们，至少我应该告诉他们，如果他们感兴趣的话，那个家伙的表总是停在一点十分——或其他什么时间。事实上，那块表坏了，一直都没修好。那也不是什么高档货，我也搞不清他为什么要戴着那块表，他已经很久都没戴过了。我之所以知道这些是因为我以前常拿这块表取笑他。"

"你确定在他身上找到的手表就是这块表吗？"马库斯突然问。

"哦，没错。我在太平间的时候就注意到了，而且，表上还有他的名字。那是块纪念手表，二十年前，老安德鲁被诈骗公司骗光了所有钱，那家公司就把这块表，连同一堆恭维话送给了他。他所有的钱就换来了这些，一块该死的破表，我以前常跟他这么说，总惹得他心里不痛快。"他若有所思地笑了一会儿，"好啦，嗯，这点我说明白了，对吧？"

"至于这第三个原因就更严肃了。"他咳了一声，环顾四周，很明显，他有重要的内情要披露，"如果你问我究竟是谁干的，这件事我这辈子再清楚不过了。"

如果他希望自己的这番话能引起别人的注意，他确实做到了，至少引起了马库斯的关注。年轻人坐得笔直，脸色苍白，一副忧心忡忡的模样，威廉姆也再次靠在椅背上。

"是乔治堂弟，"他得意扬扬地说，"我以前从未跟任何人提过这件事。我这个人可不愿意连累亲戚——还好只是远房亲戚，谢天谢地——此外，我还要顾及我的母亲，她也受不了这个家伙，根本不允许别人提起他的名字。这点我也能理解，他就是个流氓。顺便说一下，等这件事曝光后，你们二位一定要谨言慎行，千万不要让老太太知道是我给你们提供的线索。我母亲是位非常有主见的女性，哪怕我都这把年纪了，我也不敢忤逆她。"

见另外两人仍然满怀期待地等着，于是他把那个人的名字又说了一遍。

"是乔治堂弟，乔治·梅克比斯·法拉第。我父亲有个放荡不羁的兄弟，乔治是他儿子。自打我父亲过世后，上帝保佑他，这位堂弟就成了我们这个家族的耻辱和麻烦。"

马库斯一头雾水地看了坎皮恩一眼。"我没听说过这个人。"他说。

"你不可能听过。"威廉姆笑道，"像我们这些古老的家族，你知道的，我们有自己的秘密，见不得人的丑事，就跟其他人一样。我估计你父亲知道他，不过不知道他是从哪听到的。我母亲唯恐脏了自己的嘴，才不会提到那个家伙的名字，他就是个乘人之危的大骗子！"

"先生，您把这件事详细跟我们说说。"马库斯颇为不耐烦地说道。

威廉姆清了清嗓子，开口道："没什么好说的，我的孩子，这点显而易见。好像有桩丑闻就和他有关，不过具体的我也不知道，安德鲁也不知道。当然，我平时很少会和凯蒂或是朱莉娅讲话，不过我确信以凯蒂的轻率和朱莉娅的坏心眼，一旦有任何不好的消息，她俩就连两分钟也瞒不住。但我母亲知道，我想这也许就是她的秘密。我之前从来不知道还有这么个家伙的存在，直到我住到家里，我的——呃——安德鲁那个该死的坏家伙让我把我那点小钱投进他那间可恶的公司后，我的命运就悲惨地反转了。"

他用力擤了擤鼻涕，接着说道："然后我发现那个家伙经常不打招呼就来家里，而且还总是醉醺醺的。我不知道他每次来具体发生了什么事，但他通常会和我母亲单独待上半个多小时。每次出来之后他都看上去高兴得像只斗鸡一样。我能想到的就是他敲诈了她，又或是他用某种该死的妙计要到了钱。不管是哪一种，我都不会这样做的，我也不知道这个家伙是怎么侥幸成功的。"威廉姆明显觉得有些遗憾，酸溜溜地抱怨。

马库斯打断他，问道："先生，这非常耐人寻味。不过假设乔治·法拉第——呃——不是个值得信赖的人，您为什么会觉得他很可能就是杀害希利先生的凶手？"

"因为，"威廉姆眉飞色舞地答道，"安德鲁死的那个周日的前一天，他来过家里。我记得很清楚，因为吃饭的时候钟表的钟锤掉了下来，让人非常不安，然后乔治几乎就在同时走进来。他和我母亲私下在客厅谈了很久后才离开。但是他周日的时候依然在剑桥，我在去教堂的路上看到他了，才早上十一点就喝得醉醺醺的。我希望这一切都不要泄露出去，在这个地方，你的亲戚只要不在部队服役或者在读大学，就是种罪过了。更不用说一个身穿锃亮蓝色西装，头戴黑色圆顶硬呢帽，水桶身材，胡子拉碴的家伙和一个显然是流浪汉的家伙在城里招摇过市。"

坎皮恩坐直身体，眼镜后闪过一丝兴趣。威廉姆对他那位声名狼藉的堂弟的某些描述让他记起一些几乎要被遗忘的东西。

"法拉第先生，"他说，"直截了当地说吧，您这位堂弟酗酒吗？"

"他就像个海绵一样嗜酒无度，"威廉姆肯定地说道，"我以前在南非的时候了解这种人。不顾一切，往往结局都很惨。他还总系着条伊格内修斯大学的领带，这个无赖！"

坎皮恩神色一变，机敏地问道："他是不是面色泛红，还有些浮肿，天蓝色的眼睛，看上去还算体面，嗓音低沉，谈吐还挺斯文的？身高约五英尺四英寸，但人很壮实？"

威廉姆盯着这位年轻人，毫不掩饰自己的钦佩之情。

"天哪，太了不起了，我听人说过你们这些侦探——你知道的，他们甚至不用望远镜就能分辨一英里以外的人究竟是个水管工还是个菜农。没错，那就是乔治·法拉第，这个描述再确切不过了。特别是那句'看上去还算体面'。不过这也有误导性——非常容易让人产生误解，那个坏蛋一无是处。哦，好吧，"他得意地补充道，"每个家族都有匹害群之马。"

坎皮恩狡黠地看了马库斯一眼，那个年轻人惊得目瞪口呆，但坎皮恩却不打算给他解释自己这未卜先知的技能。他反而心满意足地笑了，很明显，同伴们对这位冒险实践者艾伯特·坎皮恩先生的评价更高了。事实上，威廉姆明显变得有些慌张。

"什么都逃不过你的眼睛，先生。"他几乎是忧心忡忡地说道。

"我到处都有眼线。"这句话几乎脱口而出，但他忍住了。"从那天起，这位乔治·法拉第一直都待在剑桥吗？"他问道。

威廉姆坐在椅子上，身体前倾，准备宣布显然是他所认为的最为激动人心的发现。

"不是的，根本就没有那个混蛋的任何踪迹！当然，"他有些疑惑地继续说道，"我不知道他有什么动机。我想不出来他为什么比我们中的任何一个人还想要杀掉安德鲁。说到这儿，我实在搞不清楚究竟为什么有人想杀死老安德鲁，除非他们无法忍受他那副尊容。如果这是杀人动机的话，那么任何一个人都有可能杀了他，没人能受得了他那副滑稽模样。该死的，安德鲁就是个讨人厌、爱找茬的家伙。三十五年前我和他在伊格内修斯上学，他错过了两次小考、两次期末考试，就连吃药都会忘记。后来他想去参军，但他的身体素质不行。然后，当然了，除了教堂以外，他也没有其他什么能去的地方了，可他却不这么认为——从不考虑别人，否则他现在应该会住在舒适的乡下而不是现在这个地方。人躺在太平间里，丢下这么个烂摊子。"

他停顿了一下，挑衅地环视四周。

"很抱歉我说得这么刻薄，但是我对那种家伙实在没什么耐心。他在所有事情上都是个可恶的半吊子。就因为那个可恨的公司的推广方案，他把自己继承来的钱全都打了水漂，还包括我的钱。他从公司退出的时候血本无归，除了一块纪念手表，而他居然把这一切都忘得干干净净。现如今就连这块破表似乎也要惹麻烦，远超出了它曾经的价值。"说完，他站了起来，"好啦，马库斯，我要说的都说完了，你看有没有必要把乔治的事情告诉警察。我当然希望你能这么做，因为我不希望因我告发家人而惹老太太不高兴。我希望你明天能到家里来一趟，先生，还有你。"

他转向坎皮恩并和他握了握手。由于之前自己对坎皮恩可能表现出的漠然态度，再加上他刚刚见识到坎皮恩真正不可思议的能力，于是他试图以一种笨拙甚至稍显粗鲁的方式安抚这位年轻的陌生人。

"你知道的，我刚进来的时候，当时惊魂未定。我没意识到你——呃——呃——你这也是某种伪装。刚才你向我展示了真正非凡的推理能力，我这才明白你们这些小伙子是什么样的人才。"

马库斯送他出去，临走前他非要拉住这位年轻人，气喘吁吁地咕哝道："我会再找时间来看你的，我的孩子。我要你为我做的只是件小事。我说话算话——说话算话。"

马库斯回到书房，发现坎皮恩和费恩正目不转睛地盯着壁炉里燃烧的火焰，陷入同等无聊的沉思之中。

"好啦，"他重新占据一席之地，"谢天谢地还有乔治堂弟这么个人。坎皮恩，你运气太好了，刚才的猜测全都被猜中了。你是怎么办到的？"

"主要是天文学，"坎皮恩平静地说，"明智而审慎的广告宣传能使你扬名立万。干什么摆出一副愚蠢的模样？我来给你排忧解难吧。我曾经和那个家伙有过一面之缘，再加上他和威廉姆具有同样明显的家族特征，所以我就把他和那位老伙计的描述联系到一起了。"

马库斯探寻地抬起头，但是坎皮恩并没有提及那天下午在伦敦墓园里发生的事情，反而，他问了他一个问题。

"你以前听说过乔治堂弟这个人吗？"

马库斯犹豫了一下。"我知道有这么个人，"他心虚地说，"事实上，我是听乔伊斯说的。"

坎皮恩先生若有所思地望着他，他的处境十分微妙。

"那乔伊斯为什么希望牵扯到这个家伙呢？"他漫不经心地问道。

马库斯吃了一惊。"我可不这么认为，我觉得她这辈子都不会跟他说上一句话。"他宽慰地叹了口气，"感谢这些小小的恩惠，正如你所看到的，威廉姆和希利之间的爱并没有消失殆尽。当然，那个坏蛋这样露面，也就排除了威廉姆的嫌疑，对吧？毕竟如果没有人有任何杀人动机的话，那个坏蛋岂不就是嫌疑最大的人了？"

"理论上讲，我认为习惯才是最重要的，"坎皮恩正说着，突然和猎犬费恩握了握手，因为它似乎迫切想要这么做，"好吧，也许真相就是这样。"

然而，在他内心深处还有三个明显无法解释的问题：如果乔治·法拉第谋杀了自己的远亲，杀人动机只有他自己最清楚，那么他为什么还要自找麻烦跟踪欧茨督察到利利普的墓地？在那里他有可能跟督察说什么？奇怪的是他为什么一看到乔伊斯·布朗特立马就逃跑了？而且最最奇怪的是，乔伊斯又为何否认自己和他认识？马库斯那些对苏格拉底庄园因为压抑和抑郁而可能产生的种种恐惧栩栩如生的描述再次浮现在他脑海里。他还感到很诧异，为什么在如此近的距离，行凶者射杀他之前还要先把他绑住？椅子上的他如坐针毡，坎皮恩可不是一位喜欢恐怖经历的人。

然后，第二天早上又传来了一个让人震惊的消息，苏格拉底庄园发生了第二起谋杀案。

凯蒂舅妈的隐秘恶习

坎皮恩天生不是个喜欢早起的人。第二天早上他下楼梯时，发现马库斯不仅先于他下了楼，而且已经在早餐间热情地招待一位访客。坎皮恩非常清楚即便是在索尔公寓大楼，这也极不寻常。这位访客是位有点儿古怪的年轻女性。她一头红发，眼睛明亮有神。坎皮恩发现她有些疑惑地迅速看了自己一眼，不免有些吃惊。马库斯此刻也变得开朗起来，不像之前他所认识的那样拘谨。坎皮恩刚下来，他就抬起头，然后向他介绍这位陌生人。

"坎皮恩，这位是安·赫尔德小姐，"他说，"安，他就是那位能帮我们摆脱困境的人。"

"哦，天啊！"安·赫尔德小姐礼貌地说，"你好！"

她刚过二十五岁，是个青春洋溢的俏丽小姐，并非传统意义上的那种漂亮，她美得与众不同。赫尔德小姐完全是一副美国人的模样，轻松自在得惊人。如此一来，坎皮恩也就理解了为何她在这种异乎寻常的时间来访却没让人感觉不舒服。他刚落座，她便坦率而亲切地解释了自己突然造访的原因。

"我今天早上看到报纸上的报道，"她说，"所以我马上就过来问问马库斯，我可以为乔伊斯做点儿什么，她是我最好的一位朋友。你知道，那所房子里没有电话，我给她打电话也不方便，而且发生了这么可怕的事情后，他们也不希望有陌生人出现在那里。"

马库斯插嘴道："我一直在跟安解释，如果她能让乔伊斯和她待在一起，直到事情全部结束，我将感激不尽。威廉姆·法拉第的这个主意还不错。"

坎皮恩不置一词。威廉姆这个人极端自私自利，而他对乔伊斯的关心让他觉得十分蹊跷。

"我一直在跟马库斯说，"赫尔德小姐继续说道，她那双明亮的棕色眼睛瞟了坎皮恩一眼，"我肯定会问她的，但不用想我都知道她是不会来的，除非马库斯固执己见，坚持要她来。"她瞥了另一个人一眼，调皮地笑了笑，"现如今我们这些女性这么无法无天的，我怀疑哪怕是英格兰最好的教育制度的产物也不敢那么做。"

"噢，这我可不好说，"坎皮恩温和地说，"马库斯也有他自己的高光时刻。是谁给伊格内修斯广场上的亨利八世雕像增添了本国文明中最有用的新产物？继我那位弱不禁风的叔叔迪韦齐斯区主教在雾中伪装成布鲁默夫人访问该国之后，再也无人尝试过这种壮举，这个小伙子精力充沛。"

马库斯责备地看着坎皮恩，愤愤不平。"倘若我们要回忆往事的话，"他警告道，"我真心希望不要这样，不然我还能再讲一两件趣事。"

坎皮恩脸上那副无辜的表情惹得赫尔德小姐哈哈大笑。

"我就把这当作马库斯嗜好助人为乐的又一证据。"她说，"马库斯，这不仅仅是你的本能——这是一种激情。好吧，我们就这样做吧，你转告乔伊斯，我非常想见她，这点千真万确。我当然不想插手这件事，但你知道的，但凡有什么地方需要我帮忙，只需一个暗示，我就会像兔子一样立刻飞奔而来。"

她说得十分诚恳，坎皮恩对她报以赞许的微笑。据他所知，这次事件中真正有魅力的人屈指可数，而在他到来的第一个早晨，在餐桌遇到这么一位可人儿实在令人喜出望外。

正在此时，门被人随意推开，来者并不是那位身患风湿病、面容憔悴的女佣，而是乔伊斯。

一看到她，三人全都起身迎她进来。她面若死灰，似乎正处于崩溃的边缘。

"亲爱的，你怎么了，到底出什么事了？"

赫尔德小姐搂住她的腰，让她坐下来。

乔伊斯深吸一口气。"我没事，"她说，"是——是朱莉娅姨妈。"

马库斯正在给她倒咖啡，听到她的话，动作一滞。"朱莉娅？"他问道，"她怎么了？"

"她死了。"乔伊斯突然吼道，然后哭了起来。

有好一会儿，大家都没说话。在其他三人慢慢消化完这个令人震惊的消息后，还是安·赫尔德比较务实，得出了最为合理的结论。

"真是个可怜人，"她说，"我猜想一定是因为之前发生的事影响了她的心脏。"

乔伊斯用力擤了擤鼻子。"不是这样的，"她摇了摇头，"我觉得她是被人下毒害死的。姨姥姥派我来把这些告诉你们。"

她的声音越来越小，房间里似乎突然变得凉飕飕的。医为刚刚得知安德鲁·希利戏剧性死亡一事，这一直截了当的宣告所引发的震撼至少暂时产生了一种令人麻木的效果。无论是坎皮恩还是马库斯都没想过事态会发展至此。

坎皮恩之前从未见过朱莉娅，因此他只是单纯地被乔伊斯的陈述所触动，于是他主导了整个局面。

"我是说，"他安慰道，"你能把整件事给我们说说吗？"

他平静的口吻让乔伊斯打起精神，然后她擦干眼泪，说道：

"我也不知道是什么时候出事的。我猜是在昨晚，或是今天大清早。早上七点钟爱丽丝叫她起床，可她睡得很沉，怎么都叫不醒。爱丽丝还以为她太累了，于是就让她继续睡觉。八点钟的时候，她也没下来吃早餐，这之后——大约半个小时——我给她端了点吃的东西。一进房间，我还以为她病了，她呼吸急促，声音大得吓人，还翻着白眼。我把食物放好，赶紧让我们的司机小克利斯莫斯——老克利斯莫斯的儿子——去请拉弗洛克医生。可他来得太迟了，由于他们把信息弄混了或者其他什么原因，医生来的路上还去看了另一个病人，大约九点半才到。她一定是在医生进门的那一刻死的，我和凯蒂舅妈当时就在她旁边。"

她停顿了一下，喘着粗气。他们都耐心地等她平静下来继续讲。

乔伊斯继续说了下去，急于把整个故事都说出来。"她一个字都没说，此后再也没醒过来，她就这么没了呼吸，仅此而已。可怕的是，姨姥姥根本不知道她病了。你看，她每天十一点才起床，我们之前也没想到事情严重到要需要麻烦她出面。"

"为什么你觉得是中毒？"马库斯突然质问道。

70

"是因为拉弗洛克医生，"乔伊斯说，"他并没有过多解释，很明显，他刚一进来就是这么想的。马库斯，你知道他的，对吧？不是那位老拉弗洛克，'剑桥的老医生'，是他的二儿子，有胡子的那位，他从小就和这家人认识。现如今，老拉弗洛克只给姨姥姥看病，然后由亨利·拉弗洛克照顾家里的其他人。今天早上他看了朱莉娅一眼，还检查了她的眼睛，然后他立即让凯蒂舅妈离开房间，因为她当时几乎已经崩溃了，号啕大哭。

"然后他冲着我生气地问道：'你什么时候发现的？'我就跟他说了——和跟你们说的一模一样。然后他问我她近来情绪是不是一直很低落，安德鲁舅舅的死有没有让她很不安——哎，我只好告诉他这件事对她根本毫无影响。如果真要说有什么影响的话，她反而有些幸灾乐祸。"

乔伊斯浑身战栗。

"太可怕了，她躺在那里，死了。他还问了我好些其他的问题。她有没有吃早餐，我告诉他没有。就是我给她拿了点吃的过来的时候，才发现她病得那么厉害，因此我又把吃的拿了下去。

"这之后他的问题就很直接了，他问有没有人收到过她的便条？于是我们一起在房间里找便条。我们正在找的时候，爱丽丝进来说姨姥姥让我们两个立刻去她的房间。医生让爱丽丝守在朱莉娅姨妈房间的

71

外面，吩咐她不要让任何人进去。我们到的时候看见姨姥姥正在和凯蒂舅妈说话，想必我们知道的她也已经都知道了。医生说话十分直接，不过他对姨姥姥自然不会不耐烦。她戴着一顶蕾丝花边大睡帽，坐在她那张有着豪华顶盖的床上，平静得惊人。听到医生说必须立即向验尸官上报此事时，她这才派我到这里来找你父亲。马库斯，她说如果他还没回来，就让我接你过去。她还说如果坎皮恩也在的话，她也很期待和你见一面，我估计威廉姆舅舅昨晚从这里回去之后一定跟她提了你的事情。"

她望着另一个女孩。

"安，你最好离我们远一点儿，这将会是一桩骇人听闻的丑闻。我敢肯定朱莉娅姨妈绝对不是自杀的，她不是那种人。而且，她昨晚跟我说的最后一句话是，我那时候正准备去找埃伦——我们的厨娘——'这些事都跟她毫无关系，不要让她歇斯底里的情绪影响到自己的厨艺，我想明天的面包酱应该比今晚做得更好吃吧。'不论你想做什么，都不要掺和到这种事情里来。"

赫尔德小姐哼了一声。"别再说这种废话了，"她说，"遇到这种不幸你还要我摆副臭架子，那就大错特错了。我知道现在让你来我这儿住也于事无补，但是无论什么时候，只要你想抽身而退，不管是凌晨还是半夜，随时可以来找我。但凡我能为你做的，你却不让我知道，

72

那我永远都不会原谅你。"

趁着两个女孩说话的间隙，坎皮恩和马库斯准备出发。在走廊里，年轻的律师盯着他朋友的眼睛，嗓音干涩地说："乔伊斯认为这是谋杀？"

坎皮恩不置一词。不一会儿，姑娘们赶上了他们，所有人都挤进一辆老式汽车里。安在国王街下车后，汽车又急速向前驶去。在第一次情绪爆发后，过度的惊吓反而让乔伊斯平静了下来。马库斯开车，她就坐在他旁边，缩成一团。直到汽车驶入苏格拉底庄园的车道上，她一句话都没说。

在清晨阳光的照耀下，这座古老的庄园看起来远没有像昨晚那样令人生畏。爬山虎和常春藤缓和了真实建筑物的威严感，庄园整洁漂亮，完美体现了维多利亚的建筑风格，在人工费高昂的今天实属罕见。

门口停放着医生的小汽车，于是他们匆忙刹车以免撞到它。一位头戴帽子，围着围裙的胖乎乎的中年女性在门口迎接他们。她头发有些凌乱，显然刚才一直在哭。她朝乔伊斯淡淡地笑了笑。

"小姐，法拉第夫人还没下来，"她低声说道，"夫人请先生们到客厅等她。不过威廉姆先生和他妹妹在。"

"没关系的，爱丽丝。"乔伊斯疲惫地说。

他们走进一个宽敞但昏暗的走廊，不过依然能明确地感受到这栋宅邸的维多利亚式迎客之道：土耳其地毯、镀金大画框装裱的平庸油画、红色锦缎壁纸以及华丽且厚重的黄铜饰品。然而至少对这两位年轻人而言，这一切都给人一种压迫感：他们知道住在这里的那些被收容者的过往。对他们来说，这座舒适的大房子是一个充满未知恐怖的地方，堆满了它建成以来所有居住在这里的人们那些奇奇怪怪的废弃物件。对他们而言，这里是文明思想邪恶蘖枝的温床或滋生地，科学家告诉我们这些蘖枝是受压抑和受抑制的必然结果。对他们来说，这座老房子是一座早就暗潮涌动的火山，正在经历一场剧变，这些即将要发现曝光的东西让他们感到惶恐难安。

他们脱外套的时候，对面的门开了，威廉姆·法拉第那张红扑扑、有些浮肿的脸出现在门口。他兴冲冲地朝他们走了过来，亲切得有些夸张。

"很高兴见到二位，"他说，"我想这个可怕的消息你们应该已经听说了吧？这次是朱莉娅。请进，我母亲应该马上就下来，她正在楼上和拉弗洛克医生谈话。我想这个家伙应该知道自己的职责所在。"

他陪他们走进一个房间。要不是荷兰百叶窗把面向车道的两扇窗户遮了个严实，这间屋子光线应该十分充足。很明显，这是家里的主客厅。起初它是作为早餐厅使用的，所以自然还保留着大量之前的家具。精心保养的红木餐桌和餐柜泛着木质光泽，光滑的印花棉布因为浆洗频繁稍稍有些褪色。硕大的大理石壁炉旁边的绿色皮质扶手椅都被各自的主人坐出了凹痕，说明已经用了很久了。还有一些水彩画，风格也都过时了，不过它们那种率真的魅力会让它们迅速重新沉行起来。

威廉姆穿着一双室内拖鞋，身上的那副军人神态也几乎完全消失了，在晨光中显得更加寒酸，更加自由散漫。

"凯蒂也在，"他说，接着又不耐烦地低语道，"我一直试图安抚她，可怜的家伙。"

凯蒂顶着一双红肿的眼睛，从摆放在壁炉旁低矮的椅子上站了起来。一想到还要见陌生人就让她觉得惴惴不安，对她而言这不亚于早上的悲惨经历。她个子不高，是个很容易让人同情的妇人：年龄不超过六十岁，但要比实际年龄看上去苍老许多；衣着考究，谨慎地穿了件领口和袖口都装饰着花边的黑色连衣裙。她也是坎皮恩这辈子见过的唯一一位手腕上戴着块大金表，佝偻的胸前还别着黄金蝴蝶结胸针的女性。她的眼睛哭得通红，鼻尖也红红的，这也是她面部唯一没有皱纹的地方。她浑身散发出一种可以容忍一切压迫的美德，是个把温柔性格发挥到极致的范例。

她和坎皮恩握了握手，但眼睛并没有看着他，而是马上看向马库斯，她的手帕格外显眼。

"我亲爱的孩子，这太可怕了，"她说，"可怜的朱莉娅，昨晚还神采奕奕的，她是我们全家人的主心骨，可今天她就躺在楼上自己的床上——"她强忍悲伤，再次用那条蕾丝小手帕抹了抹眼泪。

目前的情况十分尴尬，都怪威廉姆不合时宜的态度，否则马库斯本可以完美应对。

"行了，行了，凯蒂，"威廉姆站在壁炉正前方，再度恢复了昔日那种咄咄逼人的态度，"大家都清楚朱莉娅的死多少令人有些震惊，但也没必要如此虚伪做作。我倒不是说我不觉得震惊，我也感到很遗憾。见鬼，她是我妹妹呀。朱莉娅那种霸道的性格让人难以忘怀，她的确是个脾气糟糕透了的老女人，但我们要面对现实。"

凯蒂把手帕从眼睛上拿开，望着她哥哥。

她就像只陷入绝境的兔子，看上去痛苦不堪，苍白的脸颊微微涨红，眼睛哭得红肿。她打起最后一丝精神对抗这种严重的失德行为，一双蓝色的眼睛闪烁着义愤填膺的光芒。

"威利！"她说，"她是你的亲妹妹！现在躺在楼上自己的床上，死了。你这样说她，就好像她活着的时候，你怕她会听到而从来都不敢说起她一样。"

威廉姆看上去有些不自在，然而他的不自在并非是因为他严肃或礼貌地接受了这些指责。因此，他鼓起腮帮子，跺着脚，冲着凯蒂咆哮，而此时凯蒂早已对自己刚才的鲁莽行为懊悔不迭。

"就算当着朱莉娅的面，我也都敢说，"他说，"我一直都是这么说话的，该死的，她就是个脾气暴躁的泼妇！安德鲁也一样——他们就是天生一对。少了他们两个，这栋房子也会安静许多。你敢说不是？还有，不要再叫我'威利'。"

每逢家庭发生突发事件时，家庭成员之间总是遗憾地缺乏对他人的体谅，这种事情本来就司空见惯，然而马库斯显然对这种紧张气氛感到尴尬不已。他转过头凝视着那幅已经有些褪色的水彩画，上面描绘着伊格内修斯大学的老校门。然而坎皮恩依然带着他一贯友好的愚蠢表情看着这对兄妹。

尽管凯蒂有所迟疑，但之前她已经反抗过她哥哥一次了，她似乎也有些失控。

"朱莉娅是个好女人，"她说，"永远都比你强，威廉姆。我不想听你在这里抹黑她，她都还没有入土为安。不管你有什么目的，威利，这对你都没用。我实在不愿意这么想。"

威廉姆终于爆发了。他本来就是个易怒的人，现在更加心烦意乱。正如这类人中的大多数一样，他把自己不朽的灵魂视为某种有形的粗鄙东西。

"凯蒂，随便你怎么说我，"他咆哮道，"但我无法忍受虚伪。你不能否认朱莉娅让你的人生一败涂地，你也不能否认她故意用恶毒的舌头和无与伦比的贪婪习性骚扰我和安德鲁。是谁总是让人把《泰晤士报》

直接送到她的房间，一直要看到下午三点？她这辈子都学不会随手关门，任何得罪人的丑闻被曝光，那一定就是她干的。"

凯蒂聚集自己所有的微薄力量进行了最后一次反驳。

"好吧，"她小小的身躯气得发抖，愤怒地将心里话说了出来，"至少她从不会背地里喝得烂醉如泥。"

威廉姆惊呆了。他一脸愠色，蓝色小眼睛恶狠狠地瞪着她，但眼神有些慌乱。当他那种被人死死扼住喉咙的感觉荡然无存后，他终于能开口说话了，不过音调明显比他所预期的更尖细，更高亢。

"这他妈的就是胡扯！"他说，"这就是个该死的居心叵测的谎言！是个心存芥蒂的谎言。姑娘，你的心肠可真歹毒。你还想给我强加这些莫须有的罪名吗？难道我们眼前的麻烦还不够多吗？"他声音嘶哑，然后不再言语。

经过这番长篇大论，凯蒂身子突然一软，瘫坐在餐桌旁的高背椅上。她眼睛上翻，嘴巴张大，歇斯底里地大笑，笑声既痛苦又可怕。她坐在那里，身体来回摇晃，眼泪顺着脸颊流了下来，然而威廉姆完全忘记了自己的身份，冲着她大吼大叫，荒唐地试图让她安静下来。

坎皮恩走上前去，握住这位老人的一只手并用力拍打它，与此同时，他用完全不同于往常的那种平淡而低沉的语调不断告诫她。

马库斯朝威廉姆走了过去，还没盘算好应该做些什么，而乔伊斯此时正在协助坎皮恩。

吵闹声此刻已达到顶峰。就在这个绝妙时机，门被推开了，法拉第夫人出现在门口。

一个八十余年里都盛气凌人的人，不可能不留下些高高在上的痕迹。卡罗琳·法拉第夫人，伊格内修斯大学的校长约翰·法拉第博士的遗孀，她本身就气派十足，端庄大方。

她虽然上了年纪但容貌出众，完全没有上了年纪的人脸上常常挂着的那种丑陋的傲慢表情。

值得注意的是，她出现后不到两秒，整个房间就变得鸦雀无声。她个头虽然矮小但腰杆挺得笔直。坎皮恩出神地看着她，在她紧绷绷的黑色丝绸晨衣下，大部分身体似乎是由某种复杂的鲸骨结构组成的。她单薄的肩膀上披着一条白玫瑰花披肩，一枚硕大的山茱萸胸针把柔软的披肩固定在她喉咙的位置。在那张安详但苍老的面孔上，黑色的眼睛一如既往地炯炯有神。她把一条相同质地的蕾丝短围巾当作压发帽围在头上，并用一个黑色天鹅绒大蝴蝶结固定在一侧。

这些蕾丝也许是她唯一的软肋。她拥有大量收藏品，总能挑选其中的精品佩戴，坎皮恩对此颇具眼光，而在接下来可怕的一段时间里，他发现相同的东西她从不会佩戴第二次。

此时她一只手拄着根黑色细拐杖，另一只手端着一套蓝色大茶杯。

她站在门口，像只小老鹰一样，一个挨一个地扫视着站在她面前的每一个人。在她眼中，他们无异于顽劣的孩童。

"早上好，"坎皮恩发现她的声音出奇的年轻，"威廉姆，你告诉我，有必要这么大吵大闹地自我辩解吗？我一下楼就听到你的声音了，需要我提醒你家里有人过世了吗？"

令人压抑的沉默。不一会儿，马库斯站了出来，好在法拉第夫人朝他笑了笑，让他松了口气。

"我很高兴你能来，"她说，"你父亲还没回来，是吧？你把坎皮恩带来了吗？"

开门见山，这是一位大权在握的女性。

马库斯连忙领坎皮恩上前并做了介绍。因为法拉第夫人一只手挂着拐杖，另一只手拿着茶杯，所以她无意和坎皮恩握手，而是优雅地点点头，难得地冲这位年轻人笑了笑。

"稍后，"她说，"你们两个到我的写字间来。不过在这之前，还有茶杯的事情需要处理。我们全都在这里，所以提前把话说清楚也许更好。我已经和仆人们谈过了。马库斯，把门关上好吗？"

她走进房间，身体虽然虚弱但十分威严。

"乔伊斯，"她说，"给我拿个小垫子好吗？"

女孩打开餐具柜的抽屉，拿出一个四周都有刺绣的帆布垫子，然后把它放在擦得锃亮的桌子上，接着，老夫人把茶杯和茶碟放在上面。

"那个东西，"她责备地说道，"是我在朱莉娅的房间发现的，就在床幔下面。我用拐杖找到的，然后爱丽丝把它捡了起来，她应该用它喝过茶。"

他们全都站在那里。坎皮恩站在老妇人右侧，从他的位置可以看到茶杯底部还有一些渣状物和茶叶。不过这种问询式的氛围让他相当吃惊，刚开始他还不太清楚家庭不和的状态，也不清楚这暗示着与正常家庭生活的决裂，他更没想到法拉第夫人的询问立马就有了结果。

在这之前凯蒂一直安静地使劲嗅着她的手帕，现在突然可怜又尴尬地大哭起来。她走上前，局促不安地站在她母亲面前。

"是我做的，"她凄凄惨惨地说，"是我泡的茶。"

老夫人一言不发，房间里没有第三个人胆敢开口，凯蒂卑微地继续说下去。

"朱莉娅喜欢早上喝杯茶，"她可怜巴巴地说，"我也喜欢。我可怜的罗伯特在世的时候，我就养成这个习惯了，他也喜欢。朱莉娅建议说——不，好吧，或许不是她——但我们中的一个人认为尽管这里没有喝早茶的习惯，但我在布茨那里买了个小水壶和小酒精炉，每天早上赶在爱丽丝端来热水之前，在我房间泡好茶应该也没什么大碍。两年来我们都是这么干的，每天早上我泡好茶，穿着睡衣和拖鞋给朱莉娅送去。今天早上我把茶端给朱莉娅的时候,她——她那时候还好好的。哦,妈妈!如果她把什么东西放到茶水里然后喝了下去,我永远都不会原谅我自己,也不应该原谅我自己。"

在这个惊人的真相被曝光后,她再次抽噎起来,乔伊斯在一旁徒劳地安慰着她。法拉第夫人看着她的女儿,眼神复杂,混杂着不满、惊讶以及轻蔑。最后她对乔伊斯说:

"亲爱的,把你舅妈送到她的房间,如果拉弗洛克医生还没走,让他给她注射一剂镇静剂。"

然而凯蒂还没有意识到自己现在有多么卑躬屈膝,就像很多饱受摧残的人多少会误入歧途,她的行为有种强烈的矫揉造作之感。

"母亲,"她说,"请原谅我,你必须说你原谅我了,不能确定这点之前,我就不再是我自己了。"

如果法拉第老夫人的身体机能还能让自己面红耳赤的话,毫无疑问她会尴尬得满脸通红。事实上,她脆弱的皮肤呈现出深灰色,明亮的黑眼睛满是尴尬。

"凯蒂,亲爱的,你身体显然很不舒服。目前我和拉弗洛克医生并不关心你们背地里喝早茶的事情。"说完她便转过身,对其他人说道,"马库斯,我要你替我拿好这只茶杯,坎皮恩,借我手臂用用。威廉姆,你最好留下来,等我派人来接你。"

派头十足

　　大厅外一条不长的走廊通向宅子南侧一处阳光充足的小阳台，一行奇怪的人朝那边缓缓走去，那里就是法拉第夫人的私人房间。

　　老夫人苍白得有些泛黄的手指轻轻地放在他的胳膊上，此刻次皮恩似乎完全明白了老夫人赋予他的荣誉。马库斯拿着茶杯跟在他们后面，法拉第夫人抬起她的拐杖说："进来吧。"

　　坎皮恩打开门，侧身站到一旁让她先进屋。在这个维多利亚时代的堡垒中，这是一间完美的安妮女王式的起居室，这点完全在他意料之外。墙壁上镶着白色的墙板，上面还挂着精致的铜版画。中国地毯上的紫灰色玫瑰花和窗户周围的拱形织锦帷幔交相呼应。胡桃木古董家具柔和地反射着壁炉里明亮的火焰,烛台是银制的,椅套上也全是刺绣。这个房间很漂亮,与其他房间显而易见的浮华风格截然不同。

穿着一身蕾丝衣服的法拉第夫人似乎是该时期珍品得天独厚的所有者。她坐在写字台旁,拉开一个抽屉,然后转身看着他们,象牙色的小手放在抽屉内精致的意大利吸墨纸上。

"马库斯,你不介意的话,把那个杯子放在我的桌子上吧。"她说,"谢谢,就放在这张便笺上,胡桃木上一旦弄上杯子的水印,要花三年时间才能磨光。先生们,就坐吧。"

他们顺从地坐在宽大的喜来登椅子上,这种椅子显然是为了体型更为高大的人所设计的。

"现在,"她看着坎皮恩继续说,"让我看看你,的确是鲁道夫家的人。你长得并不太像你亲爱的祖母,但我能从你身上看到首相家族的痕迹。"

坎皮恩脸红了,老夫人再次开口时,脸上露出一丝愉悦的神情。

"我亲爱的孩子,"她喃喃地说,"老太太们相互之间总是喜欢嚼舌根,我不应该揭发你的。按道理我很赞同你们这些人的看法,但终究只要你那位难缠的兄弟还活着,你就要肩负起家族的责任。我看不出来你有什么理由不按自己喜欢的名字称呼自己。艾米丽,也就是那位遗孀,我们经常书信往来——哎呀,已经有四十五年了——所以你所有的事情我都从她那里知晓了。"

被人发现自己的隐秘，坎皮恩反而异常平静。

"我祖母和我，"他说，"至少在家人眼里是共犯。按我母亲的说法，是她帮助并教唆我的。"

老夫人点了点头。"这些我都知道，"她拘谨地说，"现在我来谈谈这件可怕的事情。从乔伊斯那里我大概了解了马库斯邀请你协助他处理这件事，如果你同意，我希望由你直接代表我出面。我会给你准备好客房，如果你受雇不超过一个月的话，费瑟斯通公司将支付你一百个几尼，但记住要守口如瓶。"

坎皮恩刚要开口说话，她严厉地补充道："如果你不愿意，后面也可以拒绝。我现在已经八十四岁了，因此，你会明白的，遇到这种紧急情况，迫不得已，我必须想方设法用其他人的力量保护我自己和我的家族。我还必须保护自己不受愤怒、悲伤或激动等情绪的影响，因为我现在没有精力承受这些情绪。"

她停顿了一下，严肃而平静地看着他们，不知为何这让她看上去有些铁石心肠。坎皮恩意识到她有着非同一般的坚强个性，要不是她接下来突然说出的这番话，她的疏离会让自己感觉焦躁不安。

"你看，"她平静地说，"在这个家里必须有人站出来理智地考虑问题。我那些可怜的孩子们没能拥有聪明的脑袋，这就是为什么我必须用这种方式维持我所拥有的长处。你可能会觉得我没必要对今天早上朱莉娅可怕的死亡事件表现得如此克制隐忍，然而我已经过了自欺欺人、恪守礼仪的年纪了。不知道是因为朱莉娅和我在一起的时间比其他孩子都长，还是因为她太像我丈夫的母亲，在那愚昧盛行的年代里，她着实是一个令人恼火的蠢女人。朱莉娅总是让我震惊，她更加愚蠢，更加无情。因此，尽管我对她的死感到突然和震惊，但我并不觉得痛彻心扉。到了我这个年纪，死亡早已失去了它可怕的特质，这一切我都说清楚了吗？"

"说清楚了，"坎皮恩答道，他已经把眼镜摘了下来，戴着眼镜时才有的那种愚蠢神态也几乎消失不见了，"我明白，您是想让我在您和我们很可能即将要面对的打击之间扮演调解人的角色。"

法拉第夫人飞快地瞥了他一眼。"艾米丽说得没错，"她说，"你似乎是个非常聪明的年轻人，那么我想第一点我们已经解决了。你要明白，我对警方没有什么好隐瞒的，任何需要我协助的地方，我都愿意协助调查。以我的经验来说，极力掩盖麻烦毫无意义，而且事情结束得越快，遗忘得也就越早。不过，如今报社那边还是个麻烦，记者们已经开始围攻这所房子了。当然，我已经吩咐仆人们守口如瓶，但我认为把所有的信息都拒绝透露给报社是不明智的。根据我的经验，一旦和他们对立起来，他们杜撰的报道要比他们自己能够收集到的任何信息都更加令人浮想联翩。"

她再次带着问询的目光，迅速看了她的听众们一眼。看到他们点头表示理解，她似乎十分满意。

"你明白的，我不打算亲自去见这些人，"她接着说，对所有可能会发生的事情付之一笑，"当然，威廉姆也不能去见他们。我希望你以'坎皮恩先生'的身份出面为我安排这一切，你还要像警察一样查出来谁应该为这些罪行负责。我这么形容并非是要侮辱你。然而，我尤其希望让你做的是一旦有什么发现就立即告诉我，这样我就不会毫无准备地被这些结果弄得不知所措。当然，顺便说一句，在这个家里我需要有个聪明人在,指望我能从他那里得到一定程度的保护。因为，很显然，如果这两起谋杀案源于这个家庭，至少我是这么认为的，那么我们之中只有一人是安全的。事实上，除非找到某种解决方案，接下来谁将会被谋杀也只是时间的问题了。"

她那细小的声音逐渐减弱。当她在那间优雅的小房间里发表这段不同寻常的言论时，坐在她旁边的两位年轻人目不转睛地看着这位非凡的，甚至有些不近人情的老夫人。

从上了年纪的人身上常常会看到他们的情绪和感情要比智力保存得更久，因此，如今真真切切地看到有人逆转了这一过程，不免令人大为震撼。

接下来老夫人把注意力放在了马库斯身上。"我没有等你父亲来帮我安排这些事情，因为我早上算了算你的年龄，你肯定也快三十岁了，我想不出来你有什么理由不会比他更加能干。他这个人呀，在我看来从来都没有真正理解上了年纪的艺术。此外，"她继续说道，语气变得有些严肃，"如果一个男人三十岁的时候还不足以承担责任，那么他以后能够肩负重任的可能性也就很渺茫了。威廉姆和安德鲁就是这种令人苦恼的例子。我记得很多很多年以前，就在这间屋子里，我跟格莱斯顿先生讲过这句格言。他当时说：'夫人，要是我认同您这句话，我就永远都不可能成为一名政治家。'但晚饭后，他在客厅跟我说，我是对的。"

就在她说话的那一瞬间，仿佛能看到八十年代的卡罗琳·法拉第的影子。这位才华横溢的女主人成就了她的丈夫，他是个脾气暴躁但博学的老学究，也是位了不起的人物。然而，这仅仅是一瞬间而已，转眼间她又变成了那只小黑鹰，机敏且冷静。

"首先，"她说，"我必须告诉你，希望你能保密。昨天我和我一个老朋友的儿子简短地交流了一下，他是我们郡的警察局长。他向我保证会全力以赴弄清安德鲁死亡之谜，所以我今早猜想他们到时候会请苏格兰场出面协助侦破此案。这是第一件事，但目前最重要的当然是可怜的朱莉娅这件事。"

她沉默了一会儿，他们则继续坐在那里等她开口。

"至于拉弗洛克医生，在他们家里，除了特别长寿这点以外，其余一无是处，他认为这是自杀。我断定，"她平静地继续说道，"按照他的理论，这一切和安德鲁的死有关。可怜的朱莉娅悔恨不已，然后就自杀了。当然，就只有毫无想象力，不认识这两个人的傻瓜才会相信这种说法。"

她审慎地看着这两个年轻人，补充道："然而，要是没有新的案件出现，警察也会得出相同的结论的。我看不出来我们有什么理由迫使他们得出其他的结论，至少就自杀这个问题而言。"

坐在椅子上的坎皮恩身体前倾，他客气地问道："法拉第夫人，您为什么这么肯定朱莉娅小姐真正的死因不是自杀？"

老夫人叹气道："朱莉娅和安德鲁彼此生厌。如果是安德鲁杀了朱莉娅，然后又自杀了，我想我都不会如此震惊，可朱莉娅自我了断，这实在让人难以置信。她这个人贪生怕死，仿佛只要活着就能从中捞到点什么，真是个小可怜。而且她既没有那个体力，也没有机会，甚至都没有那种意志力把安德鲁绑起来，然后开枪杀了他，再把他扔到河里。要记住这点，她比凯蒂还要大一岁。她身体笨重，一旦她开始谋划做这件事肯定会吓得要死。至于实际情况，先不说推测，拉弗洛克医生已经诊断出是毒堇中毒，朱莉娅喝剩下的毒药很可能还在那个杯子里，你们也亲眼看到杯子里还有沉淀物。"

她骨瘦如柴的手指着那只蓝色的大茶杯。

"拉弗洛克医生本来想把它带走,"她说,"但我肯定地告诉他,他可以放心把它交给我保管,警察一到我就把它交给他们,他们应该随时会到。"

她嘴角掠过一丝冷笑,昭示一场战役的胜利。他们也没说话,于是她平静地继续说下去,依旧是那种不近人情的口吻。

"我的询问,"她接着说,"有些你们也听到了,我发现了一个合理的解释,还有一个相当奇怪的事实,这或许很值得关注,又或许毫无意义。不管多戏剧化,凯蒂说过去两年里她每天都会泡早茶,还习惯性地给朱莉娅送一杯过去,朱莉娅的房间就在她隔壁,看来我们的女仆爱丽丝应该会知道这个习惯。在我下楼发现可怜的威廉姆闹出那场不光彩的闹剧之前,我和她在楼上谈过。好像之前一直都是爱丽丝从她们床底下把杯子拿出来,在浴室洗干净后再把杯子放回小橱柜里,凯蒂的随身物品也都放在那里。"

老夫人最后的几句话里明显带着不屑,料想他们或许对此颇有微词,她随后解释道:"在我看来,喝早茶无疑是种放纵,把懦弱当作借口,所以在我的家里一直禁止提供早茶,以后也一样。"

老夫人把这点说清楚后,话锋一转,再次回到目前更棘手的事情上来。"我发现的第二个情况有些奇怪,就她这个阶层的人而言,爱丽

90

丝是最可靠，最聪明的一个了。她告诉我过去这六个月里以来，她留意到每天早上朱莉娅的茶杯里都有些沉淀物。因此，在警方对我桌子上这只杯子的残留物进行分析以前，关于朱莉娅是否被人在她的早茶里投毒一事肯定还有疑问。还有件事，我向你保证朱莉娅并没有吸毒的习惯，在这样的家庭里，没有人能保守这种秘密。好吧，"她停顿了一下，那双敏锐的黑眼睛盯着坎皮恩，"今晚你也会出席吧？我们八点开饭。"

坎皮恩站起身。"法拉第夫人，我很乐意尽一点绵薄之力，"他诚恳地说，"我不想让您颜面尽失，所以至少要让我弄清楚我可能会面对的隐患。除了您的直系亲属以外，在希利先生失踪前后，有没有其他人来过这里？"

老夫人有所迟疑，嘴巴微动，若有所思，最后她耸了耸肩。

"你已经知道乔治·法拉第的存在了，"她说，"恐怕还是要把这件事说出来。没错，安德鲁失踪前一晚他就在这所房子里，我第二天早上开车去教堂的时候，也在城里看到了他。"

那张上了年岁的脸罕见地变得严肃起来。

"如果可以避免的话，我不希望在这个案件中涉及他的名字。我从来没有想过他会对安德鲁之死有任何兴趣，当然他也不会指望会从中获利，不管怎样只有我死了才可能对他有所帮助。按照我的遗嘱，只要他移民澳大利亚，他就会获得一笔小额年金，不过只有他留在澳大利亚期间才能得到这笔钱。安德鲁去世前那个周六的晚上，他来找我借钱，实际上他拿到了十英镑。据我所知，他没有固定的住所，除此以外，关于他的事情我能说的就只有这些了。"

他们二人都很清楚，关于这点，任何更进一步的问题都只会得到唯一的答案，不过至少坎皮恩看上去还比较满意。然而，他下一个问题更加耐人寻味。

"那威廉姆·法拉第先生……"话到嘴边，他又犹豫了一下。

老夫人再次挽救了他。"威廉姆平时会喝点酒，安德鲁也一样。"她平静地说。这时他们才突然意识到她已经就这件事的各个方面审时度势，让他们作为助手和盟友成为自己的心腹，因为她觉得只有这样，自己才能集结足够的力量来迎接这场冲她席卷而来的风暴。

"他们两个都不知道我其实已经知道了，我猜测这两个人中威廉姆酒瘾更大一些。还有一种可能性——"她谨慎地压低声音，"威廉姆无论是体力上还是心智上都没有能力杀人。关于安德鲁死亡这件事，他应该知道点儿内情，但我敢肯定他和这件事没有关系。不过周日那天的午饭他迟到了大约有二十分钟。不管他是否意识到了，或者他愿不愿意承认，他对此还没有给出一个令我满意的解释。马库斯，你父亲回来后，我也很想见见他。还有你，坎皮恩，我期待今晚在餐厅见到你。"

这显然是在下逐客令了，于是两位年轻人站起来道别。在外面的走廊里，马库斯瞥了坎皮恩一眼。

"这件事你怎么看？"他低声问。

坎皮恩苍白的脸上浮现淡淡的笑意："希望我能合她心意。"

在大厅里他们看到惊慌失措的爱丽丝正领着一个身材高大、愁眉苦脸的人往图书馆走去，他的两个手下还呆头呆脑地站在走廊里，坎皮恩面露喜色。

"嗬，警察来了，"他说，"斯坦尼斯劳斯·欧茨负责此次调查，目前为止这算是我们的第一个好运。"

魔术师

听他儿子说完，老费瑟斯通适时地停顿了一下。他从椅子上站起来，在他的私人大办公室来回踱步。房间里除了他，就只有坎皮恩和马库斯两个人。等他转过身，那张格外英俊的脸上流露出深切的懊悔之情，这种沉默的表现也让二人惊诧不已。

"这一天终究还是来临了，"他说，"我一直都想知道那家人之间的仇恨究竟何时才会显露出来，实际上我已经等了四十七年了，最终它必然会发生的。好吧，我今天下午去见了法拉第夫人。你是说一切都在她的掌控之中？一直以来她都是位了不起的女性，她还和以前一样精明敏锐，马库斯，除了你的那个小姑娘以外，我不认为她内心深处还有丝毫波澜。这是件很不光彩的事——很不光彩。"

他在一扇长窗前停下脚步，俯视下面的摄政街。借着光线，能更清楚地看清他特有的高贵表情，老费瑟斯通先生私下引以为傲的英俊外表是他这么多年功成名就的重要原因。年过七旬的他成了一位气宇轩昂、料事如神的人物。银白色的头发和胡须，一双和他儿子一样的灰色眼睛，有些冷冰冰的。因为坚决抵制佩戴眼镜，所以他错过了很多眼前发生的事情。他突然转身看着这两个年轻人。

"你们当然不会记得老法拉第了，"他说，"他如果还活着——让我算算——现在已经一百岁了。他出生在一个大家庭，是家里的长子，也是这些人里面唯一一个有真本事的人，其他那些人全都肆意放纵，一无是处。约翰是位学者，他身上所有的优点似乎都指向这一点。他和他妻子截然相反，她也聪慧过人，不过是另一种聪明——不要混淆这两种聪明。"他停顿了一下，然后缓缓地说道，"我其实并不认为她不喜欢他，她非常尊重他，在某些方面她对他的崇拜甚至有些盲目。以至我现在去那里的时候，我都会担心自己误坐了图书馆那把黄色的椅子。"

坎皮恩诧异地抬起头，马库斯连忙解释道：

"我本该提醒你的，苏格拉底庄园的图书馆里放着一把套着黄色织锦椅套的大椅子，要像躲避瘟疫一样远离它。那是老法拉第先生自己的椅子，据我所知，即便法拉第夫人不在场的情况下，他去世后也没有人再坐过那把椅子。它就是马大哈们的隐患，应该给它贴个标签，不过幸运的是，他们只有在重要场合才会用那个房间。"

"我会好好记下这个黄色的危险。"坎皮恩说。

老费瑟斯通先生转过身，疑惑地看着刚刚说话的那个年轻人。

"还有你，坎皮恩，"他说，"我不知道法拉第夫人认为你对她能有什么用处，我也不知道你打算做些什么。以我的经验来看，当然也包括其他人的经验，应对这种骇人听闻的事件唯一的办法就是循规蹈矩，外行人暗中捣鬼对每个人都没有好处。"

坎皮恩反而把这种无端的侮辱当作是最高级别的恭维。他憨厚地笑着说："我就是个调停人。您知道的，不是以前那种调停人，而是某种缓冲物——就像在火车车厢里缓冲力量、防止脑震荡的一种机械装置。换句话说，我想就是某种私人秘书吧。"

老费瑟斯通有些近视的眼睛冷冰冰地朝他那边看了一眼。

"孩子，别这副模样，仿佛你是从牛津来的一样，"他说，"这两所学校都生产傻瓜，不过谢天谢地我们努力培养我们自己所需的专门人才。"

马库斯不安地瞥了坎皮恩一眼。"恐怕我父亲忘记你的好名声了。"他抱歉地低语道。

但老费瑟斯通可不喜欢五十岁以下就声名赫赫的人物。

"我警告过所有人，"他怒气冲冲地说，"这种事情就是沥青。以我的经验，一旦碰过沥青，你的手也就脏了。我是以官方的身份关注苏格拉底庄园这件事的，人有的时候必须要自私一点，马库斯，你管得太宽了。我猜是因为你没法让乔伊斯置身事外？你知道的，她其实不算是他们真正的亲戚。"

自从坎皮恩和马库斯认识以来，这还是他第一次从马库斯眼睛里看到真正的怒气。

"乔伊斯会按照自己的心意行事的，而我也应该尊重她的决定。"

这位老人耸了耸肩。"没有比年轻人更傻的人了，"他评论道，"不管他们说的是什么。"

坎皮恩现在对家庭摩擦已经习以为常了。就在他已经做好准备迎接接下来的交锋时，这一切被一位上了年纪的秘书打断了。她进来通知老费瑟斯通车已经在等着了，接下来一阵忙乱，老人穿好外套，戴好帽子和一条宽大的羊毛围巾，然后被安全地护送上他的战车。马库斯走上楼来，看起来轻松了很多。

"坎皮恩，你看，"他说，"你不介意去我的房间吧？那儿比这儿要舒适多了。我父亲几个小时后才会回来。对了，你认为那个警察什么时候会露面？"

"很快就会到了，"坎皮恩边说，边站起来和他的朋友往走廊走去，"他应该当时就收到我留给他的字条了，以我对他的了解，初步调查结束后，他就会溜达过来。你会喜欢上他的，他是位数一数二的好警察，我已经和他认识很多年了。顺便问一句，你们把那些名人的名字放在这里的雅间，是为了引起那些粗心大意的访客们的注意吗？"

马库斯这次并没有报以微笑。"他们只允许我们以这种方式打广告，"他说，"我们到了。"

费瑟斯通律师事务所共有三间办公室，他们现在来的这间办公室是其中最小的一间。这栋大楼被改造为格鲁吉亚建筑风格，大楼里的其他机构也都井然有序，十分体面，完全配得上和这家赫赫有名的公司做邻居。

这个房间方方正正，十分舒适，光线充足，通风也很好。房间里摆满了擦得锃亮的红木书橱，还配有相称的同一木质的其他家具。马库斯坐在办公桌旁边，坎皮恩则在壁炉前的皮扶手椅上坐了下来。

"在这里没人会打扰到我们，"马库斯许诺道，"重要的访客会被带到老爷子的办公室，那里更气派一点。乔伊斯和安大约四点半会在这里碰头，我说要给她们准备点茶水。"他焦虑地用手挠了挠头，"这件事把所有事情都搅得一团糟，"他说，"它从一个完全不同的角度让你体验生活，不是吗？"

"从报纸的意义上来讲，"坎皮恩评论道，"生活总是从这个角度被感知的。威廉姆舅舅这次一定以为自己就是'今日人性故事'的主人公。"

"扒粪记者！"马库斯蛮横地说，"我自己以前也常读那些谋杀案的相关报道，但当报纸上说的是你所认识的人的时候，这种感觉是不一样的。"

坎皮恩心不在焉地点点头："我只想弄明白，那个女人怎么会毒死自己呢？"

马库斯盯着他问："你认为这是自杀？我以为是——"

坎皮恩摇了摇头。"噢，不是的，"他说，"哪怕只是看到它的表象都能知道。这也是我最不愿意承认的，法拉第小姐明显是被迫服用了大剂量的毒药。一般情况下，这也几乎不可能是一时的疏忽。在一个家庭里，通常只会大量存放如盐酸、氨水、苯酚这类具有腐蚀作用的毒药，也就是那种绝对'禁止服用'的药物。此外，我从没听说过一个要自杀的人却没有给房间上锁，人们自杀的时候总喜欢独自一个人。不管怎么说，这纯粹是个人的私事。"

"的确如此。"马库斯说，接着便沉默不语。

就在这个间隙，那位上了年纪的秘书又出现了，说是有位欧茨先生来找一位叫坎皮恩的先生。

督察一出现，这两位年轻人立马站了起来。那个身形瘦削，略显忧郁的身影还在门口徘徊，看起来比平常更加沮丧。坎皮恩冲他咧嘴一笑。

"你是为了那件案子来的？"

督察有些迟钝的孩童般的笑容改变了他的整体气质，也消除了一本正经的介绍可能产生的不适感。

"坎皮恩，我看到你的留言了，"他说，"费瑟斯通先生，很高兴见到你。" 他脱下雨衣，在马库斯示意他坐的椅子上坐下，感激地靠在椅背上。他看着坎皮恩，笑容满面。"从各方面来说，我也很高兴见到你。"他和蔼地说，"你应该没有触犯法律吧？"

"如果你言下之意指的是这个，我这周可没打算谋害谁。"坎皮恩自豪地说。

听到他们的对话，马库斯不免有些震惊。督察连忙解释道："我办案的时候经常碰到这个人，他的身份总是很微妙，所以我永远都弄不明白，我到底敢不敢承认自己和他认识。"

他接着又对坎皮恩说："我听法拉第夫人说你是她的私人代表，不管那意味着什么，这是真的吗？"

坎皮恩点了点头。督察沉默不语，马库斯明白不管督察想要说什么，他都不愿意当他面讲。于是他识趣地回避，去了他父亲的办公室。看到马库斯顺手把门也关上后，斯坦尼斯劳斯·欧茨长长舒了口气，然后把他的烟斗掏了出来。

"作为那位老夫人的代表，"他谨慎地问道，"这是否意味着你要保守一些秘密？"

"不是的，"坎皮恩说，"显然，我会全力以赴'逮捕这起残忍暴行的行凶者，让他接受应有的惩罚。'"

督察咕哝道："仅仅如此？"

"当然了。就像我们在理事会上说的一样，有我在你放心，"坎皮恩呆头呆脑地说，"这件事你怎么看？有什么发现？"

督察闷闷不乐地摸摸下巴。"一无所获，"他说，"我就知道我的好运气都到头了，这些天我一直等着，看会招来什么麻烦。然后就是那次巧合，昨天撞到你和那个叫乔伊斯·布朗特的女孩。对我来说，真正的巧合总是意味着霉运，这是我唯一相信的迷信说法。"

坎皮恩靠在椅背上看着他的朋友，眼神严肃且精明。他觉得告知督察刚才所提到的关于巧合一事更为重要的一面，现在还不到时候。斯坦尼斯劳斯·欧茨继续发着牢骚。

"我会说十二种不同的意第绪语，能和醉醺醺的瑞典水手说上话，就是因为东区很看重这些东西，所以我被提拔了，然后又被迅速派来处理这桩案子。"他说，"坎皮恩，我跟你说，我可以从容地应对东区最难缠的泼妇，但是我拿法拉第夫人毫无办法。你能明白吗？她说的

101

话简直就是另一门还需要我去学习的新语言。一开始我表现得还不算太坏，事实上，她刚走进那间大图书馆里的时候，我以为我会喜欢她的。可我们刚一坐下准备开始，她立马变得冷冰冰的——"

"你肯定是坐在那把看上去不太舒服的黄色锦缎椅子上了。"坎皮恩说。

"是啊，"督察心不在焉地承认，下一刻他突然坐直身体，眯着眼睛问，"喂，坎皮恩，别耍花招。你怎么知道是把黄色锦缎椅子？它看起来挺威风的，所以我才选择了它。"

"大警察犯了个致命的错误。"坎皮恩笑着说，然后解释给他听。

"好吧，我完蛋了！"督察懊恼地说，"可是谁会知道那种事情？就跟种姓制度一样糟糕。噢，好吧，这也就解释通了。你呢？你有什么发现？你知道的，不管医生那个家伙说了什么，今天早上死的人就是被谋杀的。表面证据指向她那个哭哭啼啼的妹妹，凯蒂·贝里，不过看起来这对我们也没什么帮助。"他停顿了一下，像只迷惑不解的小狗一样摇了摇脑袋，"至于另一个案子，"他继续说，"唯一合理的就是从他家人那里寻找杀人动机。威廉姆，那个面色红润的傲慢家伙，还有老夫人她自己，以及乔伊斯·布朗特。你觉得这几个人里面谁看起来更像是杀人犯？或者是哪个仆人？整件事情根本就不合情理。我问你，有谁会把一个人绑起来然后再开枪，或者是先开枪杀死他，然后再把他绑起来？这简直太荒谬了。我今天早上大致调查了一下，也按常规做了笔录，倒是有那么一两件事情挺耐人寻味的，佢房子里面的人都没什么问题。"

看坎皮恩没吭声，他皱了皱眉头："今早的事情我大致知道是怎么回事，但没找到确凿的证据之前我不会表态。好吧，坎皮恩，自从1926年以来，这还是我们第一次共同处理同一起案子，我不介意告诉你我很高兴在这里见到你。"

"说得真不错，"坎皮恩说，"你脑子里到底在想什么？你希望我说什么？"

督察掏出一个笔记本。"我的速记员把他们的供述一字不落地都记录下来了。"他说，"不过这是我的私人物品。"

"我想全都是些滑稽可笑的知名人士。"坎皮恩一边说．一边侧着脑袋瞟了一眼。

督察咕哝道："关于这位堂弟，乔治·梅克比斯·法拉第，我是从威廉姆那里听到他的事情的。第一个家伙死的时候，他就在附近。"

坎皮恩坐了下来，靠在椅背上。根据他的经验，一旦督察听到什么风声，试图有所隐瞒是白费功夫。

"我说，"他开口道，"关于这点，我现在没有确凿的证据，所以我想这条线索对专业人士而言并无益处。不过你还记不记得昨天跑来和你谈判的那个人，他一看到布朗特小姐就溜了？我认为那个人就是乔治堂弟。你难道没注意到他和威廉姆长得有多像吗？"

我们这位督察难以置信地看着他。"这简直不可思议，"他说，"再次强化了这种巧合，而这往往意味着麻烦，不过这点我们可以日后再讨论。每次都有这个姑娘，她到底隐瞒了什么？我说，你不会认为她……"

"老兄，她为什么要这么做呢？不管怎么样，她都能得到大部分的钱。"坎皮恩连忙说，"不，这点没什么好查的，我们有些急躁了。记住，乔治堂弟和一桩丑闻有关。我告诉你，对普通人来说，这可能只是件微不足道的小事，但在这个群体里丑闻事关重大。这位乔治堂弟可能幼年时得了佝偻病或是结核病，又或者离婚了。我想你已经着手开始找他了吧？"

"鲍迪奇正在跟进这项工作，他是一个被派来协助我的聪明家伙。"督察在椅子上不安地扭动了一下，"噢，我明白了，这件案子最终会陷入僵局，因为他们都是有影响力的那类人物。"

"这就意味着劳动救济所，"坎皮恩说，"贫民窟里的妻子，我的教子也不得不放弃大学生涯，这听起来就像是电影情节。"

一提到儿子，督察的脾气又奇迹般地变好了。

"已经四岁了，"他骄傲地说，"歌唱得特别好。"他的笑容逐渐消失，沮丧地说回到手头的事情上。"坎皮恩，他们是群古怪的家伙。"他说，"那栋宅子里有些东西十分反常。当然，我们要对付一个疯子，不过他是一个你无法一眼认出来的那种'头脑清楚'的疯子。去年我在斯特普尼就遇到过一个。一个乐善好施的医生，我花了六周的时间才注意到他。要不是他受了点压力脑袋坏掉了，把整个故事的来龙去脉讲给我们听，我们永远也不可能把目标锁定在他身上。我不喜欢这个案子在于被我称之为'魔术元素'的地方。"他坐在椅子上，身体前倾，厚厚的眼皮耷拉在他灰色的眼睛上，那位既了解他又欣赏他的坎皮恩则聚精会神地听着。"当你看到魔术表演完后，那种真正意义上的魔术——你知道我指的是什么。在舞台上把一个女人切成两截，或者是把男人固定在篮子里，然后用剑穿过柳条——你会看到那些最恐怖的谋杀间接性证据，但是当女人再次走上舞台或男人从篮子里爬出来时，没有人会感到惊讶。现在，"他得意扬扬地说，"这个案子中的佐证就跟那个一样，只是我们都知道那个叫希利的倒霉鬼不会从河里爬出来，然后跑回家。朱莉娅·法拉第小姐今天下午也不会开车去办公室。今天早上凯蒂·贝里夫人给她姐姐送了一杯茶，然后那个姐姐很快就被毒堇毒死了。这是一种常见毒药，我敢肯定一定会在杯子里找到它的痕迹。威廉姆·法拉第和他表弟安德鲁·希利一起散步，然后安德鲁·希利再也没有回来。这就是强而有力的旁证，不是决定性证据，但绝对充分，当然，他们还吵了一架。如今在我看来，不管是贝里夫人还是威廉姆都不可能是凶手，但被绞死的凶手里面只有大约百分之四的人是那种典型的杀人犯。乔治堂弟看起来更可疑，尽管我不清楚他为什么要做这种事。"

他叹了口气，若有所思地看着坎皮恩。

"你知道的，"他说，"难就难在我搞不清楚这些人的思维逻辑。坦白说，我们不习惯在案件中面对这类证人。一年里我们又能遇见几个来自英格兰这个阶层的凶手？我只会和那些做苦力的人、小机灵鬼、偷车贼，还有因生意失败而杀人的小零售商交谈。和这些人交流要困难得多，我不知道他们是怎么想的，甚至连他们说出来的话都和它本来的意思不一样。比如今天我坐在老太太那把黄色椅子上的时候，她说的话有一半我都没听明白，但她绝对不是傻瓜，这点我很肯定。坎皮恩，你知道她让我想起了谁？你见过审判席上的亚当斯法官吗？哎呀，她可能就是他，特别是头上还围着那个带花边的东西。"

坎皮恩咧着嘴直笑。督察从钱包里掏出来一张叠得整整齐齐的纸，然后把它交给了坎皮恩。

"也许这个东西能让你给我些提示，"他说，"你知道这是什么意思？我在安德鲁的房间发现它的，被叠好夹在写字台最上面那个抽屉的吸墨纸里。布朗特小姐告诉我希利星期日晚上没有回家，是她把它放在那里的。这张纸上有什么东西被我遗漏了吗？或者它指的确实就是字面上的意思？"

坎皮恩把纸打开，这是一封只写了一半的信，尽管写信的人当时应该喝醉了，但是这并不影响信里不必要的华丽辞藻。地址"苏格拉底庄园"这几个字用古英语体醒目地印在信纸的顶部，日期是三月三十日，星期日。信上面写的是：

我最最亲爱的内蒂：

我已经很久都未曾收到过你的来信了，很羞愧现在打扰你。这里的生活很艰难，我想随着年龄的增长，大家应该会付出些许努力。姨妈的精力非比寻常，你会发现她这些年几乎没什么变化。

W. 让我相当恐惧。出于善意，我想我们应该提醒他，他的身体每况愈下，但这恐怕会激怒他。尽管我们很少去拜访他，但没有人比他还要令人讨厌。

每当我想起你站在美丽的花园之中，弗雷德在阳台抽着烟，我就忍不住想要收拾行李跑去见你们两个，和你们共度一个周末。

现在我必须去教堂听 P. 牧师用他那刺耳难听的声音讲解《创世记》第 42 章，约瑟和兄弟们的经文——非常应景，如果你还记得这些，我回来后再把信写完。谢天谢地，这周去教堂不用我开车载我姨妈。

再会。

坎皮恩把信重新叠好后交给督察，但督察并没有把它放回钱包，而是坐在那里看着它，眉头紧锁。

"哎，这不是要自杀的人会写的信，"他说，"是吧？这也不是觉得自己要被谋杀的人写的信。你还能从信里看出点儿什么？"

"从什么方面？"坎皮恩谨慎地问道，"你说的不会是那种'从你的笔迹判断你的性格'吧？从目前掌握的实际情况看，他似乎是在设法度过一个自由自在的周末。从笔迹上看，我认为他当时很匆忙，这说明他做事沉不住气，有些自命不凡，也有些城府，并且精力充沛，还有，他很有可能是个酒鬼。想要知道更多的话，就请读读我那本粉色小书，书名是《字如其人，如何从你情人的笔迹中判断他的为人》，但我想这对你没什么真正的用处吧？"

督察依然盯着手中那封写了一半的信，心不在焉地答道：

"这算不上是证据，如果你是这个意思的话。那个叫希利的一定是个奇怪的家伙，似乎没人受得了他。要是有机会，你应该也去看看他的房间。我不介意你进去看看，我这个人没什么想象力，但我实在不

108

喜欢那个房间的样子。我对朱莉娅小姐的房间也不感兴趣，但他的房间更加特别。这栋房子整体就给人一种古怪的感觉。噢，对了，这封信还有一点让人很费解，似乎没人知道这封信是写给谁的。一个与众不同的家庭，他们好像对彼此一无所知。"

"你问过法拉第夫人了吗？"坎皮恩问。

斯坦尼斯劳斯·欧茨点了点头。"因为这封信里面提到了她，所以我最先问的是她，但是她不能，或者是不愿意帮我。事实上，她说她已经活了八十四年了。在她那个年代，她和很多位夫人都认识，所以不要指望她能记得她们所有人的教名。你知道的，说这种话的意思就是让你闭嘴。不过，"他边把那封信塞回钱包，边继续说道，"我们才刚刚开始。对希利的死因调查就安排在明天，但那仅仅意味着正式的身份鉴定。我们应该会要求延期，这样能多争取到一两天时间调查，不过我知道上面希望尽快结束这件事，因为下下周就要开学了。这里的人实在让人摸不透！主管暂委死因裁判官和死因裁判法庭权责不清，以至于我们必须在会议室验尸。我想不明白他们为什么不把他们的学校呀、大学呀或者不管其他什么东西全都搬到这个国家其他什么地方去。"

听他这么说，坎皮恩乐得哈哈大笑，督察也笑了起来。"我们偶尔也会觉得烦透了。我真希望我能知道今天早上毒堇汁是怎么被放到那个茶杯里的。我已经尽可能仔细地检查了房间，但他们下午就要把尸体带走，而且那位医生和那些哀伤的亲戚们把房间都踩了个遍。他们并不喜欢我，不过在所有牵扯进来的人里面，我从来都不招人待见。然而，就像我刚说的，我尽了最大努力，但是什么也没发现，周围连张小纸片都没有。当然，我以后可能还会找到些什么东西，" 他满怀希望地继续说道，"那个房间里乱七八糟的——甚至还给床罩着衬裙。不过，目前看来，毒药似乎是用茶杯带进房间的，关于这点我是这么想的。"

接着他站起身说道："我得走了。噢，对了，还有那位乔治堂弟。我刚才想管他家里要一张他的照片，但是他们都没有。还有，我一定要见见那个姑娘。"

"她现在应该就在这儿。"坎皮恩说，"我们都在等她，几分钟之前我好像听到门外有女人聊天，稍等一下。"他从椅子上站起来，出了门便不见人影。不一会儿他带着乔伊斯回来，她依然面无血色，但比早上镇定许多。她冷冰冰地冲督察点了点头，恬静的双眼明显流露出一抹厌恶之情。

"布朗特小姐，"督察开门见山，"我第一次有幸见到你是昨天在伦敦东中央邮区的墓园那里。当时有个男人也来了，他一看到你就匆匆离开了，而你看到他的时候也吃了一惊。你还记得这件事吗？"

乔伊斯看向坎皮恩，然而年轻人面无表情，并没有帮忙的打算。督察还在等她回答，于是她点了点头。

"是的，我还记得。"她说。

斯坦尼斯劳斯·欧茨清了清嗓子。"布朗特小姐，"他说，"现在请你仔细想想，那个叫乔治·梅克比斯·法拉第的人究竟是不是苏格拉底庄园里的乔治堂弟？"

乔伊斯强忍住自己脱口而出的惊叫，她恳求地望着坎皮恩。

"我必须要回答他吗？"她说。

他亲切地冲她笑了笑。"恐怕你必须回答这个问题，"看到她的脸瞬间变了颜色，他继续说道，"法拉第夫人认为必须把警察想知道的一切都告诉他们。昨天这位乔治堂弟还在城里吗？关于这点，恐怕我确实难辞其咎。他和威廉姆长得格外相像，所以昨晚我在马库斯跟前显摆的时候，实在没忍住体验了一把做警察的瘾。我描述完他的长相后，威廉姆舅舅就认出了他，还希望你能给我们提供一些证据。"

姑娘看着警探，屏住呼吸说："是的，他就是乔治堂弟，但请您一定不要去找他，也不要找到他，这会害死卡罗琳姨姥姥的。还有，我确定他和这个案子没关系。你们自己去查查吧，怎么会是他呢？"

奇托先生的观察力

　　即使是剑桥所特有的那些难以用言语形容的特殊"神圣仪式"也不能改变此次小型聚会阴郁且令人沮丧的氛围。督察走后，一群人聚集在马库斯的办公室。待茶泡好后，大家都默默地抿着茶。哪怕是最无忧无虑的人，家里接连发生两起谋杀案也会让其惊醒，就连一向劲头十足的赫尔德小姐也沉思不语，一副闷闷不乐的模样。然而，此刻正是她说起了奇托先生这件事。

　　"坎皮恩先生，"她说，"我不想提出任何没用的想法，要是我犯傻了，你直说就好，但关于那个发现尸体的印度学生，当然他已经把全部的事情都告诉警察了，可我突然想到，如果你想以非官方的身份亲耳听他说，我立刻可以为你安排好。"

坎皮恩饶有兴趣地看着她。她手里拿着一块奶油蛋糕，坐在椅子边，这一幕不由得让他想起了手里拿着坚果的小松鼠来。

"那再好不过了，"他说，"对了，发现尸体的人应该是两个吧！"

"确实如此，"她附和道，"不过一个人去找警察了，另一个人留在那里看着尸体。事实上，这是今早的报纸上刊登的内容，我也是通过报纸知道的。我特别注意到奇托这个名字，因为现在是在假期，我替一个朋友照顾他的狗狗们，他是个英国人，和我修同一门课。你看，我有个为期两年的研究工作，所以我就来这儿了。"

坎皮恩略显机智地点了点头，于是她继续说了下去。

"然后，我今天下午来这里之前，查了下记录簿，看看我能待多久，结果发现我和奇托先生约在五点半见面。你这辈子都没见过哪个男人能像他这样滔滔不绝地讲话。他非常自负，所以就连一秒钟都没办法专注于他的职责。我确信我可以把他的发现一字不落地记录下来。但如果你愿意亲耳听他说，我也很乐意和你一起去。"

马库斯狐疑地看了看周围。"坎皮恩，这也是个办法。"他说，"听我说，我和乔伊斯会在索尔公寓那里等你。你们收拾好东西，我开车送你们去苏格拉底庄园。"

就这样，坎皮恩和安·赫尔德小姐一起穿过帕克公园，去见那位发现尸体的人。安寓居在柴郡街,这是两位年长女教师的房子。走进宽敞的客厅里,他们立刻感受到一种清冷的学术氛围。

"留心解放的气息,"赫尔德小姐低声说,"赶紧离开这个冰窖。"她把楼梯右边正对着他们的那扇门打开,接着坎皮恩跟着她来到了一间他所见过的最令人着迷的女性书房。这里没有镶在相框里的佛罗伦萨明信片,没有《胜利女神》或是《珀尔修斯》的黑白照片,也没有拉斯金和雷东的彩色复制品从简洁地仅刷着涂料的壁炉两侧对他嗤之以鼻。赫尔德小姐有她自己的品位,房间很通透,墙上贴着黄色壁纸,上面挂着现代美国蚀刻版画,其中还包括两幅罗森博格的画作。家具精美,稀稀疏疏地摆放,让人感觉十分舒服。书架整齐地靠墙站立,窗帘色彩明亮但并不会感觉喧宾夺主。

他们到的时候已经五点二十五分了,坎皮恩刚在壁炉前坐下,女仆便走进来通知他们,他想见的那位先生已经到了。

看到奇托先生的第一眼,会觉得他就是个普通人,没什么吸引人的地方。他似乎满怀激情一股脑地接受了欧洲文化,穿了条大学生常穿的那种普通法兰绒灰色长裤,上身是一件柔和的豆绿色粗花呢外套,这身打扮一看就是从巴黎传过来的风格。他把书放在桌子上,拘谨地朝安鞠躬行礼。赫尔德小姐向他介绍了坎皮恩,然后他再次重复了刚才的正式礼节。

不用他们费力劝说，他立刻就打开了话匣子。他对自己的重要性信心满满，到这个房间还不足两分钟，便自顾自地说起这件事。

"你们看过报纸了吗？"他问，眼睛迅速扫过二人，他的眼神流露出一种孩子气的骄傲感，而对于这点他并不想加以掩饰，"是我第一个到现场的，也是我发现的尸体。"

赫尔德小姐坐在桌旁，而他则在她对面坐了下来。很明显，他根本无意学业，所以在赫尔德小姐默许了这次会面后，他看起来兴高采烈的。

"坎皮恩先生，"她解释道，"他是死者家人的朋友。他非常渴望知道有关此次骇人事件的所有消息，我想你应该不会介意告诉他你的——嗯——你的发现吧。"

奇托先生朝坎皮恩得意地笑了一下。

"我很乐意，"他说，"我有敏锐的观察力，同时也细致严谨。我得出了很多结论，但警方并没有重视它们，在我看来，他们并不急于查明真相。"

坎皮恩和蔼地点了点头，镜片后的灰白色眼睛闪过一丝精光。这正是他所赏识的那类证人，所以他激动得心脏怦怦直跳。

"奇托先生，发现尸体的时候，"他说，"并非只有你一个人，对吗？"

"是的，"这位观察力敏锐的学生有些遗憾地承认，"但是我朋友

115

去报警的时候，是我守在尸体旁边的。我还要出庭明天的死因审理哩，不过他们告诉过我，验尸官对我那些发现并不感兴趣。"

"这太糟糕了。"赫尔德小姐热心地说。

奇托先生点点头，然后对坎皮恩坚定地说："您会感兴趣的，会赏识我的这些发现的。我和朋友当时正沿着河岸走，寻找一些植物，我朋友是学植物学的。当我们走到离桥较远的那片柳树林附近时，我注意到水下有个黑乎乎的东西。此外还有，"他抱歉地看着赫尔德小姐，"一股臭味。"

"的确。"坎皮恩突然说。

奇托先生没有辜负他有着敏锐观察力的好名声。"我会略去那些假定的细节，我朋友可不会碰那具尸体的，但是我，"他骄傲地继续说道，"我是个有着先进思想的人，一个开明的人。我把尸体从水里往外拉，直到他半个身子露出了水面。起初，我朋友退缩了，他这个人没什么勇气。他的想象力要胜于他的观察力，而且他也更恪守教规。"他停顿了一下。

坎皮恩看着赫尔德小姐，发现她对后面肯定会出现的那些令人不愉快的细节并未表现出过度的惶恐，于是他也松了口气。奇托先生继续说了下去。

"我让朋友先去报警。他走后，我就开始了自己的观察。我拥有侦察员一样喜欢追根究底的头脑。第一个观察结果是这个人一定是个流浪汉，那是我犯的一个错误。现在，我发现他的胡子是在他死后才长出来的，这可不是令人愉快的一幕：脑袋开花，有些地方已经不见了。因为我之前读过很多有相似场景的消遣小说，所以我尤其留心有没有火药灼伤的痕迹，但由于水流的作用……"

坎皮恩清了清嗓子。"我了解到尸体是被绑起来的。"他说。

"这点我已经说过了，"奇托说，坎皮恩突然的打岔并没有影响到他，"他的双腿被一根细绳牢牢地捆住，双手被绑在背后，但是那根细绳已经腐烂了，于是手也松开了。绳子上打了个结，粗糙的边缘一端绕在他右手腕上，另一端绕在他左手腕上。根据这些，我推测这具尸体已经在水里浸泡了一段时间并遭到水流的冲刷。在水流的作用下绳结松动，松开的绳子被柳树根缠住，阻止尸体漂得更远。您一定要知道这可不是个令人愉快的场景，尸体被水泡得肿胀不堪，绳子湿透了，已经开始腐烂了。"

这是个线索，坎皮恩紧紧抓住这根绳子。

"那根细绳，"他说，"是什么样子的？除去水的作用外,是新的吗？"

奇托先生稍做思考。很明显，他喜欢思考。

"您这个问题问得很有意思，"他说，"我也是这么问我自己的。我摸了摸绳子，它很轻易就断了。我对自己说，在被用于这个糟糕的目的之前，它就已经被人使用过了，它应该就是条晾衣绳。"

坎皮恩抱歉地看了赫尔德小姐一眼。"我说，"他开口道，"你介不介意我问问奇托先生，当然纯粹是源于理论科学的缘故，是否可以请他给我准确地演示下尸体是怎样被捆住的？"

"哎呀，当然不介意。"赫尔德小姐看上去有些震惊，但她并没有发火。

而另一边，坦白说奇托先生跃跃欲试，立即站起来准备。赫尔德小姐拉开抽屉，从里面拿出来一个线团。

"我没有晾衣绳，"她说，"不过我想用这个应该也可以吧。"

奇托接过线团，以一种献祭时的庄严神情解开它。无论在任何情形下，他这副模样都显得十分滑稽，而现在也几乎达到同样的效果。

"目测尸体上绳子的长度，"他一本正经地看着坎皮恩说，"我估计有五码半，因此绳子较短的那一半绑在他的脚上。"

他蹲下来迅速地把坎皮恩的腿绑好。

"好了，"他说完便站在一旁，"我后来在朋友身上一模一样地演示过一遍，您会发现两只脚被紧紧地绑在一起，绳结在前面，然后双手也被绑了起来。"

坎皮恩的双手也被捆住了，他像只腿和翅膀都被扎紧的小鸡一样，面带微笑地站在安·赫尔德壁炉前的地毯上，显得有些微不足道。奇托先生得意扬扬地站在一旁。

"考虑到其完整性。"他说。

安·赫尔德明亮的眼睛熠熠生辉:"这的确效果显著。"

"没错,"奇托先生快速说道,"但并不专业,这些绳结都很普通,并不是水手结。"

坎皮恩试了试绳结的松紧。"但发现尸体后,"他说,"他的双手已经松开了。"

"的确如此。"奇托先生附和道。他连忙走到坎皮恩身后,把捆住双手的绳子割断。"因此,"他得意扬扬地说,"迫于死者手臂的重量,这条已经腐烂的绳子毫无疑问地起不到任何作用了。我发现尸体的时候,他就被这样绑着。"他指着坎皮恩的两个手腕,因为绳结松脱,他右手腕上套着一个活扣,左手腕被绑得更紧一点,有三条勒伤。

坎皮恩似乎对该情报很感兴趣。"奇托先生,请允许我对你过人的能力表示祝贺,"他说,"你确实拥有侦察员的天赋。关于你发现的那个人,你有没有注意到其他什么情况?"

奇托先生再次思考起来。"还有外套,受害者穿着一件深蓝色大衣,扣子一直系到了喉咙的位置。说真的就好像,"他煞有介事地说,"他好像已经知道自己即将经历的暴风雨,所以就把扣子全都扣紧,以抵御这些恶劣的因素。"

坎皮恩正在解脚上的绳子，闻言，他动作一滞。"他外套的扣子全都扣上了？"他说，"你确定吗？"

有那么一瞬间，奇托先生似乎认为自己受到了极大的冒犯。

"我是目击者，"他说，"我有眼睛，我注意到那件外套的扣子一直扣到喉咙的位置。"

坎皮恩把线团整整齐齐地卷好后放在桌子上，这才开口说道："这太奇怪了。还有他的帽子，有没有在附近看到他的帽子？他从教堂离开的时候，还戴着一顶帽子——我想应该是顶圆礼帽。"

"关于那顶帽子，"奇托先生笃定地说，"根本没有发现它的踪迹，我仔细读了今早的报纸，它还没有被找到。"

这两个微不足道的小点似乎比奇托先生先前所说的任何描述都更能引起坎皮恩的兴趣。他依然站在壁炉前的地毯上，目不转睛地看着前方，表情变得严肃起来。

奇托先生也同样若有所思。"根据我当时的判断，"他突然说，"我认为这个不幸的人应该没有随河流漂得太远。"

坎皮恩再一次望着他，问道："哦？为什么？"

"因为，"奇托先生说，"这是座小步行桥。每年这个时候，河水的水位值最高，于是在这座小桥的地方就会形成一个漩涡。如果这个不幸的人的落水点正好位于桥的上方，那这个漩涡就会将尸体固定在桥附近的地方。您可以亲自去看看，我今天早上又去那里做了进一步的调查。依我所见，尸体是被人扔到了桥和柳树林之间的地方。我在岸边也没有发现打斗的迹象，不过距离罪案发生大概有十天之久了，而且最近下了很多场雨，再加上几乎每年这个时候，河流附近的低地总有薄雾。这些就是我所有的看法，对您有所启发吗？"

"当然有，"坎皮恩说，"即便是我本人发现的尸体，我也不会发现更多的线索了。"

"的确如此。"奇托说。坎皮恩觉得自己已经耽误此人的学业太久了，于是他向奇托表示感谢，然后得体地与众人道别。

赫尔德小姐把他送到门口。"好吧，我希望你对此已经了如指掌了。"她低声说。

坎皮恩咧嘴一笑。"一切似乎都已经弄清楚了，"他说，"他应该会很享受出庭作证的，那无疑也算是因祸得福吧。"

但是当他穿过走廊的时候，他有些心乱如麻。威廉姆原因不明的二十五分钟还需要仔细推敲。有没有可能那位老人并没有和安德鲁·希利分别，而是陪他一直走到河边？在地面升腾的薄雾的掩盖下，他把安德鲁绑起来，朝他开了一枪后，又把他扔进河里，然后原路返回，赶到家中参加礼拜天的午宴？紧接着他把所有的情况都拼凑在一起，他立即意识到这一过程从各个方面来说都显得十分荒谬。如果这一假设是正确的，威廉姆在教堂待的这一个半小时的时间里，他必须在身上藏着一根十五英尺长的晾衣绳，更不必说还要藏一把左轮手枪了。而且在他把倒霉的安德鲁绑好之前，威廉姆很可能还要把受害者外套上的扣子全都扣好，然后再偷走他的帽子。

坎皮恩感觉很不安，督察所说的魔术师令人苦恼地现身了。

家　丑

　　除了那种最具代表性的煎熬外，坎皮恩觉得当晚九点在苏格拉底庄园举办的晚餐会也应该被纳入煎熬的范畴里。他完全明白只有非同一般的横祸才能阻止这场庄严肃穆的仪式，但他也意识到笼罩在这个家庭之上的悲剧并不会减缓它那令人肃然起敬的进程。

　　这场晚餐会是灾难性的。

　　餐厅是个四四方方的房间，十分宽敞。墙上贴着深红色的锦缎壁纸，窗户上挂着红色长毛绒窗帘。暗色油漆和土耳其地毯并没有使它的装修风格变得明快起来。正如乔伊斯后来所说，一走进这个房间立刻就让人食不下咽。

巨大的椭圆形餐桌简直就是个铺着爱尔兰锦缎的溜冰场。每天晚上桌上都摆放着一排华丽的盘子。清洗这些盘子要耗尽住在仆人住所里倒霉的小男孩一生的时间。正是在这里，坎皮恩生平第一次也是最后一次见识到那些维多利亚时代的镀银盘宝藏。晚餐用的盘子里盛满了热水，这样一来，他可以先把勺子在水里热一下，然后再享用被称之为浓汤的一种油腻佳肴。

在这个特殊的场合，房间似乎空无一人。坎皮恩意识到，显然，由于其他人多年以来没有改变他们通常所坐的位置，餐桌旁有两处没人坐的地方变得更加显眼。法拉第夫人坐在位于餐桌主位的高背扶手椅里，她穿了件黑色塔夫绸半袖礼服，前臂上装饰着奶油色的霍尼顿花边，这与她的三角形披肩和帽子相得益彰。

威廉姆坐在餐桌的最远处，和他母亲的距离相当远。一个极大的巴洛克风格的银制水果架的顶端被不可思议地改成了一个花瓶，把他和他母亲隔开。

凯蒂坐在威廉姆的右边，乔伊斯紧挨着老夫人，坐在她的左边。坎皮恩则坐在女主人右侧的尊位上。餐桌的其余位置全都凄凄惨惨地空着。

凯蒂身上的黑色晚礼服延续了 1909 年的风格，过时的平下摆，略低的领口。她这一身看上去非常悲哀肃穆，就连乔伊斯也穿了件简洁的黑色连衣裙，凸显这一场合的严肃性。

坎皮恩也开始把自己穿的这身黑色小礼服看作是一件表达哀伤的服装，在这阴郁的配色之中，威廉姆绯红色的脸仿佛是一抹无从辩白的轻率之举。

这场漫长的晚宴是比顿太太专门为非罗马天主教家庭四月的周五这天准备的完整菜单，非但没有鼓舞人心，反而令人更加沮丧。法拉第老夫人对常规交谈的硬性规定几乎完全挫败了坎皮恩兴奋的情绪，不过长时间的沉默也让他有时间仔细观察一番。

在这种恪守礼仪、令人不安的环境下，有几个不太重要的怪癖值得注意。其中一个就是每位用餐者都有自己专属的整套调味品，这莫名就会让参与者之间变得更加冷漠。

另一个奇怪之处就更令人兴奋了。

坎皮恩的正对面是一个红色豪华相框，不合时宜地挂在伊利大教堂的巨幅钢版画下面。相框中是一位蓄着络腮胡的绅士的彩色放大照片，他穿着一件令人费解但显然是某个平民团体或社团的标志性服饰。坎皮恩欣喜地注意到这位先生的手放在一个铅锡合金的大杯子上，而杯子顶端露出了不少泡沫。没人会把它和法拉第夫人或是她家人的纪念品联想到一起，所以他想知道它是怎么来的。

晚餐终于结束了，一行人来到客厅。这间客厅是苏格拉底庄园八十年代最著名的地方。尽管从那时候起，它的装饰风格就一成不变，不过这仍然是个漂亮的房间。到处都是褪色的锦缎和花哨的装饰物，但是所有物品都完美契合它所处的时代，有着自己独特的魅力。

老夫人在茶几旁坐下，然后对凯蒂说："亲爱的，我们还和往常一样下会儿棋吧。"

凯蒂顺从地坐下，威廉姆沉着脸朝写字台的方向走去。写字台的桌面上陈列着两幅画着花束的画，坎皮恩感觉这些画应该出自植物学家之手，而非喜爱园艺之人所画。威廉姆从柜子里拿出来一个棋盘，还有一盒用象牙雕刻的棋子。

坎皮恩意识到自己正在观察着的应该是临睡前的仪式，于是他提心吊胆地等待着，想知道自己该如何自处。

威廉姆看起来有些焦虑。他没有坐下，站在那里看着他母亲用她那纤细的白色手指把红色棋子排成一排，他终于打破沉默。

"母亲，我和坎皮恩应该可以在图书馆抽支雪茄吧？"他试探性地问道。

法拉第夫人抬起她黑色的小眼睛，看着她儿子的脸。

"当然可以，威廉姆，"她说，"坎皮恩，如果你回来的时候我已经就寝了，起床锣是七点四十五。你房间里所需要的东西都准备好了吗？"

坎皮恩在她同他说话的那一刻就站起身来，不由自主地朝她鞠躬表示感谢。

"一切都尽善尽美。"他说。

他的回答似乎正合法拉第夫人的心意，她朝他笑了笑，然后对威廉姆点头同意。后者很感激母亲能放他走，这似乎在他意料之外，于是他赶紧把坎皮恩推出房间。

"晨室会更舒服一些，"他压低声音说道，"图书馆总会让我想起我父亲来，上帝保佑他，我从来没在图书馆里见过他最好的状态。"

于是他们穿过走廊来到晨室，壁炉里面的火尚未熄灭。

"抱歉我不能请你喝一杯，"威廉姆说，尴尬地低下头，"我想玻璃酒柜的钥匙又被放到别的地方了。你知道的，人一旦上了年纪，他们就会固执己见。我可不是酒鬼，但是——好吧，不管怎么说，先抽根雪茄吧。"

他从餐柜里拿出一个盒子，完成点烟这个小仪式后，他又坐回绿色扶手皮椅上。他绯红的脸庞上那双不相称的蓝色小眼睛正惴惴不安地看着坎皮恩。

"安德鲁以前就坐在你现在坐的这把椅子上。"他突然开口道，"我猜葬礼会在周一举行吧？每年的这个时候也没什么花了。"

他敏锐地检查自己迂回的诙谐感，然后又在恰当的情绪中寻求庇护。"可怜的安德鲁。"说完，他咳嗽起来。

坎皮恩沉默不语，在缭绕的蓝色雪茄烟雾中看起来比任何时候都还要茫然。然而，威廉姆今晚思绪敏捷，难以置信地让他飞快地从一个话题跳到另一个话题，他很快又开了口。

"那个可恶的家伙，一身臭脾气，而且心肠歹毒，"他怒气冲冲地说，"谢天谢地，好在这个家里没有神经病，或者会有人怀疑某个人有些精神失常——多么体贴的想法啊。"他顿了一下，松弛的眼皮怪异地耷拉下来，又继续说道，"暗地里贪得无厌，得寸进尺。"

餐室里一点也不舒适，没有任何遮挡的灯光从一朵倒挂在白色天花板上的黄铜睡莲灯上毫无保留地出现，清冷的光晕营造出一种卫生学意义上的恐惧感，即使是明艳的火焰也无法驱散这种恐惧。

坎皮恩开始理解马库斯前一天晚上说的话："要是我也住在那个宅子里，我也随时会有杀人的冲动。"青春期那种令人难以忍受的压抑氛围在这里转嫁于成年人，坎皮恩感到恐惧，害怕自己不经意间发现某个弱点。在压抑的束缚之下，人性开始发酵、腐朽，而后变得邪恶。还不知道秘密是以何种方式隐藏在这栋宅邸里的，然而他敏锐地觉察到它的存在。这些事情萦绕在他心头，久久挥之不去。

忠诚的爱丽丝走了进来，也再次让他回到现实中来。她端着一个银托盘，上面摆着几个玻璃杯，一个醒酒器以及虹吸管。她一言不发地把托盘放在桌子上，坎皮恩注意到她根本没正眼看他俩，然后就像她来的时候一样，悄无声息地匆匆离开了。从威廉姆的脸上看得出来他的心情随之而变好了。

威廉姆显然把此次闯入看作是某种幻想，他既惊喜又喜悦，带着一种近乎孩子气的满足感站了起来以尽地主之谊。

"谢天谢地，老太太还没忘记家里有客人，"他边说边端着酒杯坐了下来，"真见鬼，要是有人经历了我们今天所经历的一切，他需要喝上一杯。我一会儿要去散步，你一个人可以吧？"

他满怀希望地看着坎皮恩，看到对方亲切地再三肯定，他似乎松了一口气，于是喝下一大口威士忌和苏打水，正打算做最后的告别，乔伊斯出现了。

"嘿，"她惊讶地说，"您要出去吗？"

威廉姆咳嗽了一声。"想着去锻炼一下，"他说，"今天一天都没运动。那个该死的警察和我聊了一早上。"

乔伊斯看上去大为震惊，但是她什么都没说。待老人走后，她坐在他刚才坐过的地方。坎皮恩注意到她手里拿着一个烟盒，于是急忙把自己的烟盒也掏了出来。

"我说，可以抽支烟吗？"他边说边给她点了烟，"五天之内我就可以治愈你的烟瘾。吃点咖喱，没人能从蒜味中分辨出我的秘密制剂。"

乔伊斯礼貌地笑了笑。"这是一种放纵，"她说，"我获得持许偶尔可以抽支烟。当权者只不过是睁一只眼闭一只眼而已，事实上，这还挺贴心的。每天晚饭后，卡罗琳姨姥姥都会让我上楼写写信。一开始我还不明白，后来她跟我说她听说现在的年轻人喜欢烟味适宜的香烟。你知道的，这并不会失态，她们说就连女王有时也会吸烟。但是她认为我最好私下抽烟，以免给舅妈她们树立了坏榜样。"她停顿了一下，飞快瞥了坎皮恩一眼，"相当刻薄，对吧？"她说。

"真古怪，"他谨慎地说，"我想这种家庭在英国就剩下这一个了吧。"

姑娘打了个寒战。"希望如此，"她说，"晚餐糟透了，对吧？每天晚上都是如此，当然平时只有——其他人也在那里。"

"我很享受那些食物，"坎皮恩英勇地说，"但我对我的礼仪书大失所望，书上说传递调料瓶的时候可以有效地展开轻松的谈话。当然，在这点上，我有些沮丧，因为我们各自都有自己的调味瓶，否则，毫无疑问我将会是宴会上的灵魂人物。"

乔伊斯脸红了。"没错，那些小盐瓶难道不就等于可怕地认可了这种无情的苛刻？"她说，"这些都是安德鲁的错。不久前，事实上是我刚来这里的时候，有天晚上上演了不光彩的一幕。安德鲁假装没听到朱莉娅的话，拒绝把胡椒粉递给她，随后，在她一再的坚持下，他就像个孩子一样闷闷不乐，还说即使不用加，她碗里的也已经够多了。朱莉娅向卡罗琳姨姥姥告状，然后就像是在育儿室一样吵闹不休。第二天，每个人都有了自己的调味品，此后就一直这样了。这只是那些愚蠢可笑的小事中的一件而已，正是这些琐事成为不断激怒每个人的原因。"

尽管坎皮恩不愿意承认，这个略显滑稽的发现还是令他感到惊愕不已。他把雪茄烟雾形成的屏障当作自己的避难所。女孩用手指轻轻夹着香烟，凝视着壁炉里的火苗。

"我想你应该也注意到罗伯特舅舅的照片了吧？"

"谁？"坎皮恩问。一想到可能还有另一位亲戚牵涉其中，这令他不寒而栗。

女孩的脸上掠过一抹微笑。"喔，你不必担心。"她说，"我可怜的舅舅，他已经安然离世了。他是凯蒂舅妈的丈夫，我妈妈的哥哥。"

她有些挑衅地说道："那张照片是他年轻时拍的，当时可能是觉得好玩才拍的。他曾经好像是早期某个啤酒同好会的会长。"

她看了坎皮恩一眼，然后正色道："家里人总认为凯蒂舅妈下嫁了，不过老实说，她并没有，至少我是这么看的。罗伯特舅舅是个医生，不过医术并不怎么高明。凯蒂舅妈保留了这张照片，还把它放大了，我猜罗伯特舅舅对此相当自豪，这张照片以前一直挂在他的小书房里，他过世后，凯蒂舅妈就把它带了过来。要是安德鲁舅舅没有发现它，后面的事也就不会发生了。你知道的，他就是那种总喜欢刺探别人隐私的人。有一天他在舅妈的梳妆台上看到了这张照片，然后坚持要把它挂在饭厅里。他做得太高明了，凯蒂舅妈也觉得有些受宠若惊。这还是第一次有人热心罗伯特舅舅的事，因为她卑微地喜欢着他。"

她叹了口气，接着说道："于是所有人都看到安德鲁想让他们看到的事实，这成为安德鲁舅舅难登大雅之堂的又一证据。在凯蒂舅妈听不到的地方，安德鲁舅舅以前常常称之为'屈辱'。"

"就没有人把它摘下来吗？"坎皮恩问。

"哎，没有。你瞧，安德鲁舅舅把它挂在那里，这让凯蒂舅妈很骄傲。你应该看得出来她是位多么愚钝的老人啊。她对身边发生的事情总是一知半解的。姨姥姥似乎没注意到这张照片，而安德鲁很享受它把其他人搞得心烦意乱。他现在已经不在了，我不应该对他说三道四，但你应该能看出来他究竟是哪种人。"

"不是个好心肠的人。"坎皮恩喃喃道。

"他就是个讨厌鬼，"姑娘出乎意料地愤然说道，"幸好有时候其他人会联手让他保持安静。如果你能明白我的意思，他心中有个魔鬼，要是他可以随心所欲的话，他会把每个人都逼疯的。实际上，有时候他甚至能把我们之中最温顺的人变成那种极其讨厌的暴躁狂。"

她沉默了一会儿，嘴巴紧张地颤抖着，很明显她内心挣扎着准备坦白些什么，突然就这样和盘托出了。

"哎呀，"她说，"我吓坏了，毕竟，一旦发生这种事情，寻常那种对家族的忠诚呀、克制呀，诸如此类的东西也就没那么重要了，对吧？恐怕我们这里有一个人已经疯了。我不知道究竟是谁，可能是个仆人，也可能是——任何人，但我认为他们——好吧，你知道的——以某种时新的隐秘方式杀了安德鲁，因为他们对他已经忍无可忍。"

"你是说朱莉娅？"坎皮恩谨慎地问道。

她压低声音，说道："是的。这正是我害怕的地方，如果只是安德鲁，即使我知道他出事了，无论如何我也不会如此担心。但是现在是朱莉娅姨妈被谋杀了，这就表明我一直担心的事情已经启动了。一旦疯子开始杀人，杀戮就会继续下去的。难道你没发现吗，任何一个人都可能会成为下一个受害者！"

坎皮恩敏锐地看着她，她是这个家里第二个提出该意见的人。

"你看，"他说，"你现在最好离开，去和安·赫尔德待在一起。"

她目不转睛地看着他。他还在琢磨她是要嘲笑他还是会发火，突然看到她淡然一笑，他也随之松了口气。

"噢，不行。"她说，"我也不知道为什么会这样，我倒不为自己担心。"她冷静地继续说道，"我感觉这件事跟我毫无关系，这是老一辈人之间的问题，我还没有被计算在内。我感觉自己正在旁观某些终归会迎刃而解的事情。噢，我也说不清！"

坎皮恩把雪茄烟蒂扔进壁炉里。"哎，"他说，"我今晚应该去安德鲁和朱莉娅的那两间卧室看看。你能安排一下吗？"

乔伊斯目光锐利地瞥了他一眼，眼底闪过一丝惊慌。"我们现在就可以偷偷溜上楼，"她说，"离姨姥姥上楼睡觉还有整整一个小时。哎呀，我忘记了，警察把门都锁上了。"

站在她面前的那位面色苍白的年轻人咧嘴一笑。"如果你能给我找个发卡，"他说，"我想我们无须担心这点。别害怕，我已经从我那位著名的鹰眼神探朋友那里获得许可了。"

乔伊斯看着他，惊讶不已："你不是认真的吧？"

"一根发卡或者随便一截铁丝都行，"坎皮恩说，"这个宅子里很可能到处都是发卡，凯蒂那些各式各样的铁撬棍也很不错。我觉得你的那种有点太不结实了。"

乔伊斯站了起来。"那就来吧，"她说，"我知道这听起来很愚蠢，但是你最好蹑手蹑脚地上楼，因为仆人们已经相当恐慌了。有一两个便衣还在花园徘徊，你知道的，总之，所有仆人今晚多少都被盘查过了。"

"太遗憾了，"他表示同情，"这就是警方最糟糕的地方。他们没有耐力，吃不了苦。我敢肯定这是因为他们在苏格兰场的等候室里放的全是连环画。"

楼上大厅的光线更加昏暗。二楼房间的布局和楼下所差无几，因此，老夫人的卧室就在客厅的上方，她旁边是乔伊斯的房间，位于晨室的上方。那间安妮女王式的会客室的正上方是一间盥洗室。凯蒂和朱莉娅的房间挨在一起，就位于图书馆的上方。在 L 形布局的另一边是威廉姆的房间、安德鲁的房间以及那间已经给坎皮恩使用的客房。这些房间都紧挨着，就在餐厅和厨房的上面，楼梯在较远一点的位置。所有的房间都面向走廊，从走廊的窗户还可以看到车道。仆人的房间和阁楼都在三楼。

他们走到楼上的大厅时，姑娘的手轻轻碰了碰坎皮恩的胳膊。

"稍等，"她说，"我去给你拿发卡。凯蒂舅妈应该不会介意我借她发卡用用。"

大厅里光线柔和，深色的油漆，精雕细琢的橡木家具，地上还铺着厚厚的地毯。坎皮恩绝不是一个胆怯的人，如今孤零零地站在这里，却突然被一种莫名其妙的恐慌感所支配。这并非是出于对未知事物的恐惧，而是笼罩在这个房子之上的压迫感、窒息感，仿佛他被人用某种不干净的东西放入一个巨大的茶壶暖套里。

很明显这个姑娘也有几乎相同的感觉。她再次出现的时候面无血色，紧张不安。这次她手里拿着一根粗糙的黑色发卡。

"从哪里开始？"她耳语道。

"安德鲁的房间，"坎皮恩低声说，"你和我一起来吗？"

她有些犹豫不决："我能帮上什么忙？我不想妨碍到你。"

"你不会妨碍到我的，如果你不介意一起来的话。"

"好吧。"

他们默默地沿着走廊来到三扇门跟前，姑娘在中间那道门前停下脚步。

"我们到了，"她说，"左边是你的房间，右边是威廉姆舅舅的房间，这间是安德鲁的。"

坎皮恩拿着发卡，在钥匙孔前蹲了下来。

"千万别把我这种博大家一笑的小伎俩当回事儿，"他说，"有些人看了会开怀大笑，可有些人看了可是要把我一脚踢出家门的。我也不经常做这种事。"

他说话的同时，手指飞速转动。功夫不负有心人，门锁突然咔哒一响，他站起身，羞愧地看着她。

"别告诉马库斯，"他低语道，"他不是那个会开怀大笑的人。"

她笑着说："我知道了，先去谁的房间？"

坎皮恩把门缓缓推开，他们蹑手蹑脚地走了进去，默默关上身后的门。女孩把灯打开，然后他们站在那里四下打量。这个房间像是那种老旧房子里鲜少有人居住的卧室一样，冷冷清清的，弥漫着一股发霉的气味。乍一看，坎皮恩吓了一跳，这与他所想象的房间完全不同。

要不是一面摆满书架的墙壁，以及书架中间摆了张小书桌，这个房间很可能属于一位现代隐士。房间虽然十分宽敞，但有种难以言喻的荒芜感。光秃秃的白色墙壁，也没有铺地毯，只有床旁边铺了一小块黄麻纤维浴垫。床是那种可以推入大床底下的轮式矮床，看上去只铺了薄薄的一层，硬邦邦的。一个简单的木架子，上面立了面小镜子当作梳妆台，台子上还摆着五六张照片。和房子里其他房间的舒适度相比，这个房间戏剧般的简朴和寒酸令人震惊不已。内嵌式衣柜是房间里唯一一处类似更衣室的地方，壁炉上面还盖着一块很大的铁风门。

　　姑娘注意到坎皮恩的脸色。"我知道你在想什么，你就和其他人的感觉一样。安德鲁喜欢扮演成不受家里人待见的那种亲戚。这个房间也只是他用来侮辱家里其他人而精心设计的手段之一。然而，他就和其他人一样喜欢舒适安逸。我相信，很长时间以来这个房间也是庄园里最豪华的卧室之一。然后，大概一年前，安德鲁突发奇想要改变一切，他吩咐仆人收起地毯，扒掉壁纸，然后布置成监狱一般的舞台效果。你知道吗，"她气愤地说道，"他以前常把客人带到这里来，给他们展示自己遭受着多么恶劣的待遇。当然，家里的其他人对此极为愤怒，但是他比他们聪明多了。他常常会让大家觉得就好像是他们逼迫他过着不舒服的生活，当然，这全是信口开河。他确实非常懂得如何激怒别人。"

坎皮恩走到书架跟前仔细查看，书都摆放在钉着皮质防尘饰边的隔板上。这些书名让他十分惊讶。他的藏书相当多，似乎专门收藏着某类品质最出名的作品。安德鲁对文学的品位似乎更倾向于古典情色小说，尽管也囊括了更为现代的心理学家的代表作。坎皮恩拿起一本名为《性与思维》的早期专著，发现它属于爱丁堡一家医学图书馆，这显然是在大约三十年前偷来的。他把书放回到书架上，转身回到房间里。

往外走的时候，他还注意到房间里为数不多的几件艺术品中的一件。这是一组拉奥孔浮雕像，显然是对梵蒂冈著名群像的一种旧式描绘，但是雕刻师在这幅作品里也加入了一些自己的东西：原作庄严但缺乏真实性，取而代之的则是一种极富想象力的恐怖，尽管这东西并不大，却似乎主宰着整个房间。乔伊斯不由得浑身战栗。

"我讨厌那个东西，"她说，"凯蒂舅妈常说它就是她的梦魇，然而安德鲁却想让她把它放在她的房间——直到她习以为常，他就是这么说的。他还给她讲了一大堆关于意志力战胜恐惧的陈词滥调，差点就说服了她接受这个东西。要不是朱莉娅强势介入并坚决反对才挽回局势，他可能就得逞了。不过朱莉娅也喜欢做这种事。哦，他们个个心胸狭隘！卡罗琳姨姥姥的确一丝不苟，但是她心胸豁达。"

与此同时，坎皮恩继续在房间里转悠。他仔细查看了衣橱，拉开抽屉，最后站在梳妆台前。他惊呼一声，然后拿起一张神职人员的照片，那是一位白发苍苍，慈眉善目的老人。照片上写着：

赠给我的老朋友安德鲁·希利，以此纪念我们在布拉格的假期。

威尔弗雷德

乔伊斯扭过头来看了一眼，说道："他是位主教。我想正是因为和他相熟，安德鲁私下对此十分骄傲。他以前常常暗示说他们曾一起度过了一个疯狂的假期。你为什么一直盯着它看？你认识他吗？"

"是的，"坎皮恩说，"他已经过世了，这个可怜的老头儿。他是我德高望重的叔叔，迪威齐斯主教。我相信尽管他比任何活着的人还要熟悉如何用蝇饵钓鱼，但他不是那种会在布拉格找乐子的人，但这还不是这张照片最特别的地方。古怪的是这并不是他的笔迹，这根本不是他的签名。事实上，这是伪造的。"

姑娘瞪大眼睛看着他。"但是安德鲁说——"她刚开口，立马闭紧嘴巴，一脸蔑视，"这的确很像安德鲁。"

坎皮恩把照片放下来。"我认为这里没什么可看的了，"他说，"我们时间也不多了，继续查下一间吧？"

她点点头，然后他们蹑手蹑脚地走了出去。

重新给门上锁又耗费了几分钟，但朱莉娅的门几乎立刻就被打开了。

对比安德鲁的房间，朱莉娅·法拉第小姐的卧室看上去简直凌乱不堪。卧室里塞满了各式各样的家具，完全没有体现女性的温柔气质，反而感觉有些过于花哨。两扇大窗户上分别挂着三幅窗帘：第一层是诺丁汉蕾丝窗帘，然后是荷叶边平纹细棉布做的窗帘，最后一幅是黄色锦缎窗帘。卷起来的黄色锦缎窗帘用粗粗的丝绳打了几个结，仿佛它还有层内衬一样。窗帘整体装饰的基调是要让每幅窗帘都有褶子。

壁炉四周也围着同样的黄色锦缎，还有床，它是整个房间的焦点，也是洛可可风格最具代表性的家具。床的周围装饰着俗丽的褶皱花边，以至于连它原始的样子都无法辨别。

这张床从一开始就引起了坎皮恩的兴趣，他站在那里，既钦佩又惊讶地盯着它看。

乔伊斯主动解释道："出于某种原因，他们称之为意大利黄铜床。我想就是因为房子侧面的地方都挂着帷幔，你看，它们前后移动阻止空气流通，所以这栋房子里面从来都不会有过堂风。"

年轻人朝那个丑陋的庞然大物走去。每个金属柱子顶端都有一个巨大的黄铜把手。他站在那里，将手放在其中一个黄铜把手上面。有好一会儿，他目不转睛地盯着他面前的大羽绒被旁边挂着床幔的黄铜栏杆，然后他又转过身，查看房间的其余部分。

对于经验丰富的人来说，这个房间已经很明显地被彻底搜查过了。他瞥了一眼如同仓库一般的四扇门衣柜，意识到警察一定会立即以此作为寻找可疑物品最可能的来源地。他也比任何人都清楚，跟在苏格兰场的人的屁股后面继续搜查根本是在浪费时间。然而他十分确信，在这个房间的某个地方，一定还能发现杀害朱莉娅的毒药的某些痕迹。乔伊斯打断了他的沉思。

"你根本不认识她，对吗？"她说，"这些都是她的照片。"她指着壁炉架上摆着的一排用来作为装饰的相框。全都是相框，相片都是同一位女性在不同年龄阶段的半身照，从一个穿着既不舒服又不合身，而且还十分难看的衣服的胖乎乎的少女，一直到逐渐发福的中年人。最后的一张半身像是一位头发灰白、表情严肃的女人，因为脾气暴躁导致法令纹很深，就连摄影师都无法将它们隐藏。

"她最近瘦了很多，"乔伊斯说，"我觉得她的脾气也更差了。她可能生病了。也许——也许这终究就是一起自杀案。"

"也许吧，"坎皮恩表示赞同，"这就是我们离开这个房间之前需要搞明白的事情。事实上，关于这一点，我们需要简单地动动脑子。毕竟，推理仅仅是根据具体事实而做出的推断。听我说，你有什么想法？失莉娅姨妈不是会自杀的那种人。我们现在知道的是她是被毒堇毒死的。这是人们所知的最古老、最简单的常规毒药之一，是毒菌的另一种简称。它在茶水里也几乎没什么味道。"他停顿了一下，冷静地看着那个姑娘，"现在朱莉娅姨妈似乎已经养成习惯，每天早上都会在她的早茶里放点东西。"他说，"我们还知道，因为在这过去的六个月里面，爱丽丝注意到她的杯子里每天都有一些沉淀物。因此，我们有理由怀疑朱莉娅姨妈今天早上把害死自己的毒药放进她的茶水里，还以为这就是她平时服用的某种东西。现在，我们迟早要搞清楚她是故意犯错的，还是有人故意让她犯这种错误的。"

乔伊斯点点头。"我明白了。"她说。

"就我个人而言，"坎皮恩边说边摘下眼镜，"如果毒药是毒堇，我不认为这仅仅就是个错误而已。尽管很容易就能搞到它，但必须要提前准备。然而，第一步要弄清楚朱莉娅姨妈每天早上都在她的茶里放的是什么东西。很显然是某种特效药，我想这也是欧茨督察的观点。但是它究竟是什么，具体在什么地方，这些仍然是个谜。你看，根本没有它的任何线索。不管是凯蒂舅妈还是爱丽丝都没听说过她规律性地服用何种药物。你听说过吗？"

乔伊斯摇了摇头："没听说过。事实上，全家的药都是由姨姥姥分配的。她的房间里有个药箱，还有唯——一个急救箱就放在楼上的大厅里。

你觉得会是哪种特效药？"

坎皮恩想了想："嗯，我猜大概就是某种保健盐吧。你知道的——'服用你敢服用的剂量，危险地笑着跃过下一道门槛'——韦德出版社。和这个理论唯一相左的是，并没有保健盐，没有空罐子、空包装盒或者其他什么东西。督察已经来过这个房间了，这就意味着没有任何一个大到可以容纳它的罐子，比如说五十支'黄锡包'烟那么大的罐子，还没被检查过。如果我们今晚没有发现它，他们很可能明天就会开始搜查房间的其他地方。"

姑娘无助地环顾四周。"这似乎是一份毫无希望的工作，"她说，"我们甚至都不知道我们应该去找什么东西。"她好奇地看着坎皮恩。没有戴眼镜的他看上去比平时至少聪明了一倍。

他迎上她的目光，缓缓地说："你认为爱丽丝不会把什么东西带进房间吧？毕竟当天早上的那个时间段里，她是另一个在这一楼层出现的人。"

乔伊斯使劲摇了摇头："哦，不会的，她真的是个好人，她是这个世界上最不可能做这种事的人了。她在这里已经待了三十年了。"

"爱丽丝知道一些东西，"坎皮恩说，"她身上显然有秘密，但我估计这可能与此事无关。"

"完全没有关系。"姑娘不由自主地说。意识到自己这是不打自招，她的脸瞬间涨红了。

坎皮恩暗淡的眼神在她脸上停留片刻，继续说起了自己的推理。

"我们正在寻找的这种特效药，"他说，"因为没有人见过它，所以它一定是由朱莉娅姨妈自己藏起来的，这就给了我们一条线索。让我们设身处地想一下，假如我是躺在床上的那个又懒又胖的女人，有人给我端来一杯茶，我想从某个藏匿它的地方把它取出来，然后放在我的茶里。接着要在尽可能短的时间内，以最舒服的方式把它再放回藏匿之处。这就把我们直接引向床这边。"

他在床边的椅子上坐下。"以法式风格重建犯罪过程，"他低语道，"这个东西可以在任何地方。不在枕头里，不在床垫里；这些东西每天都会被人移动。如果它体积足够小，那就可能会把它缝在帷幔的褶皱里。"

他弯腰检查床架周围的褶皱，但遗憾地摇了摇头。

"没有用，"他说，"没有一处褶皱值得一提。"他抓住那根粗粗的黄铜床柱，好把自己拉起来。当他的手指握紧那根特别粗的杆子时，他惊呼一声。"当然如此！"他说，"我童年时藏东西的地方，我年幼时的松鼠洞。"

他突然指着床角处黄铜立柱上的大大的圆把手，姑娘也立马异常兴奋地笑了起来。

"当然，"她说，"我的幼儿床上也有四个小的，它们中间是空的，

144

可以把它们拧下来，对吧？我以前常常把小块的石笔藏在那里面。"

坎皮恩已经开始把其中一个巨大的装饰物拧开了。

"这个是最有可能的那一个，"他说，"你看，就在床头柜这边。"

这个大球几乎和椰子一样大，用螺丝固定在一个有两根手指那么粗的螺纹铁支柱上。它在他手里很容易被转动，两三下就拧了下来，然后他们都迫不及待地弯腰看着它。

"摇一下！"姑娘几乎都听不出自己的声音，"要是里面有东西，就会发出的声响。"

他言听计从，如愿听到"哐当"一声。"我不知道怎么把它弄出来，"他说，"除非——噢，我知道了。"他把一根手指伸了进去，就在它即将看不见的时候，勾住药剂师常用的红色细绳的一头。下一刻，他拽出来一个大约三英寸长的木质圆筒。螺旋盖上钻了一个很小的孔，一条细绳穿过小孔，两边分别串着两颗珠子，还打了个结防止珠子滑动。他抓着所发现之物的细绳，把黄铜大圆球重新安到立柱上。

"当心，"他说，"别碰它。它现在也许属于警方所有了。他们对于有人乱动他们的物证非常敏感。"他把圆筒放在梳妆台的灯光下。盒子外面的蓝色包装纸上印满了小字，他们瞪大眼睛仔细阅读。朱莉娅姨妈的秘密暴露无遗。

"甲状腺组织还原剂，一天一粒可以预防增重。每日清晨随茶水服

145

用一粒甲状腺组织还原剂将有效减少赘肉，安全且便捷，万千人推荐。"

坎皮恩和姑娘对视了一下。"你是对的，"她说，"这会是失误吗？"

"我认为这不是自杀。"坎皮恩说，"你瞧，我们还是把它打开吧。"他掏出一块手帕，一边旋开盖子，一边用手帕垫着圆筒。圆筒里面的东西让人茅塞顿开，里面是叠成锯齿形的防油纸管，每一处折叠的部分都有一颗白色的小药丸，有一半都已经空了。

坎皮恩站在那里，透过透明的纸仔细观察剩下的小药丸。最后他小心翼翼地把它们放到盒子里，然后拧紧盖子。

"就是这个东西，"他说，"必须把它交给化验员，尽管我认为剩下的这些东西和它们所谓的安全便捷没有半点关系。但今天早上的药肯定被毒堇汁或是其他什么东西浸透了。"

姑娘看着他，眼神皆是惊恐和忧虑。"那么我们已经有所发现了？"她说，"这是谋杀吗？"

坎皮恩重新戴上眼镜，用手帕小心地把盒子包好放进口袋里。

"恐怕正是如此，"他说，"而且凶手知道一件家里没人承认知道的事——朱莉娅姨妈在减肥。"

威廉姆舅舅的负罪感

    法拉第夫人在起居室单独接见了他。十五分钟后，坎皮恩去找乔伊斯，她正蜷缩在晨室壁炉前的扶手椅上等他。坎皮恩进门的时候，她抬起头，他注意到此时的她看起来是那么苍白，那么恐惧。他递给她一支烟，然后给自己也点了一支。

    "你觉得等我到八十四岁的时候，也会像法拉第夫人一样吗？噢，不能这么说，她是我所见过的最了不起的人了。我认为以我对事务的忠诚度，在告诉警察前我应该把我们的发现先向她汇报，她不可思议地全然接受，一位精明过人的女性。斯坦尼斯劳斯是对的，她简直和高等法院的法官一模一样。我说，"他突然看着女孩，继续说道，"希望我没把你吓坏了，但我认为你应该更愿意参与其中。毕竟，得到一种解释，不管它多么地令人不舒服，这也总比谜团要好。"

她用力地点了点头："我就是这么想的，不，说实话，我甚至非常庆幸。恐怕你就是那种人们口中的聪明人，从一开始就无所不知。当他们把一系列的证据找全，然后就像是在孩子们聚会上表演的魔术师一样，把全部解释出其不意地和盘托出。"

坎皮恩严肃地摇了摇头。"我可不是聚会上的魔术师，"说完，他坐在壁炉前，"你看，作为你的侦探兄长，爱丽丝的这个秘密又如何呢？我不想强迫你做任何事。在这件事情上，我仅仅是个小帮手，但至少要告诉我，在你看来，爱丽丝的小秘密究竟是不是无关紧要？又或者它跟本案毫无关系，只不过是自己的某个隐秘而可怕的烦恼而已？"

有好一会儿，姑娘都没有回答这个问题，只是皱着眉头，呆呆地盯着前方，看上去十分苦恼。

"我不知道，"她坦言道，"也许你最好听听。真的，这是件很愚蠢的小事，也许根本毫无意义。事实上，今天早上爱丽丝给我送热水过来的时候才告诉我这些的。我知道她没有把这些告诉警察，仅仅是这样而已。楼上以前育儿室里用来开关天窗的绳子不见了，或者说至少是一大部分不见了。一个钩环被拔了出来，一大截绳子被割断了。前两天爱丽丝进去看要不要给房间通通风，她就是那时候注意到了这点。

本来她当时也没有多想，但得知安德鲁被发现是用晾衣绳之类的东西捆绑的，她不由自主就想到了窗绳。她不想让我告诉警察，因为她觉得这只会让大家又怀疑到家里人身上。事情就是这样。"

坎皮恩表情沉重。"你是说还剩下一大截绳子吗？"他说，"这点很重要。我的意思是说如果有必要的话，这两条绳子可以做比对。你看，因为这所房子里没有电话，我最好去问问花园里的便衣，估计他知道附近哪里有警察岗亭。我要和斯坦尼斯劳斯聊两句。现在才十点半左右。"

姑娘站了起来。"好吧，"她说，"爱丽丝不会因为没有说这件事而惹上麻烦吧？"

"当然不会。我向你郑重许诺。"

姑娘冲他笑了笑。"很高兴你能来这里。"她说，"如果没有你在家里，我都不知道我们该如何是好。我现在必须上楼了，姨姥姥通常十点半左右休息，我的工作之一就是负责把她的蕾丝饰品都收拾好，然后安排好明天要用的不同饰品。我要跟你道声晚安了。"

"晚安，"坎皮恩说，"别担心。"

她刚走了没几步，听到这句话，她停下脚步来回头看着他。"你猜人们都在想什么？"她追问道。

坎皮恩调整了下他的眼镜。"我曾在所得税征收部门待了很多年，"他喃喃道，"下周会有更多关于我龌龊过往的文章。"

她勉强地笑了笑。"原谅我，"她说，"但是难道你不觉得你的行事风格——嗯，会损害你的事业吗？"

他看上去很受伤。"猎豹能改变它身上的斑点吗？"他抗议道，"我就是我。"

乔伊斯哈哈大笑："晚安，斑点先生。"

坎皮恩一直等到起居室的门被关上，老夫人和乔伊斯安全上楼，他这才轻轻地出了大厅，朝花园走去。

他刚走到前门，门就开了，马库斯走了进来，威廉姆紧随其后。他的脸色不再红润，反而有些微弱的淡紫色。一看到坎皮恩，两人都有些意外地停下脚步。在年轻人冷冰冰、稍显不友好的注视下，威廉姆打起精神，故作镇定地说："噢——是你啊，坎皮恩。很高兴遇到你。我母亲已经休息了吗？"显然发生了些事情，刚进门的两个人之间气氛紧张，这引起了坎皮恩的好奇心。看起来似乎是马库斯迫使老人采取主动，同样明显的是，威廉姆并不情愿这么做。

"法拉第夫人刚刚上楼，"坎皮恩说，"您要去见她吗？"

"噢，天啊，不是的！"威廉姆有些激动地说，鬼鬼祟祟的蓝眼睛瞥了他的同伴一眼，突然闭住了嘴巴。

马库斯看着坎皮恩，这他已经放弃说服由威廉姆出面展开行动。

"你看，"他说，"我们想和你单独谈一会儿。早餐间还有人吗？"

他边说边脱掉大衣，尽管有些不情愿，威廉姆也如法炮制。坎皮恩带路往晨室走去，威廉姆紧随其后，在明亮的灯光下有些目光闪烁。

马库斯进门后，随即把门关上。他的脸色异常严肃，坎皮恩突然有些怀疑，觉察到他现在看上去就像是刚刚受到不小的惊吓。威廉姆也发生了无法言表的微妙变化，他几乎再也没有那种咄咄逼人的气势，看起来更加苍老，更加虚弱。尽管他依稀还有些暴躁，但这种暴躁是被人发现的而非因为害怕他即将面对的事情而产生的。

马库斯紧张地清了清嗓子。"坎皮恩，"他说，"作为一名律师，我建议法拉第先生把他的事情对你和盘托出。我已经跟他解释过了，我无法按照他的要求行事，但我觉得你，作为法拉第夫人在这件事情上的专业顾问，可能比其他任何人都能更好地帮助他。"

"我喜欢你这么说，"威廉姆嘟囔道，"你很清楚是你逼我来这儿的。"

马库斯恼怒地看着他，但仍然像是对待小孩一样耐心地说："法拉第先生，我之前就提醒过您，坎皮恩不是警方的人，作为一名专业人士，您的秘密在他那里是安全的。"

威廉姆的胖手一摊，说道："好吧，但我可不想自投罗网。我不知道我这辈子什么时候会陷入如此尴尬的境地。毕竟，你们似乎不明白，无论我做了什么，我在道义上就和刚出生的婴儿一样无辜，这就是我的痛苦之处——就像是个跛脚的家伙。真见鬼，你只要按照我说的去做就行了，这又不麻烦。"

马库斯摇了摇头，说道："请原谅我这么讲，您还是没弄明白，您根本不明白这件事涉及到的法律方面的问题。不管您个人如何看待——嗯——犯罪或是惩戒，关于这个问题法律是有非常明确的界定的。我必须向您再次重申我的要求。法拉第先生，您现在的处境非常危险。"

"好吧，"威廉姆仍闷闷不乐地说，"继续吧，你告诉他。很遗憾一个人的痛苦要遭人四处宣扬。不过，我想你知道怎么做最好，继续吧。"他又说了一遍，一双小眼睛将他的紧张暴露无遗，"让我听听你是怎么看这件事的。攻击我就好像是这个世界上最自然不过的事情了。"

马库斯从胸前的口袋里掏出一张叠得整整齐齐的纸，目不转睛地盯着坎皮恩。

"法拉第先生刚刚把这份声明交给我，他希望稍后在上面签字。"他说，"我给你读一下：

'我，威廉姆·罗伯特·法拉第，特此声明：过去的十八个月以来，我的精神出了些问题。据我所知，我很可能会短时间内，不超过半个小时，彻底地失去记忆。发病的时候，我完全不记得我在哪里，我是谁。在此时间里，我或许不经意间干了一些事情，我不认为我应该对此承担任何责任。'"

152

威廉姆抬起头。"我不喜欢那个字眼,"他说,"用'做'。"

"'做',"马库斯说,用铅笔改动了一下,"不管怎样,这还不是法定格式。

'我发誓以上所说全部属实,绝无虚言。签名:威廉姆·F.
法拉第。'"

"好吧,如你所愿,"威廉姆得意扬扬地说,"很清楚,不是吗?马库斯,你要做的就是当个见证人,按我所说的注明日期。关于这件事我没说一句假话,这几个月以来我一直想找你谈这件事。你只要写上二月,就行了。"

马库斯满脸通红。"但是,法拉第先生,"他无可奈何地说,"您一定要明白眼下这种情况,孤注一掷采取该举措的重要性。我不介意让您知道,如果您只是随便某个向我提出这种请求的人,我认为我有责任将您轰出办公室。仅仅是因为您让我确信这些事实基本上所言非虚,所以我今晚才会跟您来这里。"

在两人整个谈话过程中,坎皮恩一直沉默不语地站在一张高靠背椅旁边。他那种事不关己的神态比任何时候都要明显。他坐了下来,双手抱臂，靠在椅背上。

"法拉第先生，您能描述下您发病时的状况吗？"

威廉姆挑衅地看着他。"当然可以，"他说，"没什么好描述的。我只是忘记了，然后过了一会儿，我又想起来了。我估计每次发病会持续五到十分钟。它还有个专门的名字，叫作'健忘症'之类的。如果我感到疲劳或者过度劳累，就很容易发病。"

坎皮恩似乎深信不疑。"我懂了，"他说，"而且这也非常尴尬。您经常会发病吗？"

"不，不太多。"威廉姆谨慎地说，"没多少次，但是越来越严重了。第一次发病的时候是在去年六月。顺便说一下，马库斯，你最好把那句话修改一下，并不是十八个月，对吧？"

"是的，"马库斯挖苦道，"是九个月。"

"噢，好吧，"威廉姆摆了摆手"你们这些律师太严谨了。嗯，去年六月份的时候，在个该死的大热天里，我在小咖喱街溜达，我大脑一片空白，等我反应过来的时候，我手里拿了一个玻璃杯，站在罗马天主教堂门口。我觉得自己就是个彻头彻尾的白痴，自然我也有些慌张，我不知道该怎么处理这件事。我注意到有一两个人好奇地看着我。那个玻璃杯也没有让我想起任何事情，就是个普普通通的玻璃杯，就是酒吧里那种常见的杯子。最后我把它装进口袋，出城的时候扔到了田地里。一段最令人不愉快的经历。"

"最？"坎皮恩严肃地问道，"这之后还发生过吗？"

"还有两次。"威廉姆舅舅稍做犹豫，接着小心翼翼地承认道，"一次是去年圣诞节的时候，等我回想起来，居然什么都不记得了。我们有天晚上在这里举办了一场晚宴，所有人都回家后，我记得我和安德鲁一起走到门口呼吸呼吸新鲜空气，然后我就什么都想不起来了，直到后来我发现自己在冷水浴中瑟瑟发抖，那几乎要了我的命。我现在已经不再在泡冷水澡了，人到了我这把年纪，他必须要照顾好自己。这就是对一名老运动健将的惩罚。"

马库斯知道威廉姆所有的体育才能就是他曾于1881年在一所私立预科学校里获得过一个银缸子，所以他并不赞同他这种毫无依据的说法，但这位老人继续喋喋不休地说了下去。

"后来我特地问了安德鲁——谨慎起见，你知道的——他是否有注意到什么奇怪的事情，他却反问我是什么意思。他当时喝得烂醉，所以我也没期望他会注意到什么。"

"第三次呢？"坎皮恩好奇地问。

"这第三次嘛，"威廉姆勉强地说，"就更倒霉了。第三次就是在安德鲁失踪的那个周日——老实说，就是在他失踪的时候。这就是为什么它会如此尴尬的原因所在。"

马库斯着实吃了一惊,抗议道:"法拉第先生!您没有告诉我这件事!"

"我不是那种喜欢谈论自己疾病的人,"威廉姆说,从整个交谈过程中可以隐约发现他说话已经有些颠三倒四了,"好吧,就跟你们说说吧,你们现在就明白了。我记得我当时站在去格兰切斯特草甸的路上,正和安德鲁争论回家应该走哪条路——非常愚蠢的话题——应该走哪条路一目了然。我记得和他分开了。你是不知道,一想到还有人能蠢到这种地步,我当时气坏了,心里乱糟糟的。就在那个时候,我失去了记忆。等我回过神的时候,我刚穿过前门,午餐也几乎就要结束了。"

"这就比你跟警方的表述晚了二十五分钟。"坎皮恩出其不意地说。

威廉姆涨红了脸。"也许是这样,"他咕哝道,"对时间这么较真实在令人费解。好吧,就是这样,现在你们都知道了。"

马库斯徒劳地试图捕捉到坎皮恩的眼神,但是这位年轻人仍然一副彬彬有礼、事不关己的模样,把眼神隐藏在厚厚的镜片后面。

"法拉第先生,我希望您不要认为我太爱管闲事了,"他说,"可您为什么不把您的病情告诉家里人呢?您现在冒着极大的风险,比如说,您可能会被车撞伤。"

威廉姆佝偻着身体坐在椅子上,拒绝看向他们任何一个人。

"我不喜欢在陌生人面前谈论家族秘密,"他喃喃道,"但老实说,我母亲日渐衰老。"他停顿了一下，掏出一块大手帕，用力擤了擤鼻子，"她有些固执己见。最近一段时间，她被一种错觉所折磨——噢，好吧，直截了当地说吧，她认为我酗酒。当然，"他抬高嗓门继续说道，"我并不是个滴酒不沾的人，而且我这辈子——好吧，不久之前有段时间，因为我曾和一群心术不正的家伙住在一起，那时候我常常变得十分暴躁，所以偶尔也会借酒消愁。"威廉姆试图给人留下一种印象，让大家认为他是一位欣然坦白自己曾经过错的人，"好吧，"他再次恢复信心，继续说道，"你不知道吧，我觉得如果告诉家里人我得了这种病，因为他们根本没有医学知识，所以可能会认为我又喝了一两杯。现在你们知道这有多尴尬了吧。"

坎皮恩点了点头，但说话的却是马库斯。

"但是，我亲爱的先生，"他无可奈何地争辩道，"难道您没有发现自己现在有多危险吗？您没有告诉过任何人吗？难道没有一个人能证实这件事吗？"

威廉姆站了起来。"年轻人，"他严厉地说，"你是在怀疑我说的话吗？"

马库斯似乎正要指出自己毕竟也只是个普通人，坎皮恩出手相救。

"法拉第先生，您的健康状况一定让您十分惊慌吧？"他说，"您没想过去看看医生？"

威廉姆看着他，眯起眼睛，说明此时他的大脑正飞速运转，思绪万千。

"当然，"他谨慎地说，"但是我不想去找老拉弗洛克，把我的事情都告诉他。我并不是说拉弗洛克靠不住，他是个好人，这点我毫不怀疑，但我不想去找家庭医生。"

"很遗憾您没有去找其他人，"马库斯说。他是个条理清晰，一丝不苟的人，十分反感威廉姆那种令人震惊的杂乱无章的思维方式。

"噢，不过我找过了。"这位老人气鼓鼓地说，"我找过了。"

两位年轻人惊呆了。"是谁？"

可威廉姆似乎不愿开口。

"看在上帝的分上，先生！"马库斯催促道，"难道您还不明白这件事的重要性吗？"

威廉姆耸耸肩。"那好吧，"他说，"这会让整件事比任何时候都尴尬，但你们非要坚持的话——戈登·伍德索普爵士，哈利街上治疗神经类疾病的医生。"

马库斯发出一声叹息，这声叹息是怀疑和宽慰相互搏斗后的结果。

"至少，这就讲得通了。"他说，"您是什么时候去见他的？"

"六月底，"威廉姆舅舅仍有些不情愿，"我们就不要详细讲他具体都说了些什么。我从来都不相信那些家伙能做好他们的分内之事。

好吧，这是事实，但我认为这些未必有用。我不能请他来证实我曾上门咨询过他。"

"为什么不行？"马库斯再度起疑。

"因为，"威廉姆舅舅端起架子，字字斟酌，"我认为在那种场合更名换姓是明智之举。而且我也没办法付钱给他——如果你们非要知道我所有的私事。噢，我敢说他一定还记得我的案子。"另一个人正打算开口，但他继续说了下去，"如果你们认为我会允许你们让我面对大量来势汹汹的律师信，又或者是任何能让这些家伙躲避其后的东西，你们就错了。我要说的都已经说完了。"他固执地闭口不言，转过脸去。

"但是法拉第先生，这是谋杀。"马库斯站在老人面前，残忍地反复说道，"谋杀！您还不明白吗？没有什么是比谋杀更加可怕的了。先生，如果您坚持要这样，"他语气更加严厉，"您很可能会被逮捕的。"

"你在那份声明上签了字，"威廉姆说，"那我就没事了。我这辈子也经历过几次磨难，但我都能全身而退。我现在也这样做就行了，这世上还没有人敢说威廉姆·法拉第是个懦夫。"

"至少也是个傻瓜。"马库斯低声咕哝道。

威廉姆抬头看了他一眼，说："先生，像个男人一样有话直说，别在我背后嘀嘀咕咕的。"

马库斯向坎皮恩求助："你能给法拉第先生解释下他目前处境的严

重性吗？"

"见鬼！我知道这件事很严重，"威廉姆意外地大声呵斥，"难道我没有失去一个表哥，一个亲妹妹吗？你们两个似乎忘记了这个家庭的丧亲之痛，反而担心我看医生的事。让我告诉你们，我明天要去死因裁判法庭提供鉴定证据，而这将是一次非常痛苦、非常煎熬、非常可悲的经历。我可不是那种会为医生那一点点账单而担心的人。"

"威廉姆先生，欧茨督察是不会放过任何线索的。"坎皮恩忍无可忍地说。

威廉姆的目光一个挨一个地扫过两人，刚要开口说话，可又改变了主意。他坐在那里，目不转睛地看着他们，像是个烧开的水壶一样，轻声咕哝着。他突然屈服了。

"我当时用了我的老朋友哈里森·格雷戈里的名字。我提供了俱乐部的地址，六月二十七日那天去的。"他说，"现在，你们都知道了，希望这些能让你们满意。这件事让我看起来就像个傻瓜一样，但另一方面母亲总让我们手头紧张，她似乎没有意识到像我这个年纪的男人身上必须随时带着一两英镑。"

马库斯正在信封背面潦草地写上那个名字。"先生，是莱维特俱乐部对吧？"他说。

威廉姆嘟嘟囔囔。"在布克街上，"他低声说，"一个乡村俱乐部。

格雷戈里老弟肯定会生我的气的，他一定已经从那个家伙那里收到消息了。"他懊悔地摇了摇头，"这似乎是当时能做的最好的选择了。"

马库斯有些震惊地看着坎皮恩，而坎皮恩似乎对这些唠叨完全无动于衷。

"先生，我会尽力的。"马库斯把信封放回衣兜，"如果是我的话，我会毁掉这份声明的。"他边说，边用手轻敲桌子上的纸张，"在现在这种情形下，我认为这也许会让人误解。坎皮恩，如果方便的话，我明早去找你。关于他们面谈一事，在我们和戈登·伍德索普爵士确认过之前，这件事也许要对警方保密，尽管我知道它迟早都会被公之于众的。这一点我认为法拉第先生也很清楚。"他看了威廉姆一眼，继续补充道。

威廉姆并未做出任何回答，也没有回应马库斯的"晚安"，而是一直闷闷不乐地坐在椅子上。坎皮恩把他的朋友送到大厅，又折了回来，他这才站起身，拿起马库斯留在桌子上的那份声明。

"这个该死的没礼貌的小子，我以前还以为只有他父亲是个粗鲁的老蠢货，没想到这小子也这么难对付。噢，好吧，我想我必须让他找那个医生把这件蠢事弄得一清二楚。当然，这么做我并不会格外介怀。我只是觉得这是最容易的方法了。"他把纸片扔进火里，然后突然对坎皮恩说，"那个警察，欧茨督察，今天晚上又来了。就是因为他不停地问我周日午餐的确切时间，这才让我意识到，如果我确实打算做这件事，那我最好把它尽快完成，这也就是我今晚去找马库斯的原因所在。我怎么知道他竟然会如此冥顽不灵？"

他停顿了一下，坎皮恩并没有发表评论。威廉姆突然疲倦地靠在椅子上，几乎有些可怜地看着对方。

"你觉得我现在是不是一团糟？"他说。

坎皮恩有所触动。"您现在的确陷入困境，"他缓缓地说，"但我认为情况并没有看上去那么糟糕。我还不清楚，请原谅我这样讲，但是我觉得关于戈登·伍德索普爵士的事情——嗯，千真万确，对吧？"

"噢，是的，很不幸这的确是事实。"威廉姆说，似乎无法理解这个对他如此有利证据的重要性，"当然，"他接着说，坦诚得令人吃惊，"你知道的，我不可能干这种事，我也不会杀掉安德鲁。我没有带着一大捆绳子去教堂，这点我心知肚明。"

他那双蓝色的小眼睛若有所思地眨了一下："本来这件事就很不合乎情理。我穿了件非常紧的大衣，很讲究的一件衣服。所以，口袋里放本祈祷书，看起来就像是放了个扁酒瓶。但是一大捆绳子！一定会有人注意到的，我也会注意到的。我可能有些健忘，但你知道的，我又不是个弱智。"

显然，威廉姆的这番话十分中肯。

"当然，"坎皮恩敷衍地说，"现在并没有足够的证据表明你表哥是在周日被谋杀的。"

"噢，那么，"威廉姆满意地说，"这样我就摆脱嫌疑了。我很清楚那以后自己都做过什么。谢天谢地，自从那天以后我就再也没有发作过了。再有，最近的天气糟透了，我没出过几次门。没有安德鲁的日子，我们之间也都相安无事，我甚至都想一直待在壁炉跟前。"

坎皮恩悠悠地说："还有一件事，就是左轮手枪。您有左轮手枪吗？"

老人考虑片刻。"服役的时候有过一把，当然是在战场上。"他说，"我当时驻扎在蒙特勒伊——是海滨那个。一群糊里糊涂的人，那些外国人呀。我——呃——做的是文职工作。"他恶狠狠地看着坎皮恩，似乎是在警告他不要再过问更多的细节，"是的，我那时候有一把，这之后就没再见过它了。见鬼，这可不是你私人生活中想要的东西。"

"的确，"坎皮恩表示赞同，"后来您那把枪怎么处理了？"

"我想应该是和我的装备放在一块。我好像记得我把所有东西都放在以前育儿室里的一个箱子里。"

"那我们去看看吧。"坎皮恩说，"育儿室"这几个字让他想起半小时前乔伊斯说的事情。

"这该如何是好？"威廉姆似乎不愿意惹麻烦，他说，"我之前告诉督察这所房子里没有枪，从来都没有。我讨厌被那个警察盘问。"

然而坎皮恩可不会轻易放弃："他们迟早都会找到它的，我认为我们最好还是去看看。恐怕他们明天就会搜查整栋房子了。"

　　"搜查整栋房子？"威廉姆惊愕不已，"他们不能那么做！或者是政府让他们这么干的？我记得我曾和安德鲁说过：'如果这群无赖掌权，老实人的家就不属于他自己了。'"

　　"一旦把警察请进家门——当然像如此严重的情况下，必须报警——我认为您会发现他们拥有非常大的权力。您是说在育儿室，对吗？"

　　威廉姆一边发着牢骚，一边站了起来。"好吧，"他说，"但我们必须安静一点。女人们都睡着了，或者说应该睡着了。我不明白我们为什么不能等到早上，屋顶冷得要命。只有生病的时候，卧室才会生火，老派的斯巴达体制。"他满怀希望地不再作声，但发现坎皮恩没有松口的意思，于是他把茶几上最后一点儿威士忌和苏打水一饮而尽，然后在前面带路。

　　坎皮恩跟着那个胖乎乎、气喘嘘嘘的人上了楼梯，来到楼上漆黑的大厅里。周围静悄悄的，还有点闷。威廉姆在拐角处转弯，然后又爬上楼梯。

　　房子的三楼比其余的楼层都要小，四周全是狭窄的走廊和倾斜的天花板。

"仆人们睡在另一侧，"威廉姆指着法拉第夫人的房间以及前厅上方的位置，低声说道，"以前的育儿室就在这里，其实它就是个阁楼。"他打开灯，可以看到和楼下一样的走廊，走廊一侧有三扇窗户，另一侧有三个房间。这里的地毯很旧，墙上的油漆到处都是暗淡的划痕。后楼梯顶部有道小门封锁了出口。坎皮恩突然想到，这里很可能与当年年幼的威廉姆和朱莉娅相互追逐着跑向那道小门的时候所差无几。

威廉姆打开了三扇门中的第一扇门。"我们到了，"他说，"这两个房间打通了。以前是个晚间育儿室，现在用来堆放杂物了。"

他刚把灯打开，映入眼帘的就是一间布满灰尘的大房间，里面依然摆放着维多利亚式育儿室令人抑郁的旧物。地板上铺着破旧的红色地毯，棕色的壁柜，大衣柜紧靠着贴着难看的蓝绿色壁纸的墙壁。壁炉上面盖着一个大铁丝网罩，墙上挂着带有严肃宗教色彩的巨幅钢板雕刻作品。这是一个令人压抑的房间。窗户上的铁栏杆，尽管很有用，但几乎起不到装饰性作用。坎皮恩本能地瞟了天窗一眼，一切王如乔伊斯所言，一根绳子孤零零地挂在布满灰尘的窗户上，很明显，固定绳子另一端的钩环被人从它原来的位置上拔了出来，剩下的这截绳子并不太像晾衣绳，而是比通常的晾衣绳更粗、更糙一些。

威廉姆站在那里打量着他，似乎并没有注意到这个缺陷。

"箱子就在这里。"他指着一个奇怪的旧皮革玩意儿，它不可思议地立在角落里，就在一个标准尺寸的地球仪和一堆书下面。他小心翼翼、蹑手蹑脚地往房间那头走过去，坎皮恩紧随其后。他们把那些障碍物都搬开，然后威廉揭开箱子的盖子。

坎皮恩饶有兴趣地看向箱子内部。一股淡淡的霉味扑面而来，然后有只蛾子飞了出来。他们一番检查，发现了一双及膝长靴、一件卡其布制服、一条马裤、两条休闲裤、一条武装带和一顶"黄铜帽子"。威廉姆把这些衣服一件一件地取出来放在地板上。

箱子见底，他说："呵，在这里。"

坎皮恩比他快了一步。他拿起枪套，解开摁扣，里面只有几块油乎乎的破布，仅此而已。

"老天啊！"威廉姆惊呼道。

就寝时刻

　　回到晨室，威廉姆的思路似乎再次变得清晰起来，阴晴不定的脸色变得更加难看，看起来他几乎已经筋疲力尽了。

　　"坎皮恩，一切都毫无迹象，"他哑声道，"有人在这里干了些见不得人的事。"

　　冰冻三尺非一日之寒，但他的同伴很识趣地不发一言，于是年长者接着说了下去。

　　"那里还有一些子弹，"他说，"我现在想起来了，它们就散落在箱子底部。警察要是知道这一切，我想我会惹上麻烦的。"他目不转睛地盯着坎皮恩，那双蓝色的小眼睛因恐惧而显得有些空洞，他压低声音问，

"你知道杀死安德鲁的是哪种口径的子弹吗？你没听说吗？这一切糟透了——糟透了。"

他坐在绿皮椅上，绝望地看了威士忌酒一眼。最令他恐惧的事情终于发生了，他再次别过脸去。

"真希望我能知道那个恶棍藏在哪里，"他突然咆哮道，"我想不论是谁，苏格兰场一天之内应该都能找到他吧？"他话题一转，"当然，我想，我还是不能说起乔治。就是因为我向那个警察提到过这个名字，我被老太太教育了半个小时，可把我气坏了，"他面露愠色，继续说道，"为什么要让我担惊受怕的，只是为了掩护一个只知道敲诈勒索的恶棍？这家伙这辈子从来都没有老老实实地工作过一天。他一定是轻而易举地走了进来把枪拿走，埋伏好等待着安德鲁现身。如果安德鲁是被我的枪打死的，那么事情就一定是这样。不过这还尚未证实，对吗？"

"这点还不能确认。"坎皮恩委婉地说，"即使他是被军用子弹射杀的，这个国家拿着军用左轮手枪四处游荡的人一定数以千计。"

威廉姆喜形于色。"没错，确实是这样。"他说，"不过，我敢打赌这个人就是乔治。他周六晚上进来吃饭的时候简直让人惊掉了下巴。你知道的，没人给他开门。他肯定在房子里鬼鬼祟祟地藏了几个小时。他就是那种恶棍，尽管母亲总会把他赶走，但他在的时候，总是把这里当作自己的地盘。虽然老太太年事已高，不过她身上仍有一点亚马孙女战士的风采。"

他没再说下去，若有所思，嘴巴里嘀嘀咕咕的。突然，他又开口道："钟锤刚响，他就走进来了，差点让我吐了出来。一个愚蠢的泰晤士河南岸的码头工人，这让我想起了小时候看过的那种通俗剧。可现在老太太还试图庇护他，这是最让我生气的地方。"

坎皮恩拥有一种不卑不亢的天赋，甚至已经到了炉火纯青的地步。他平静地倚着壁炉台，老人则继续说着。

"她太沉溺于过去了，"威廉姆强调道，"和现在可能发生的任何灾难相比，她更在意曾经的丑闻。我认为乔治这个家伙并没抓住她什么重要的把柄，但这也不得而知。瞧瞧她把安德鲁从遗嘱中删除的理由。"

坎皮恩似乎对此更感兴趣。"有些小题大做吗？"他问道。

"我想是的，"威廉姆吐露心声，"毕竟，我父亲，愿上帝保佑他，他现在也不会为此恼羞成怒了。然而，都是安德鲁的那本书惹出的麻烦，《伪君子，或学识的面具》，一个非常蹩脚的书名，我告诉过他的。"

"我从未听过这本书。"坎皮恩说。

"你不可能听过的，"威廉姆直截了当地说，"我认为这本书只卖出去了五六本。我跟母亲说过，完全不必为此担心，但是她对我的话从来都是置若罔闻。不过，这也证明了老安德鲁的放肆无礼。"他蛮横地补充道，"他这也是咎由自取。你想想一个靠着自己姨妈的施舍讨生活

169

的家伙，竟然写了一本书歹毒地抨击自己的姨夫！"

"抨击法拉第博士？"他的同伴询问道。

威廉姆点了点头："没错。老安德鲁注意到撰写回忆录一时间风靡了起来——老伙计们重提俱乐部里的故事，通常都是挟私报复——然后他突然想到自己也可以试着写写我父亲的故事挣点钱花。不管怎么说，他最终写了本书。我虽然不是个文学爱好者，不过这是我读过的最愚蠢的作品了。"

"这本书出版了吗？"坎皮恩问。

"噢，出版了。某个名不见经传的小公司把它出版了，我猜是以为父亲的大名可能会有点销路吧。安德鲁得到六本样书，再无其他。虽然这也无关痛痒，但我觉得出版商应该还是赔钱了。"他情绪愈发激动，"他一拿到这六本样书，就在每本书的扉页上写下一段华丽的题词，然后给了每人一本，客房也放了一本。母亲让乔伊斯给她读读这本书。顺便说一句，她真是个不错的小姑娘，她是这个家里唯一一位乖巧伶俐的女性。哎呀，然后就闯下大祸了。我很久都没见过我母亲如此勃然大怒了。当然，我想，正常情况下，我们应该起诉恶意中伤家族荣誉的人，但是又不能伤害靠着自己接济讨生活的亲戚，这令人非常尴尬难堪。于是母亲拿起了她所剩下的最后一个武器。她找来老费瑟斯通，然后更改了她的遗嘱。我记得当时我正在读一本书，讲的是一个意大利人在美国倒卖啤酒的故事。于是我从中借用了一句话，我对安德鲁说：'就对这事儿一笑置之吧。'他当时就坐在那边的椅子上，我现在仿佛还能听到他的咒骂声。"

"我想读读那本书。"坎皮恩说。

"读这本书？"威廉姆急切地想要安抚这位年轻人，因为他明白这是唯——位可能对自己还算友好，而且还有些影响力的人了，"事实上，我这儿有一本。老太太把所有她能找到的书都销毁了，不过我还留着我的那本。"他压低声音，"就咱俩说说，我觉得这本书半真半假，我们这些法拉第家的人也不是什么圣人。父亲也是个人，就跟我们其他人一样。"他站起身，"你现在就打算休息了吗？"他说，"我去拿书。你可以把它放在你的包里，因为书上面有我的名字。"

二人一起上了楼，坎皮恩站在威廉姆的房门口，老人则在床边的书架上翻找那本书。坎皮恩感觉这个房间十分宽敞，但像它主人的思维一样杂乱无章。然而他并没有太多时间仔细观察，因为威廉姆几乎立刻就把一本用牛皮纸包裹的薄册子交给了他。

"我在上面贴着'莪默·伽亚谟'的标签以防被人在书架上发现，"他喃喃道，"好啦，我是说呃——呃——晚安。"他用力拍拍年轻人的肩膀，目不转睛地看着他，恳切地说，"我向你保证，我要把酒戒了，这件事结束前我滴酒不沾。"他装腔作势地点了点头，转身走进房间，随手关上了门。

想到楼下的空酒瓶，坎皮恩觉得这些话多少有些多余。然而他什么也没说，回到了与此有两门之隔的自己的房间。

此时已近午夜，出于某种他不愿承认的原因，他还是想要等到明早再离开。不管怎样，他想欧茨督察当晚也不会有所行动。

苏格拉底庄园的客房宽敞舒适，摆放着任何人都不大可能买来自用的整套华丽的黄檀木家具，一把奇形怪状的扶手椅，以及非同一般的壁纸，它们很可能会再次成为植物学家们的工作阵地。此外，还有各种各样的画作让坎皮恩的宗教信仰理所当然地认为这个房间带给了人们肉体上的享受和精神上的困扰。

坎皮恩脱去衣物，上床准备睡觉。他打开床头灯，仔细研究安德鲁的这点蝇头小利。考虑到这本书的主题，扉页上的题词显得格外可疑。

"致我的表弟威廉姆·法拉第：正所谓虎父无犬子，基于对他性格的仔细研究，我得以洞察本书主题的复杂特征。致以作者的敬意。"

卷首插图是一张约翰·法拉第的老照片。照片上并不是一张和颜悦色的脸，而是一成不变的严厉神色，毫无幽默感。长长的络腮胡使他的下颌更加狭窄，嘴巴像网兜口一样噘着。

坎皮恩开始读了起来。安德鲁的写作风格并不出众，但极具谩骂的天赋。他写作时带着一种迫不及待的冲动和恶意，所以非常通俗易懂。坎皮恩很震惊居然有公司冒险出版这种如此具有攻击性的作品。他觉得安德鲁的描述很可能夸大了自己在家族中的重要性。抛开学术声誉，法拉第博士变成了一个心胸狭窄，狂妄自大的家伙，他把自己的种种缺点掩藏于崇高的伪善外衣和妻子的魅力之下。勤奋的安德鲁还曝光、杜撰了约翰·法拉第年轻时的几件不太光彩的事情，于是这位学识渊博的博士变成了一个维多利亚时代自命不凡的伪善者。他性格出人意料的扭曲多变，对此现代心理学家给予了它们又长又不友好的名称，而其中大多数的名称安德鲁都知道，所以他可以随意地使用它们。

坎皮恩读完前三章后，又扫了一眼结尾，然后把书合上。不管博士私下的性格怎么样，坎皮恩或多或少有些同情这位已故的显要。

他关掉灯，躺下睡觉，决定明天尽早去见见督察。

没过多久，他一个激灵坐了起来，仔细听着外面的动静。厚重的窗帘遮住了所有的光线，黑暗仿佛像填满房间的棉絮一般伸手便可触及。坎皮恩是那种一睁开眼睛就能立刻掌控自己的思维和才能的人，他瞬间被一种惊慌不安的情绪所俘获。他脑海中闪过一个想法，觉得这所房子就像是某个病态的、穿着多层裙子的生物，惊恐万分地蜷缩在无情的黑暗之中。现在听不到一丝声音，但是他很清楚是什么东西把他吵醒了。他模糊地感觉应该是有人轻轻关门时发出的声音。

有好一会儿，他就一直待在原地，闭着眼睛，竖起耳朵试图抓住哪怕是最轻微的动静。终于，在远处的某个地方，他听到木头轻轻碰撞的声音。

他跳下床，蹑手蹑脚、一声不响地打开房门走了出去。

月光穿过窗户洒在走廊上。在经历了他房间里那令人惊骇的黑暗后，幽幽的光亮让人备感慰藉。有那么一瞬间，他僵直地站在那里。然后，走廊尽头的大厅里有什么东西在偷偷摸摸地移动，发出细碎的摩擦声。

他快步朝这个声音走去，脚踩在厚厚的地毯上没有发出任何声响。他突然觉得，作为客人，在他来这里的第一个晚上，他的行为稍微有些可疑，但是刚走到走廊入口处，他猛地停下脚步。

威廉姆穿着睡衣站在大厅中央，月光直直地照在他身上。他眼睛肿胀，面露惧色。他的右胳膊僵硬地端着，坎皮恩一看到他的胳膊，便震惊不已。

月光下，一块黑色的污渍覆盖在他的手和手腕上，有些吓人地顺着指尖滴落下来。与此同时，坎皮恩看到了诡异的一幕，大厅正对面，凯蒂的房门突然打开了，然后一个头发凌乱的娇小身影出现在门口。她不经意间发现了威廉姆，接着沉睡的宅子里回荡着她惊恐的尖叫声。

老人转过身，匆忙把手藏在身后。他厉声咒骂，完全忘记了自己为了保持安静所付出的所有努力。房子里回荡着他的声音，楼上房间的门也都打开了，乔伊斯从她位于大厅另一侧的房间里走了出来，她睡眼惺忪，披着头发，身上穿了件晨衣。

"出什么事了？怎么了？凯蒂舅妈，您在这里干什么？"

那个穿着花哨法兰绒睡袍的娇小身影跟跟跄跄地在月光下走动。

"他的手！他的手！"凯蒂上气不接下气地说，"你看他的手．有人被谋杀了！"她再次歇斯底里地尖叫着。

正在此时，法拉第夫人的房门被打开了，一个人影出现在门口，然后朝他们走了过来。要不是她穿着繁复的衬裙，几乎都无法辨别她矮小的身影。老夫人的睡衣和她其他的衣服一样精致高雅，她披着一条薄薄的披肩，戴着一顶系带蕾丝大睡帽，睡帽下隐约可见一张阴郁的小脸。即使在这种时刻，她依然主导了整个局面。

"为什么闹出这么大的动静？"

她的声音有效地让凯蒂安静了下来，因为她似乎又要歇斯底里地大叫了。

"威廉姆，你在干什么？乔伊斯，回到你自己的房间去。"

威廉姆一声不吭，他瞪大眼睛站在那里，嘴巴半张，手依然藏在身后。在这种情况下，这个姿势显得十分荒诞可笑。

"回答我，先生。"法拉第老夫人的声音一如既往的威严。

坎皮恩往前走了几步。威廉姆听到身后的声响，猛地转过身，他的手也就暴露在其他人面前。坎皮恩听到乔伊斯倒抽一口冷气，老夫人也往前走了几步。就在威廉姆差点瘫倒在地的时候，坎皮恩一把将他扶住。

"谁去把灯打开。"他说。

乔伊斯听从了他的吩咐。灯突然亮了，坎皮恩俯身查看老人的伤势，终于松了口气。威廉姆伤得并不重，他也正努力让自己振作起来。

"我没事。"他说，声音沙哑。他抬起胳膊，试图站起来，但他的手再次出现在大家面前，这也就立刻解释了大家为何惊恐万状。他的手从指关节到手腕有道歪歪扭扭的伤口，伤口很深，但顺着手指滴落下来的可怕污渍只不过是碘酒而已。他似乎把一整瓶碘酒全都打翻了，洒在自己身上。

就在此时发生了第二个小插曲。

"夫人，我不允许您这么做，您会生病的。"

一个刺耳的声音从楼梯上方传来，他们全都转身望过去。一个身穿白色印花罩衣的威严身影朝他们大步走来。坎皮恩在她威严的外表下看到了那个待人亲切、笑脸迎人的爱丽丝。他最后一次见到她是她去晨室给威廉姆送酒的时候。她把头发全部梳在脑后，然后编成一条光溜溜的辫子，愤怒和担心让她有些面目狰狞。她厉声斥责这群人，仿佛他们就是群疯子。

"你们会害死她的，"她怒不可遏地说，"这就是你们要做的，用你们的尖叫声和吵闹声把她弄到寒冷的楼梯口这里。就算不用担心大半夜的被人折腾，难道她要操心的还不够多吗？设身处地为她想想。"

"爱丽丝！"法拉第夫人抬高声音表示抗议，但她的声音又在这种突如其来的低气压中消失不见。

爱丽丝朝她的女主人走去，经过威廉姆身边时，根本没有抬眼看他。

"夫人，您该上床休息了吧？"她命令道。

老夫人没有说话，但也没有动。站在他们中间的这个女人现在似乎变得更加高大，更加粗犷了。她一把抱起她的女主人朝那间黑漆漆的卧室走去，仿佛她就是个孩童一般。

这一连串的动作格外轻松自如，让坎皮恩不免对彰显这一惊人力量的壮举刮目相看，爱丽丝仿佛抱着一只不听话的小猫咪一般走开了。

法拉第夫人的房门刚刚关严实，威廉姆便又想起了自己的处境。他站在那里剧烈地哆嗦，嘴巴依然半张着。坎皮恩扶他站稳，然后对乔伊斯喃喃说道："送你舅妈回去休息吧，我来照顾法拉第先生。"

姑娘点点头，然后走到凯蒂跟前。她此时正无助地站在大厅中间，绞拧着双手，泪水顺着她苍老的脸庞不断淌下。

177

坎皮恩扶着威廉姆回到他的房间。他坐在床边前后摇晃，含糊不清地咕哝着。如果这位老人是女性的话，坎皮恩大概会诊断出他是因为过度震惊导致了眩晕症。事实上，他把这种病情的发作归因为迄今为止某种尚不可知的心脏疾病。

他的眼神再次落在伤口上，所有的恐惧再度袭来。这不是一般的擦伤，而是一道深深的、歪歪扭扭的割伤，像是刀刃刺偏了一样。碘酒以及凝固的血液让它看起来更加可怕。坎皮恩看得越久，内心愈发不安起来，这迫使他意识到苏格拉底庄园发生的一系列暴力行径尚未结束。

"您是怎么弄成这样的？"坎皮恩指着伤口问道。

威廉姆把手缩在身后，虚弱的眼神流露出固执的神色。

"管好你自己的事就行了。"他说，语气中带着一种因恐惧而产生的恶意。

"抱歉，"坎皮恩说，"好吧，我想您现在没事了吧？"

他朝门口走去，威廉姆突然可怜巴巴地伸出左手。

"看在老天爷的分上，先别走，我的朋友，"他说，"我必须喝上一杯。只要喝上一杯，我又能恢复如初了。我私下跟你说，我受了点惊吓。问问乔伊斯——对，没错，问问乔伊斯。她会给我一杯白兰地的，老太太把钥匙托付给了她。"

幸运的是，坎皮恩在大厅遇到了乔伊斯。她面色苍白，惊恐不已，但好在非常理智。

"好吧，"她轻声回应了他的要求，"你先去找他，我把酒带过来。他有没有说是谁袭击了他？"

这个突如其来的问题与他自己仓促得出的看法不谋而合，不免让这个年轻人大吃一惊。

"他什么都不会说的。"他小声回答。

她停顿了一下，似乎还想说点什么，但又立即改变了主意，一言不发地匆匆往楼下走去。坎皮恩则回到了威廉姆身边。

他依然坐在床边，也没有换上拖鞋，就那样踩在厚厚的羊毛地毯上。他看上去很不舒服，惊恐不安，这令人费解，但当他看到坎皮恩时，他身体一僵，勉强地挤出一个微笑。

"我今天有点丢人现眼啦，"他试图轻松一点，但也是枉然，"总是特别相信碘酒的功效——我想这应该是由于部队训练的关系。要是受伤了，就压上一团沾满碘酒的棉花。虽然有些刺痛，但很值得，免去了后顾之忧。不幸的是，我的手有点不稳——你知道吧，半梦半醒的——我把瓶子打翻了，碘酒洒了一身。我可能真的上了年纪——我也不知道。"

坎皮恩又看了伤口一眼。"您还是要用绷带包扎一下，"他说，"伤口有点深。家里有这类东西吗？"

"我拿碘酒的地方有一个急救箱。"威廉姆惊讶地发现他手上的伤口又开始往外渗血，"就放在大厅里的橡木角柜里，但别像我那样去拿，再把大家都吵醒了。最上面的抽屉里有块手帕，用那个就行了。我真是个倒霉鬼！那个姑娘拿个酒怎么用了这么久啊。如果没酒了，我真是命该如此。要是家里连酒都没有，干吗还要生活在一个非禁酒的国家里？等我拿到我的钱之后，我就去美国。必须到美国才能喝到酒还真是件可笑的事。"

坎皮恩回来了，手里拿着手帕。他仍然好奇地看着那道伤口——似乎缝上几针会更好一些。乔伊斯进来的时候，一只手拿着杯子，另一只手拿着酒瓶。一看到她，威廉姆立马站了起来。

"真是个好姑娘，"他说，"那是对我唯一有用的药物。亲爱的，帮我倒一杯好吗？我这只手怕是用不成了。"

当她把酒杯递给他的时候，才第一次真正意识到他受伤的程度，不由自主地发出一声惊叫。

"噢，这是怎么回事？是谁干的？"她大声喊道。

威廉姆将杯中酒一饮而尽，再次坐回床边。

烈酒让他咳嗽起来，脸色也红润了一些。乔伊斯再次问了同样的问题，他有些吃惊地看着她。

"是啊，"他附和道，"怎么回事？一件最不可思议的事。我一直都不喜欢猫，既肮脏又危险的动物。一个极大的黑色动物闯入我的房间，我把它赶走的时候被它抓伤了。"

克服了故事中自己明显认为最困难的那部分，他又变得信心十足，继续讲了下去。

"一定是从外面什么地方溜进来的。我也想不通它是怎么做到的，但它现在已经离开了。"

他环顾四周，仿佛是在说服自己相信当时的情况的确如此。

姑娘满腹狐疑地看了坎皮恩一眼，对方没有表现出任何相信或是怀疑的迹象。

"我对自己说，"威廉姆兴致勃勃地继续说，"被猫抓伤的伤口有毒，所以我就去大厅找急救箱，后面的事你们就都知道了。"

他似乎认为整件事到此为止了，但乔伊斯显然并不满意。

"一只猫？"她问道，"您确定？"

尽管威廉姆的手依然在发抖，但他还是给自己又倒了一杯白兰地。

"我说是猫，那就是猫。"他试图保持自己的体面。

"但是，威廉姆舅舅，您的这番说辞，实在没办法让我们相信您。"乔伊斯抗议道，"这里怎么可能有猫？"

"我不知道，"老人转过身背对着她说，"我只是把我看到的告诉你们而已。我把最下面的窗户开着——就是这样，你可以亲自去看看。听到有动静，我就醒来了——听到有动静——好吧，听到有动静。我讨厌这些动物。在这方面，我和老罗伯特一样。他无法忍受它们，我也无法忍受它们。我把那个动物抓了起来，从窗户往外扔的时候，它把我抓伤了。就是这样，我说清楚了吗？我不知道你为什么要这么大惊小怪的？"

姑娘的脸红了。"好吧，"她说，"坎皮恩先生，麻烦把那块手帕给我，我帮他把手包扎一下。舅舅，您早上必须去看医生。"

"亲爱的，你别为我操心了，我会没事的。我以前也受过不少伤。"

威廉姆仍旧保持自己的尊严，但是他的眼神隐隐透着不安。包扎好伤口后，紧接着两人又关于是否应该留下白兰地的问题展开了一场令人尴尬的争论。达成妥协后，年轻人扶老人上床休息，并在他床边放了一小杯酒。回到在走廊里，乔伊斯看着坎皮恩。

"发生什么事了？"她低声问。

年轻人似乎很不安。"听着，"他喃喃地说，"别把那个东西拿到楼下，要么把它放在你的房间，要么留在大厅里，或者别的什么地方。你把门关好后，记得上锁。"

她疑惑地看着他，可他并没有多说什么，于是她就走了。回房间的时候她顺手把大厅的灯也关了。

在转身回房间休息之前，坎皮恩又在原地站了一会儿。当他经过威廉姆的房间时，他听到屋里传来窸窸窣窣的声音，于是他停下脚步，仔细分辨。当再次朝前走的时候，他面色凝重，暗淡的眼睛眯了起来。

他所听到的那个声音正是威廉姆悄悄给门上锁时发出的声响。

委员会审议阶段

在"三把钥匙酒店"的一间小客厅里，坎皮恩点燃一支香烟，一屁股坐在壁炉前的柳条椅上，椅子被他压得吱呀作响。这里是欧茨督察为了保障自己的一点点隐私而准备的。鉴于此案在城里引起的轰动效应，他认为这种个人的铺张浪费是合情合理的。

与所有被那些毫无创意的主人所布置的客房无二，这个房间就算没有给人一种完全不情愿的好客感，也让人有种冷淡疏离的感觉，就连炉子里的火苗都紧贴在一个小炉算子的铁条后面。

坎皮恩瞥了一眼放在壁炉架上"滴答滴答"走着的小时钟。安德鲁·希利的死因审讯结束后，欧茨随时都会回来。可能仅仅是一份休庭通知，不过这也许是所有正经事中最为正式的那类了。这是坎皮恩来这里以后第一次感到真正的孤独，也让他有时间反省这次忙碌的冒险之旅。不论它有多么艰辛，也没有卷入到这种缓慢的报应之中让人如此痛苦，而这种报应显然将苏格拉底庄园和它的居住者们团团裹挟。

他很高兴能置身事外，能在这个中立的环境下冷静思考整件事，因为他觉得那栋房子的氛围剥夺了他的公正性，让他安于现状、沉溺其中，迫使他把对生命的理解局限在它极小的边界之内。

已经发生了两起谋杀案。他陷入各种毫无关联、混乱的可能性和动机之中，而这似乎是仅有的具体而明确的事实。威廉姆是大家公认的嫌疑人，但随着对他更加深入的了解，他的嫌疑也变得越来越小。

前一晚发生的事情再次栩栩如生地浮现在他的脑海之中。威廉姆很明显是遭到袭击的受害者，而且他已经病了很久了。他固执地拒绝对袭击他的人做出任何合理的解释，而这点并不符合他的性格。他不是那种愿意保护他人的人，他也不可能编造出针对自己虚假的攻击这种既充满戏剧性又设计精巧的故事。一想到有可能是威廉姆安排了这次伏击，他就有些不寒而栗，就好比他故意想出这种方法好把对他的怀疑束之高阁一般。当然他也可以毫发无损地出现在众人面前，这样也就不用让拉弗洛克医生早上给他缝上三针了。

排除掉威廉姆的作案嫌疑后，他的恐惧，上锁的房门，以及那栋老房子里遮遮掩掩的气氛依然存在。这也就是为什么坎皮恩建议乔伊斯把她自己锁在房间里，而他则把房门半掩，睁着眼躺在床上，留神听着走廊里轻轻的脚步声。

如果威廉姆与此事无关，那么谁才是这些疯狂罪行之后的主谋？是同一个人想出来的主意？在把人一枪爆头之前还要绑住他的手和脚？

正是这一点一直萦绕在他心头，甚至这一个上午他都在下意识地阻止自己思考这个问题。爱丽丝不再是那个红着眼眶，为警察开门的面善的女人，而是那个穿着白色印花罩衣力大无穷的人。昨晚发生在楼梯口的那一幕淋漓尽致地表现出她对女主人狂热的爱，这种力量足以让她杀掉安德鲁。对这个家庭必要的隐秘已经有所了解，同时他也郁闷地明白这还需要有必不可少的勇气。但是，正是在这一点上，他的思想开始踟蹰不前，并非出于疯狂，而是一种理智的狡黠。因为他清楚自己必须寻找一位同谋，更确切地讲，是一位教唆者。

在督察的客厅这个避难所里，他又仔细想了想卡罗琳·法拉第夫人这个人。

这是一位有着非凡性格，年事已高却依然聪明睿智，同时不会被情感所左右的女性。

纯粹从利他主义角度来看，还有几个原因可以解释如果没有安德鲁·希利的话，苏格拉底庄园的这个小团体，这个完全被她掌控的小世界，要和谐很多。一想起这位死者性格中所表现出来的某些方面，坎皮恩就被一种不安的感觉所支配。几乎可以肯定的是，还有很多其他尚不明确的原因。朱莉娅被杀的动机尚不可知，但是她的确不是个招人喜欢的女人。她心胸狭窄、脾气暴躁，而且固执己见，所有重大的反社会罪行都出现在这样一个狭小且自给自足的团体里。

当一个人离死亡如此之近，生命也就变得无足轻重了。法拉第夫人前一天也说过同样的话。难道这一切都是她利用爱丽丝的力量、勇气以及对女主人的盲目信任所做的吗？

坎皮恩起身把烟扔进炉子里。他认为现在还不是推断的好时机，推测徒劳无益。督察进门的时候，他转过头看向门口，松了一口气。

"喂，坎皮恩。"欧茨一贯的忧郁瞬间荡然无存。他把雨衣整齐地叠好放在桌子上，把帽子放在雨衣上面。"休庭到周二，"他说，"威廉姆·法拉第那个老家伙做了身份鉴定。我看见他手臂上挂着绷带，出什么事了？"

"可以说有，也可以说没有，"坎皮恩说，"先找个椅子坐下。这种柳条编织的奇怪玩意儿就是个圈套，是种欺骗，还是坐那种有黄铜支架的椅子吧。"

督察坐下来，掏出烟斗。"希望你不会讲太久，除非你有重要的事情要说。"他说，"我想去看看那条小溪，我昨天只草草看了一眼。如果要把这个案子查清楚，很显然我们要找到那把枪。那个女人的死因审理定在周一。我就不明白为什么这些验尸官不能一天解剖两具尸体。我认为他们休庭不会超过周三，除非我们能给他们一个开庭和定罪的理由。我发现报社这边也没多大动静，我猜他们一定是嗅到了某种不满的信号。"

"我私下跟一个在《彗星》工作的人说，我认为这件事不会有什么结果。"坎皮恩说。

欧茨督察目光锐利地看着他，问道："你有什么发现？"

"拜托，"坎皮恩说，"你很清楚我在这件事情上的立场。我不是给有权有势的警察帮忙的那种能干的外行人，我只是被请来调查谋杀案。要不是为了乔伊斯和马库斯，也许还包括威廉姆，我应该早就打道回府了。"

欧茨督察放下烟斗，说："把它给我看看。"

坎皮恩把手伸进口袋，掏出来一个小纸袋。他把纸袋放在桌子上，从里面取出一块手帕。坎皮恩打开白色的细麻布手帕，露出里面的圆柱形小木头瓶。欧茨督察起身站在他身边，俯身查看。

"我已经打开看过了，垫着手帕打开的，不会破坏任何指纹。不过恐怕即使在这种老式家庭里，他们也都知道要使用手套。要是你想看看它是什么样子的，但还不想接触到它，"他继续说道，"这儿还有个复制品。我去了药房，你能在标签上看到药剂师的名字。我还从药店主管那里给自己买了一包甲状腺组织还原剂，他似乎认为我是个疯子。我并没有询问之前的买家，也不打算盗取信息。但是我很确定，在他看来，这个东西主要是给肥胖人士用的一种含有大量淀粉的轻泻剂。"

他一边说，一边从兜里掏出第二个圆柱形瓶子，就和第一个一模一样。

督察把它打开，抽出一条装满小药丸的锯齿形纸条。

"你在哪里找到的？"他指着手帕里包着的东西问道。

坎皮恩谦虚地讲述了自己前一天晚上的冒险经历。发现乔伊斯也参与其中，督察皱了皱眉头，当他听到所藏之处时，坦率地说，他讶异的同时也很兴奋。

"那个大圆把手上没有指纹？"他问道，"不，我知道没有。那个地方就像辆新车一样闪闪发光。我们昨天采集了所有的指纹。不过，你是怎么想到的？是那个姑娘鼓动你那么做的？"

坎皮恩摇了摇头："不是的，你想歪了，都是我自己想到的。这是唯一一个我觉得你可能不会去看的地方。"

欧茨督察有些惊讶地看着他："你经常把东西藏在床把手里？"

"我小时候才会干这种事，"坎皮恩义正词严地说，"以前我的小床上有这种黄铜把手，我现在还记得它们的样子。"

督察咕哝道："我的小床上可没有把手，你占尽先机。好吧，现在我们有了一些进展。我立马想到一定有人替换了那位老妇人正在服用的某种荒唐的特效药。听说每个超过四十岁的女人都会吃点药，这就是为什么这些家伙一直在做广告。你一定会很惊讶我从这些药片、药膏或者类似的东西里究竟得到多少灵感。事情好办多了。"他肉眼可见地高兴起来，重复道，"尽管如此，我认为我还是应该亲眼看看这件物证。当然，上面应该全是死者自己的指纹。"

他用手帕小心翼翼地握住瓶子，又拿了一块帕子垫着手，拧开盖子，仔细查看。

"差不多把一半都吃完了，"他严肃地说，"算我们运气好，她没有把那张纸撕掉。如果用吗啡或者毒薯替代那些药丸中的最后一个，可能还会留下一些痕迹。我们以前还相当看不起内政部的药剂师，但是现在他们可是群炙手可热的家伙。你一定会大吃一惊的。不介意的话，我就把这些东西拿走了。"

他把手帕的四个角拢起来，用手帕包着那只半空的圆柱形瓶子，然后小心翼翼地把它放入纸袋里。

"还有其他发现吗？"他抬起头，问道。

在开口之前，坎皮恩回到自己的椅子上，镜框后的眼睛神采奕奕，神色温和。

"公平交易，"他低语道，"子弹是什么样子的？"

"点四五口径，"督察不情愿地说道，"希望这对你有所帮助。未登记在册的军用卫普利左轮手枪的数量一定十分庞大。等找到那把具体的枪之后，我们也许能在它的子弹上发现某些细微的不合常规的地方——不过仅仅是一种希望而已！一听说周四的那个巧合，我就知道我惹上麻烦了。我要是能在这件案子上定罪，"他忿忿不平地说，"我就把我的帽子吃了——就是逮捕萨默斯时我戴的那顶棕色的旧帽子！"

坎皮恩未置一词，于是督察言归正传。

"法拉第那个老家伙的手怎么了？"他追问道，"怎么回事？我不知道你是否知晓此事，我的老伙计，但是那个家伙需要对这二十五分钟做出解释，这是非常重要的二十五分钟，我们并不需要那个周日午餐会所有确切时间的供述。"

坎皮恩靠在椅背上，仔细掂量威廉姆和他自己的立场。终于他还是实事求是地把威廉姆的事情说了出来，既没有夸大也没有删减。他说完后，督察坐在那里目不转睛地看着他。

"还好，"他说，"相当不错，不过这些还不足以让陪审团采信。"

"我不这么认为，"坎皮恩惊恐地说，"亲爱的老伙计，考虑下现在的形势。我们有戈登·伍德索普爵士的证词。有人看病却给了他一个假名，他一定还记得这个病例，也一定会记得他的。然后就是枪，你一定会找到它的，这点你心知肚明。最后我们再来谈谈绳子的问题，你应该会把那条窗绳和从尸体上取下的东西做比对吧？"

"我当然会。"督察严肃地说道，"坎皮恩，尽管你的处境十分可笑，不过让你待在他们家真是个绝妙的好主意。"他若有所思地说，"但是，说回威廉姆那个家伙。你说的那件事我还没有调查，但我对这件事的印象并不好，而这对那个人并不公平。好吧，我们开诚布公地谈谈。不管怎么说，你比我更了解他。"接着他有些郁闷地说，"如果这世界上有任何一件案子能让我这样的人出尽洋相，无疑就是这件了。"

"嗯，还有一件事。"坎皮恩说，他现在语速很慢，字斟句酌地说每一句话，"我告诉过你我看见他把碘酒倒在自己的手上。但是在那之后，他几乎昏倒了，或者说是昏厥了。这让我格外吃惊。不过他发病仅仅持续了一分钟，我理所当然地以为是他心脏出问题了。但是今天早上医生来给他缝合伤口，我委婉地打听了一下，才发现威廉姆的心脏十分健康。那么问题就来了——他为什么会昏厥？"

"这有很多种可能，"督察说，显然对这个思路不太感兴趣，"如果这一切都是他刻意安排的，那这样也可能只是为了逼真而已。"

年轻人摇了摇头。"是我没有说清楚，"他说，"我明白我告诉你的算不上是证据，但这是一种强烈的感觉，而它也许对我们有所帮助。

我相信那个老人昨晚的确吓坏了，我还相信他轻微地——十分微量地——中毒了。"

欧茨督察惊讶地盯着他看了几秒钟后，突然笑了。

"摸黑伸出一把有毒的匕首？"他说，"这是警方的工作，我的朋友，不是你所熟悉的那种上流社会的世仇冲突。"

坎皮恩若无其事地说："好吧。你可以无视吉卜赛人的警告。不过，我还要为法拉第先生，或者威廉姆辩护——我猜想，如果你把格兰切斯特草甸到苏格拉底庄园这一路上的每家酒馆都调查一遍，你一定会发现就在我们正在讨论的那个周日，威廉姆走进了其中一家酒馆，喝了点酒然后离开了，很可能他的行为还有些异常。他们一定会记得他的，他是当地人。"

督察对此不以为然。"如果那二十五分钟有确凿的不在场证明，当然，我们对他任何站不住脚的指控都会落空的。"他说，"不过，就算是个小麻烦，我想他们家也会委托个厉害角色来出庭。坎皮恩，你知道吗，在我看来，这就是我们司法系统分崩离析的原因。类似这样的案子，只要有钱，哪怕是芝麻大的小事，你都能获得英国皇室法律顾问的帮助；但是如果你没有钱，即使存在这样厉害的顾问，法律也会听之任之，顺其自然，为你派遣一个初出茅庐的辩护律师。我不喜欢这个案子，真希望我还待在自己的管辖区。这里的人全都是上流社会的人物，但是你会发现就像你那位年轻的律师朋友一样，他们也不喜欢城里的丑闻。就算这个荒谬的健忘症的说法是真的，你为什么会认为威廉姆·法拉第在回家路上去了酒馆？"

"威廉姆第一次出现这种令人苦恼的现象时，"坎皮恩说，故意忽略了督察最后那些话，"他发觉自己站在罗马天主教堂外面，手里拿着一个玻璃杯。换句话说，他之前去了酒馆，点了一杯酒，然后拿着酒杯就走出来了。毕竟，健忘症是麻痹的一种间接形式，对吧？大脑拒绝记忆，通常因为这种记忆令人不快。记忆就意味着克制，威廉姆失去他的记忆的同时也丧失了他的克制。他满足了自己本能的欲望，于是他就喝了点酒。"

"不错的推理，"督察说，"但你的任务是需要把它和洗澡的说法协调一致。"

坎皮恩沉默了一会儿。"我想弄明白已故的安德鲁和那件事之间有多大关系。"他说，"斯坦尼斯劳斯，我觉得咱们两个都挺幸运的，不用和安德鲁相识。"

督察咕哝道："如果你问我的话，我觉得我们倒霉透了，竟然要来到这么一个墨守成规的地方。我真希望我是在处理一宗直截了当的入室盗窃案。好吧，你给我带来了许多有趣的信息，而且把它讲得明明白白，清清楚楚。无论我们从哪个角度看，我们都要和那个可恶的魔术师交锋。"

坎皮恩点了点头。"这所房子里有种非常反常的东西，"他说，"某种非常，非常反常的东西。"

"疯癫，"督察言简意赅，"带着某种'学说性'的疯癫。这属于心理学家的工作范畴，这点我确信无疑。这也就是问题所在，药剂师说的就是证据，而心理学家说的就不是。他们尝试帕尔玛牙位记录法，而这种化学方法获得的证据似乎在很大程度上取决于专家意见：这就是今天心理学的立场所在。"

"说到公平交易，"坎皮恩说，"你们找到乔治堂弟了吗？"

"这是另一个相当棘手的工作。"督察抱怨道，"我们发布了一份通告，呼吁他能站出来，不过当然一无所获。而且他也没有已知的地址，这里好像也没什么人知道他的信息，他似乎并没有在城里住过。我们现在只知道他周四的时候在伦敦。我说，怪不得他一看见那个姑娘就毫不迟疑地跑掉了。不过，她对他的反应也很奇怪，就我个人而言，我觉得她一直以来的行为都相当反常。哦，那桩丑闻我听说了，"没等坎皮恩开口，他急忙说道，"我认为在这起案件里，丑闻出现在这里要比，譬如在我家里，更值得重视。"

两个人都沉默了一会儿。然后督察再次点燃他的烟斗。

"你知道的，所有这些发散的想法都非常不合乎常规，"他突然对

195

坎皮恩笑着说，"我们的关注点应该集中在枪上面。顺便告诉你，我们找到好几个听到枪声的证人。一个住在格兰切斯特路的男人和他的妻子说他们大概是在周日下午十二点五十五分的时候听到了枪声。这个男人说他马上去了后门，但是草甸全都笼罩在薄雾之中，他什么也没看到。不管这是什么意思，他说那天'让人透不过气来'，这似乎是本地人对春天天气的一种说法。呃，不过这真是个杀人的好时机啊。周日的大中午，每个人都在家里吃饭。"

"说起乔治堂弟，"坎皮恩追问道，"看来你认为他并不重要，对吗？"

欧茨督察沉着脸，说道："不是很重要。假设我们的确找到他了，假如他碰巧走入我们的包围圈，然后呢？我们并不能逮捕他，只能问问他周日案发时，他在什么地方。除非他是个十足的傻瓜，才会给我们一个满意的答复。再说，他和这些事能扯上什么关系？现在还不知道他和安德鲁之间有什么恩怨。在第一起谋杀案发生的前一天晚上，他在家里待了一小时左右，但从那之后就再也没人看到他在房子附近出现过。仅仅因为他习惯性地时不时管他姊妹要上一两镑，这难道意味着他就是潜在的杀人犯？不，坎皮恩，你无法摆脱它。这是一种隐秘的工作。这两起谋杀都不是偶然的，而是蓄意谋杀。某个人有充分的理由希望把这两个人解决掉。我可能说得不对，但是我觉得那个人还没有停手。你自己留神，把这几个人的性命玩弄于股掌之中的那个聪明人可不会因为一个戴着角框眼镜、谈吐优雅的小绅士而扰乱他的计划。"

有好一会儿，坎皮恩都没答复。督察的话让他不由自主地回想起他那天大清早的一些推测。

"如果你不介意的话，我想和你一起去案发现场看看。"他终于打破沉默，边说边站了起来，"我可不想错过任何机会一睹老将出马的风采。"

然而，尽管他们同行了相当长的一段路程，坎皮恩还是只字未提那个一直压在他心底的问题。法拉第夫人有没有高估了她在自己地盘独裁统治的能力，然后下令以一项或多项尚不清楚的罪名处决安德鲁·希利?

得力干将

"你这样跟我一起去真的非常不合规矩。"督察抱怨道。两人从一条新路走出来，穿过迷宫般的狭窄街道，从草甸里的一条小路向河边走去。"非常不合规矩，"他再次沮丧地重复了一遍，"老伙计，我不是不领情，我们当然可以一起走。我这么说是因为鲍迪奇和另外两个人都在那儿。"

坎皮恩笑道："没关系。我会尽可能让人们淡忘我的存在。你先走吧，就当我不在那里。只要你做得足够好，其他人还以为自己产生了幻觉，这还会给整个行动增添一些乐趣。"

格兰塔河岸两边有几个便衣，步行桥附近有一个穿着制服的人，更不必说还有一两个满怀期待的观众了。对那位不幸的安德鲁·希利而言，这一幅阴冷忧郁的景象反而更加让人感觉任何进一步的行动都将是令人沮丧的白费力气。

看他们走了过来，其中一个穿着雨衣的人急忙朝他们走去。这位应该就是鲍迪奇探长，督察那位来自苏格兰场的同事。警队有个传闻，说鲍迪奇生在一个头盔里，所以他理所当然地认为便衣警察要比坎皮恩所见过的任何人都要成功。他身材高大魁梧，面色红润，留着浓密细软的黑色小胡子，小眼睛周围布满了皱纹。他整个人看起来莫名兴高采烈。

"喂，长官。"他笑着说，也不知道为何，一脸喜色。他探寻地看了坎皮恩一眼，尽管不清楚这个年轻人出现的原因，但也笑容满面地表示欢迎。督察沮丧地看着他。

"有什么发现吗？"他问。

"没有，"鲍迪奇兴冲冲地说，"没有。过来看看吧？"

他似乎并没期待得到回应，于是继续说："我们把柳树林到大路沿岸彻底搜查了一遍，但一无所获。当然，距离案发已经有一段时间了。"

督察不悦地点了点头。"我知道，"他说，"喂，这是什么？"

三个人朝小路那边望去，第四个人手里拿着个什么东西朝他们急匆匆地跑了过来。来人正是当地警局一位面色灰白的警官，他手里拿着一个残破的绿色毛毡物体。

"我在那边灌木丛的枯叶下面发现了这个，"他指着小河南边步行桥下面的那片树林，"我不知道它是不是什么重要的东西，但是它就被埋在一堆树叶下面，似乎并没有埋很久。"

督察饶有兴趣地看着这件物证。这是一顶绿色呢帽破损的残骸，饰带和内衬都不见了，帽檐边缘缠绕的编织物也有磨损。

"这并不是死者周日去教堂时戴的那顶帽子，"鲍迪奇高兴地说。"尚且不说死者那个时候戴了顶圆礼帽，这顶毡帽的状况也排除了任何这样的可能性。"

督察狠狠地瞪了他一眼，他的属下立马噤声，但这丝毫没有影响到他的好脾气。

"还有什么有意思的发现？"督察问那位找到帽子的人，"那边的窝棚里有什么？"他指着位于灌木丛里雾蒙蒙的嫩叶之中的那间小窝棚。

"长官，那里什么都没有，除了几个麻袋、枯树叶这些东西。"那个人淡然地说道，"似乎是用来存放工具的地方，工人时不时地来收拾木头的时候也能用来遮风挡雨。长官，需要我去核实一下吗？"

"哦，不，不用了，我一会儿过去看看。戴维森，辛苦了。"

这个人刚离开，督察就把那个破旧不堪的毡帽交给了鲍迪奇。

"这个由你来负责，"他说，"我认为它和这件事毫无关联，不过我

200

还是要去看看它是在什么地方被发现的。你说从大路到柳树林没有任何迹象表明尸体是在何处被扔进水里的？当然，它也可能沿河漂了几英里，不过村民说他听到枪声是从这个方向传来的。"

"就是这样，"鲍迪奇高兴地说，"长官，如果您往前走，一看到这条小溪，您立马就会明白我当时想到了什么。"

他们沿着小路朝拱形小石头桥走去，他接着说了下去。

"您瞧，河流两边的水流平缓，但是中心的地方水流湍急，那里也相对比较深。嗯，"他继续说着，依然面带微笑，"我的意思您明白了吧？要让尸体漂移就必须把它放在溪流最为湍急的位置。换句话说，换作是我，我会直接把它从这座桥上扔下去，如果是我干的。"他说，接着突然放声大笑。欧茨督察怒气冲冲地瞪了他一眼，他赶紧止住了自己的笑声。

鲍迪奇的观察显然大有见地。坎皮恩仔细琢磨了这个现场，也得出了同样的结论。他还记得奇托先生对这个话题的评述。正如那位有着敏锐观察力的学生所注意到的那样，就在桥下有一个湍急的漩涡，如果没有成功地被河水冲到岸上，那么这个漩涡会在相当长的一段时间内把任何漂浮的物体都困在那里。很明显，督察本人更倾向于鲍迪奇的推理逻辑，因为有好一会儿他把注意力都放在了桥上。

这是一座石头拱桥，当河水处于正常水位时，它的高度足以容纳一艘小船从桥下通过。桥面两边分别有一堵低矮的护栏，督察此时正在仔细检查它的表面。他认真地研究了一会儿后，遗憾地转过身。

"什么也没有，"他说，"当然了，还能期待什么呢？我想这座桥一定经常有人经过。孩子们沿着护栏跑，上面没有苔藓。任何泥巴、血迹，以及沙土可能留下的痕迹在过去这十天的暴雨中早都消失殆尽。来吧，咱们去那个窝棚看看。"

小屋距离小路十五码左右，离河岸大约有三十码远，它是清洁工偶然留下来的临时建筑之一。窝棚主要由一捆捆柴火和枯枝做的屋顶组成，上面还盖着一两个麻袋。不过，它还比较完好，棚子里面的地是干的，硬邦邦的。督察站在门口，探头往棚内看。

只有角落里扔着一两个泥泞的麻袋，其余的地方空无一物。自从它的建造者舍弃它之后，没有任何迹象表明它曾被人搅扰过。

"没有留下任何痕迹吗？"督察问。

"没有脚印，"鲍迪奇乐呵呵地说，"不过，就算有也不会留在这东西上面。没有理由认为死者来过这里，对吧？"

窝棚外一阵非常结实的摇晃也未曾泄露任何线索。尽管地面潮湿，但是就连他们自己经过的痕迹都显现不出来。督察的沮丧又加剧了。

"那顶帽子，"他说，"是在哪里找到的？鲍迪奇，这是在浪费时间。"

"没错，"这位面色红润的人答道，"不过，都是必须要做的事情。

永远不要忽略任何线索，这样你才不会错过你要找寻的东西。就是这种信念，对吧？我们同事找到的那顶漂亮的帽子就在这附近，它是被什么人埋了起来，应该说这个人的经验非常丰富。"

他们再次来到小路这边，往前走了十来码，终于在一堆刚被翻动过的树叶堆前停了下来。因为现在下起了毛毛雨，树叶湿漉漉的，还有股难闻的味道。

"就是这里，"他说，"我也认为戴维森是对的。帽子并没有在这里放太久，就埋在树叶的下面，也没有像童话故事里讲的那样被知更鸟之类的东西所保护。长官，从这能看出点儿什么？"

他说话的时候，兴奋得眼睛闪闪发亮，但是这丝毫不会让人觉得无礼。

"我不明白为什么有人要把帽子埋起来，除非他们想把它藏起来。"督察说，"不过这并不重要。我去过的所有的户外犯罪现场，从来就没有人不把旧衣物四处乱丢。不过，如你所说，把它埋起来确实很可笑。不管怎么说，这也算不上是顶帽子。"

"您说得对。"鲍迪奇似乎很想笑出声。"某个闲来无事之人的帽子，"他说，"就是这么回事。或许我应该使用一个矛盾的说法，那就是流浪汉的财产。"

督察瞪了他一眼，他立马不说话了。"那把枪，"督察说，"我一定要找到那把枪。如果它被扔掉了，那就一定能找到它。还有那顶帽子，就是死者离开教堂后戴的那顶。那虽然不重要，但奇怪的是还没有找到它。7-3/4码，新的，衬里上贴着亨利·希思的标签。我现在要去苏格拉底庄园，看看是否有人要见我，但如果有报社的人，让他们来找我。我不希望把帽子当作一个重要线索弄得人尽皆知。如果你不介意，就保留点神秘感吧。"

鲍迪奇不好意思地冲坎皮恩眨了眨眼睛。"我就把这顶帽子戴在我自己的帽子下面，"他说，"哎呀，先生，下午好呀。如果那把枪就在这附近，我们一定会找到它的。我们已经从那条河里挖出来大约一吨重的泥沙，如果有必要的话，我们会再挖一吨。不过在满是水草的河水里用拖网打捞东西实在不是件令人开心的工作。"

"杀人犯经常会把枪支扔到犯罪现场附近吗？"和督察同行的时候，坎皮恩委婉地问道。

欧茨停下脚步，把烟斗在他鞋上磕了磕，这才开口回答。

"经常如此，"他说，"这是谋杀案最可笑的地方。一个人可能凭借非凡的聪明才智顺利完成整件事，之后立马暴露自己的庐山真面目，就好像他对犯罪失去了兴趣一样。枪支也很奇怪，如果一个人不习惯带枪，我想在英国带枪的人不会超过千分之一，那么他刚一用完枪，很可能就会把它扔掉。他觉得一旦在他身上发现有枪，那就会连累到他，可他却几乎忘记了警察总是可以通过枪追踪到自己。我敢打包票我们要找的那把枪就在那条河里的某个地方。但正如鲍迪奇老弟所言，这个鬼地方实在不适合打捞。"

坎皮恩看上去还挺满意的，至少在这一点上。"如果允许我这么说的话，"他停顿了一下，然后谨慎地说，"那个帽子的把戏激起了我的好奇心。本来是去找圆顶礼帽的，却找到了一顶让人肃然起敬的绿色毡帽。我天真地以为，这意味着一种交换，但是凶手几乎是不会在完成他的主要环节后，戴着受害人的帽子回家的，除非他回归到一种由来已久的风俗，即把敌人的脑袋或者类似的东西带回去。另一方面，如果，这点可能性更高，某个没有私心的第三方发现了安德鲁·希利的新帽子，认为它要比自己的帽子好太多了——这点无可厚非——然后扔掉一个留下另一个。那么为什么他要费力把自己的旧帽子埋掉呢？以我对于闲来无事之人的了解，正如你那位乐呵呵的朋友鲍迪奇对它恰到好处的描述一样，让我明白他们对于整洁有序没有太多热情。事实上，他们很容易把不要的衣服就大喇喇地丢弃在它原本的地方。"

督察咕哝道："流浪汉们有自己的一套法则，你永远也搞不清楚他们接下来要做什么，但这顶帽子还不足以让人烦恼。当然，这点也需要留意，但是我们不能在它上面浪费时间。像你这样幸运的局外人，可以奢侈地异想天开。它也许就是顶圆顶礼帽。"他继续说道，显然违背了自己的那套理论，"这个世界上唯一一种帽子，应该不是大礼帽，因为它很容易显旧。一点灰尘或者被踩了一脚就让它看起来奇丑无比。上好的毛呢不管你怎么折腾永远都不会变形，但是这不足为奇，流浪汉很可能戴着安德鲁·希利的帽子走掉了。"他叹了口气，"这就是这个该死的案子里最糟糕的地方了。对于发生的每一件事，可能都会有六七种解释。今天早上我拿到了弹道试验报告。尸体被泡在水里有十来天了，这当然也会妨碍专家的判断，可他们都是一群精明的家伙，却只给我了这么点儿线索。黑斯廷斯也要去验尸，所以我没理由不告诉你，子弹从前额正中间射入头部，弹道稍微有些偏上，几乎把颅骨后部全打飞了。前额皮肤上有火药灼伤的痕迹，灼伤相当严重，否则它们也不会留下痕迹。这意味着开枪的人是近距离开枪，而且他可能要比希利矮一些——如果事发时死者是站立姿势，可他的双脚都被绑着，这似乎也不太可能，所以我们没有任何进展。真正让人想不通的是案发后立刻会出现大量血迹。如果一个人是躺在这里被射杀，那就一定会有一摊血；如果他是站着的，那么凶手转移尸体的时候衣服上肯定也会沾满血迹。但是附近没有发现任何血迹，一点痕迹也没有。如果他像鲍迪奇老弟说的那样，凶手把尸体搬运或者拖拽到桥上，这似乎的确说得通，那么就一定会留下血迹。当然我们不会忘记下雨的因素，尽管这条小路离城里很近，但是每年的这个时候很少有人从这

206

里经过。不过，一定有迹可循，应该会有人看到了些什么。我已经发出协查通告寻找人证。当然尸体也可能是被水冲下来的。如果需要的话，我们就沿河到拜伦潭那里看看。"他摇了摇头，"如我所言，推测毫无用处，我们要照章行事。咱们把我临时找的那辆小车开出来，这就去庄园吧。"

"希望这么问不会太过失礼，你现在的破案方向是什么？"坎皮恩问道。

对于这个问题，督察似乎感到有些惊讶。"当然是威廉姆还有他的手，"他说，"必须要留意所有新的进展。我认为这是手册中的第一条规则。我们必须弄明白他是怎么受伤的。你知道的，只有一种可能，他遭到了袭击。如果是这样，就必须要让他开口说话。"

"嘿，我说，不要恐吓威廉姆。"坎皮恩稍稍有些担忧。

"恐吓？"督察面露不悦，"如今他们要求我们怎么和证人谈话，我们就会怎样对他。不过他要是胡说八道，他大可坐到证人席上，然后告诉验尸官——还有新闻媒体。"

"嗬！"坎皮恩说。

"什么？"

"我说'嗬'，"年轻人有些懊悔，"一种表示'惊讶'的粗话。噢，我很抱歉。我和你一起去。对了，我还让乔伊斯对此保密。"

"很好。"督察赞许道，"很遗憾把这个姑娘也牵涉其中。不过，我很清楚你不大会独自一人搜查这栋房子。我把证物袋给了分析师和负责拍照取证的警察，如果运气好，我们二十四小时之内就能拿到报告。当然，"他接着说，"最直接的方法就是密切注意威廉姆的动向。在第一起谋杀案发生的时候，他是家里唯一一个外出的人，除了其中一个用人之外。这一点你是无法逃避的。"

"哪个用人？"坎皮恩问，心中升起一种异样的恐惧感。

"就是那个高个子，脸红红的女人。"督察说，"我把她的名字写下来了。家里的女佣，在家里干了三十年了，就像故事书里讲的那样。她请了一天假去看望她住在一两英里之外的沃特比奇已经结婚的妹妹。稍等——找到了，努丁顿，爱丽丝·努丁顿。她早上九点钟出门，晚上十点钟到家。我们很容易就能核实她的证词。所有这些事情都要处理好。"

有好一会儿坎皮恩都没有说话。被废弃的街道加剧了城市那种死气沉沉的氛围。打在脸上的雨滴，湿漉漉的街道，赋予了厄运一种肮脏基调。一想到威廉姆，那个不知所措、深陷困境的老泼皮，他心里反而生出了一种同情心。他步履沉重地走到督察身边。

"我一定要看看威廉姆去教堂时穿的那件衣服，"督察说道，与其说是在对他朋友说，还不如说是在自言自语，"追踪罪犯这种常规性工作实在是枯燥乏味，无聊透顶。最令人头疼的就是追踪杀人犯，十次有九次都找不到以前的记录。华丽的归档系统有啥用处？统筹机制有何用？你记住我说的话，这就是个该死的、一无所获、糟糕透顶的工作。"

他们刚坐进那辆双座罗孚汽车，督察变得更加沮丧了，与鲍迪奇荷马史诗般的快活截然相反。坎皮恩感觉自己有必要对此加以评论。

"我喜欢你那个朋友鲍迪奇，"他说，"我推测他是个乐天派。"

欧茨闷哼一声："鲍迪奇！一个挺不错的小伙子，是个好人，但他的那张笑脸搞得我心烦意乱。我感觉自己带着个果子盐的广告宣传到处闲逛。我跟他说这是起谋杀案，不是音乐厅的演出。结果他笑得前仰后合，差点停不下来。对这种家伙真是束手无策，毫无办法。"

他再度陷入沉思，直到他们看见庄园后，他才打破沉默。

"就是这里，"他突然伸手指向爬满爬山虎的宅邸，"我们的答案就在那里，就在那个屋檐下的某个人。他们知道的比说出来的要多，尤其是威廉姆·法拉第。我们到了。"

然而，当他们从汽车上下来，苏格拉底庄园那种漠然的忧郁似乎即将再次把他们侵蚀，不过这次终究失败了。他们走进门厅，督察拉响门铃。随着空洞的铃声在用人住所深处响起，他们先是听到一个女人的尖叫声，接着是一阵歇斯底里的笑声。这些声音显然是从早餐间传来的。

马库斯·费瑟斯通几乎在同一时间把前门打开了。他的脸色比平时苍白得多，他受到了极大的惊吓，微微泛红的头发几乎根根竖起。他身后，服务走廊附近，有几个忐忑不安的用人紧紧地抱在一起，而早餐间继续传来一阵又一阵凄惨的叫声。

马库斯抓住他们。"请进，"他说，"我一直设法给你们打电话。"

这还是斯坦尼斯劳斯·欧茨这辈子第一次感到有些措手不及。他步履沉重地走进大厅，坎皮恩紧随其后。

"出什么事了？"他询问道。

马库斯心烦意乱地看了他一眼。"发出那些可怕噪音的人是凯蒂，"他喃喃道，"乔伊斯和她在一起，但恐怕她的状态也相当糟糕。你们先到厨房去做饭吧，好吗？"他对用人们说，"没什么好担心的——绝对没有。那么，督察，您不介意先来图书馆一趟吧？当然，还有你，坎皮恩。事实上，这户人家受到了一点儿惊吓。"

用人们磨磨蹭蹭地朝走廊走去，坎皮恩和督察的好奇心被彻底勾了起来，于是他们跟着马库斯来到那间摆满了一排排书架的大房间。在这个房间里，可怜的威廉姆从未见过处于最佳状态的父亲。

这个房间虽然有些昏暗，但十分气派。正对着门摆放着一张巨大的雕花橡木书桌，在它后面放着一把罩着黄色锦缎椅套的高背椅。荷兰麻布百叶窗拉得严严实实，所以他们一进来，马库斯就把灯打开了。

当转过身看向他们的时候，马库斯才稍稍缓过神，还微微带着些羞愧。他尴尬地笑了笑。

"现在我来告诉你们是什么让全家人受到了惊吓，让可怜的凯蒂歇斯底里地尖叫，我觉得自己有点傻，"他说，"这只会表明这个家里的每一个人是多么忐忑不安。我把百叶窗都拉上了，因为用人们不断进来盯着那个东西看。这个房间似乎也没有钥匙。"

他一边说，一边走到黄色椅子正后方狭长的窗户那里，拉了一下百叶窗的弹簧，百叶窗立马升到窗户过梁的位置。映入眼帘的是一片草甸保龄球球场，还有那个让全家人吓得不轻的爆炸性景象。

在其中一块大玻璃的中央，画着一个醒目的深红色标志。简单明了，但令人十分费解，当然还有它让人触目惊心的外观。它由两个垂直间隔的小圆圈组成，接着有一道竖线，最后用一个外圆环把整体圈了起来。就像这样：

督察一边盯着它看，一边质问道："这是什么时候出现的？"

"我不知道，"马库斯说，"但是他们说昨天还没有。大约十五分钟之前凯蒂发现了它，她接管了朱莉娅的工作，负责打扫她父亲的房间。

211

督察，昨晚你离开后，这个房间的百叶窗才被拉上。据每个人的回忆，直到今天早上才有人进来。凯蒂刚才拿着抹布进来，之前她一直没有时间。她把百叶窗拉上去，然后就发现了它。这出乎意料的一幕把她吓坏了——她的尖叫声把全家人和我都吸引了过来。我和威廉姆从死因审讯回来吃午饭，然后——好吧，事情就是这样。每个人都吓坏了。发生这种事真的太离奇了，恐怕他们全都忐忑不安。"

督察小心翼翼地绕过黄色的椅子，目不转睛地盯着玻璃。

"是粉笔，从外面画的。"他介绍道，"雨水往另一个方向飘，所以并没有碰到它。多么离奇的事情啊！有人在装糊涂！窗户下面有什么痕迹吗？应该有个花坛。"

他抬起吊窗，探出身子往下看。他们听到他轻声咕哝了一句，紧接着他收回身体，一脸狐疑。

"哎呀，你们看这里。"他说，"二位怎么看？"

坎皮恩和马库斯欣然接受了他的邀请。与草甸保龄球球场接壤的小路和房子侧墙之间有个狭窄的花坛，花坛中央有一个巨大的裸足脚印，又深又显眼，仿佛是用石膏做的一样。

这个足印实在有些荒谬，简直就是一幅关于脚印的漫画，脚趾头向外张开，还有它那令人过目难忘的尺寸。

坎皮恩和马库斯看了彼此一眼，相同的想法浮上二人心头，像这样的脚是瞒不住的。坎皮恩冲督察咧嘴一笑。

"看来你的某个嫌犯要把便衣警察们折腾坏了。"他说。

斯坦尼斯劳斯·欧茨督察板着脸，一脸严肃。

破绽百出

"真荒谬，这么大的地方居然没有电话。"督察沿着车道边走边说，他刚刚急匆匆地在邻近的一家打了几个电话，"那个符号和脚印当然就是某个人开的一个低级玩笑，至少我希望如此，这些事情通常都会采取匿名信的形式。我不喜欢人们在房子周围捣鬼。我应该让人给这个脚印拍照取证，再派个人去查查看还有没有其他的脚印。费瑟斯通先生，这是例行公事，不过很可能是在浪费我们宝贵的时间。"

"假设这不是玩笑呢？"坎皮恩瘦长的身体前躬，慢条斯理地说，"假设这并不低级趣味呢？斯坦尼斯劳斯，你以前见过这样的符号吗？你觉得这是什么意思？"

督察警觉地看着他。他太了解这个年轻人了，所以他很肯定坎皮恩偶尔抛出的这几个漫不经心的问题，根本不会像它们听上去的那么愚蠢。因此他认真地想了想这个问题。

"我不能说我见过，从表面上看，它看起来就像是一个流浪汉的标记，但我从来没有见过。普通的流浪汉通常会带着一红一白两根粉笔头，"他对马库斯解释道，"他们会留下记号相互提醒所属街区，算是一种同行情谊。当然这个东西也可能是数字十八，不过这也说不通。坎皮恩，你是怎么看这个符号的？你就是本收录古怪资料的百科全书。"

年轻人稍有犹豫。"当然，我也许痴迷于此，"他说，"但我有种直觉，这个符号是字母'B'。我以前见过一次，是个小孩画的。仿佛她脑袋里只记住了所有字母内部的空白部分，她就像那样把整个字母表抄了一遍。字母'A'是一个三角形，下面是一个类似四面被切掉的槌球铁环门，就像这样。"他掏出一个信封，用铅笔把这个图形画在信封背面，然后举起信封给他们看。

马库斯对此表示怀疑，但督察本就是个溺爱孩子的父亲，立刻就来了兴致。

"没错，可能就是那样。"他说，"我以前也听说过，现在正好被你提到了。但在这个案子里这肯定不是孩子干的。你见过这样的脚印吗？哪怕只是留作纪念，我也要把它铸个模型出来。"

大家一致同意绕过房子的一侧，再看一眼花坛。督察之前已经在脚印上盖了一叠报纸，报纸四角还压着几块石头。

"是个男性。"他看着脚印说道，"尽管为了够到窗户，他把全身的重量都放在这只脚上，不过我还是要说，他重得有些离谱。"

"他居然还光着脚，简直不可思议。"马库斯突然开口，几乎带着怒气。和很多从事他这个职业的人一样，不合逻辑的事情非但不会引起他的兴趣，反而会激怒他。

督察蹲在石子路的边上往里看，然后咧嘴一笑，这是那天下午他第一次露出微笑。

"他穿了袜子，但似乎并没有没过脚背，像是手套一类的东西。这些泥土里一定有毛线线头。不介意的话，我们就把它盖上了。"他换了张纸，接着挺直后背，"看起来的确像鲍迪奇老弟口中无所事事之人。"

"啊哈！"坎皮恩说，"是绿帽子的主人，'神秘的游牧者给秘密之家中的共犯发出的暗号'。"

这个新解释以及它所有可能的含义，突然出现在他的脑海之中，正准备起身的督察蹲在那里一动不动。他那双充满疑惑的灰色眼睛与坎皮恩的眼睛四目相对，然后他摇了摇头。"不会的，不值得这么大费周章，这不是那种现场。别担心，"他继续对马库斯说道，"我们不会忽视任何线索，一切线索我们都会跟进的。正常程序——不过进展非常缓慢。坎皮恩，后面的事情就拜托你了。"他调皮地冲他一笑，继续说道，"我的朋友，你可以随心所欲尽情畅想。我昨晚十二点左右撤掉了执勤的同事，我会再安排他们过来。我们不能让这样的恶作剧再继续下去，我绝不愿看到这家人再次受到不必要的惊吓。你们知道的，我们全都是些温和友善之人。"

侧门通向一条与楼梯平行的走廊，他们从侧门进入，往房子里面走。

"我原本是来见威廉姆·法拉第先生的，"看见另外两个人脱掉淋湿的外套，督察开口说道，"他现在方便吗？"

马库斯的眼神稍稍有些尴尬。

"事实上，法拉第先生有些不舒服，"他说，"他在楼上自己的房间里。有什么重要的事情吗？"

督察笑了笑，但态度坚定。"不介意的话，我认为最好还是去见见他，"他刻意说道，"我不介意你们也都在场。现如今接受我们询问时，被询问人可以让自己的律师陪同左右。"

坎皮恩瞥了马库斯一眼，说道："在今天上午的死因审讯前，我们已经达成共识，法拉第先生认为和第一次审讯无关的信息都由我来告知督察。我认为他和督察见一面对他而言是有利的。"

马库斯焦虑的表情并没有消失，他又重复了一遍："他就在自己的房间。我去和他说说。督察，您把外套脱掉吧，我看您都湿透了。"

他急匆匆地上了楼。坎皮恩帮督察脱掉雨衣的时候，年纪稍长的那位突然暗自发笑。

"你麻烦大了，"他说，"就像是个两面派，两边都要讨好，不过我想你有自己的理由。"

坎皮恩回答说："理由充足。基于公认的理论，说得越多越能证明自己的清白。我的这位朋友，这个老头经历过包括一战在内的两次战役，但却胆小如鼠没有真正厮杀过，他现在也不太可能杀戮。我承认他可能知道点什么，但我相信他和我一样清白。"

督察咕哝一声，但并未多言，马库斯此刻已经回来了。

"法拉第先生在他房间，"他说，"穿着晨衣坐在壁炉前面。他跟我说他现在依然感觉非常疲惫。尽管我建议他见见您，而且我还告诉他你也同意会面的时候坎皮恩和我可以一同在场，但他还是不想下楼。您是否介意去他房间见他？"

这消息还不算太糟，于是督察宽慰地说："完全不介意，我现在就去。"

威廉姆穿着一件色彩鲜艳的晨衣坐在卧室的壁炉前。灰白色的头发根根竖立，胡子沮丧地耷拉着。他们进屋的时候，他抬头看了一眼，但并没打算起身迎接。他看起来比平时还要苍老，还要可怜。他脚上穿着一双软拖鞋，脚趾头内扣，一只胖乎乎的手放在膝盖上，另一只手用一条黑色丝绸挂带吊着。他看上去的确生病了，皮肤干燥暗沉，眼睛也有些充血。

坎皮恩发现督察正偷瞄老人的脚，嘴角忍不住微微上扬。威廉姆的脚肉乎乎的，也不算很大，绝非花坛上那个巨大脚印的主人。

病人冲坎皮恩淡淡一笑，生硬地朝督察点了点头。

"这次又是什么事？"他说，"我现在是个病人，我不想再为我无能为力的事情而担惊受怕。你们可以自己找椅子坐下来吧？你们知道的，我并非厌恶你们不请自来，但我还是想尽快结束。"

他们找椅子坐好，督察把早上坎皮恩所说的要点一一罗列出来。整体而言，威廉姆表现得非常出色，他承认自己得了健忘症，并且前去拜访了戈登·伍德索普爵士。在枪的问题上他有些动气，但督察十分耐心，甚至有些同情他。威廉姆发觉自己的听众十分配合，也就把恐惧抛之脑后，开始畅所欲言。

整个会面进展得非常顺利，遇到他故事中尴尬的部分，马库斯很有技巧地带领着他的委托人草草略过。直到督察清了清嗓子，对他即将要问的问题提前表示歉意，威廉姆的偏执才逐渐显露出来。

"先生，关于您的那只手，"督察故作不知地开口道，"我知道昨晚出了点小麻烦，不知道您能否亲口跟我说说您是怎么受伤的？"

威廉姆那双浑浊的小眼睛第一次流露出危险的信号。

"不过是件不值一提的小事。"他暴躁地说，"但我想，一旦你们开始调查，哪怕是最愚蠢的事情也会变得十分重要。这是世上最好理解的事儿了。我跟坎皮恩还有我那个年轻的外甥女都说过了。"他清了清嗓子，严肃地看着督察，"你们知道吧，我睡觉的时候，下面的窗户开着。深夜的时候，我被一只巨大且笨重的猫吵醒了，它在我周围乱抓。我很讨厌猫，所以我就跳下床，抓住猫的腰，然后把它从窗户扔了出去。它反抗的时候把我抓伤了，我出去给手抹碘酒的时候，遗憾地把全家都吵醒了。事情就是这样。"

马库斯似乎十分不安，坎皮恩一脸遗憾，但不管怎样，督察神色自若，毫无变化。他在自己的私人笔记本上龙飞凤舞地画了几笔，然后抬起头。

"先生，我能看看您的手吗？"他问。

威廉姆气鼓鼓地说："呃——长官，这不合规矩吧？"

督察并未理会他对自己无端的侮辱。这位有着一双敏锐的灰色眼睛、寡言少语、做事严肃认真的男人再次让坎皮恩清楚地感受到自己一直以来对他的钦佩之情。

"先生，还是让我看看吧。"督察的语气立刻变得十分殷勤，但同时又带着一种命令的意味。

老人不怀好意地抬头看着他。"好吧，你随意，不过要是拉弗洛克找你麻烦，你可别怪我。他跟我说，是我运气好没有割破动脉。我也不清楚，"他小声咕哝道，"自己不幸的委托人还处于丧亲之痛之时，他的律师却协助警察搞小动作，这还真可谓是种行业规范。"

"先生，律师有责任尽一切努力保护其当事人的权益。"马库斯有些急躁地说。

"嗬！"威廉姆不客气地反驳道。

此时外层的绷带已经被解开了，马库斯小心翼翼地把下面那条浸满油的丝带揭开。处理内层纱布的时候，由于很难揭开，他只好动作轻柔地沾了点温水，伤口这才露了出来。

督察起身查看伤口，他的态度明显变得严肃起来。

"我明白了，缝了三针，"他说，"只有一道伤口。谢谢您，法拉第先生。费瑟斯通先生，我就是想看看这个而已。"

尽管威廉姆身体抱恙，但他也有足够的智商知道自己伤口的情况并不会增加故事的可信度。他大张旗鼓地全身心投入到重新包扎伤口这件事上，捣鼓了相当长一段时间之后，他才表示满意。

与此同时，督察一直耐心且礼貌地在一旁等待，然后终于开口问道：

"先生，您是否能再跟我说一遍您是怎么受伤的？"

威廉姆忍不住尖声哀号，愤怒地说道："难道我这后半辈子都要用来重复这件再普通不过的事情？先生，您现在神志完全清醒吗？我跟你说过了，昨晚一只猫跑进我的房间，然后把我抓伤了。这个国家究竟要变成什么样子，不管去哪里，全是群该死的酒囊饭袋。"

督察依然泰然自若，无奈地说："描述下那只猫。"

威廉姆暴跳如雷，但其余三人都没有看他，于是他终于决定放手一搏。

"一只挺大的猫，"他说，"浅黑色，你应该明白，我又没有仔细检查它的模样。我自己决定把它从房间扔出去——而不是把它当作宠物养。"

大家依然没有出声，于是他继续说了下去，越描越黑。

"我以前在南非的时候见过这种猫，非常凶狠，而且个头相当大。"

"据您所知？"督察的口吻不参杂任何个人情感。

威廉姆面红耳赤，但他依然坚持已见。

"你说'据我所知'是什么意思？"他挑衅地问道，"我又不是去结识流浪猫的。据我所知，我这辈子都没见过这种猫。您满意了吗？"

"您把猫抱起来的时候，灯是开着还是关着？"督察一边忙碌地记录着什么，一边问道。

"关着的。"威廉姆得意洋洋地回答道。

"那您怎么知道是只猫？"督察不动声色地问道。他现在除了省略掉了"先生"这个称谓外，并未表现出任何愈发不满的迹象。

威廉姆怒不可遏，他突然尖叫一声，音调比自己或是其他人预期的还要高八度，接着气得发出呼哧呼哧的声响。他咆哮道："因为它冲我喵喵叫，就像这样'喵——喵喵'。你知不知道自己究竟在干什么？跑到这里问了一堆愚蠢至极的问题。我是个病人，不应该被一群蠢货反复纠缠。"

马库斯清了清嗓子，温和地说："法拉第先生，从我的专业角度讲，我必须建议您把所知道的一切都告诉督察。从您的利益出发，警方必须知道全部真相。"

这句话让威廉姆稍有缓和，但丝毫没有减少他的固执，他依然满腹牢骚。

"我搞不明白你们为什么就不能接受这么简单的说法呢？"他说，"不管怎么说，整件事和你们毫无关系。因为它冲我喵喵叫，而且我好像也摸到了它的毛，所以我知道它是只猫。也许它不是猫，说不定还是只小老虎呢。"对于自己开的这个玩笑，他苦涩地笑了笑。

"您不确定它是猫，"督察满意地说，然后又在本子上写了写，"您确定是动物吗？"

因为之前已经爆发过一次了，威廉姆似乎耗尽了他大部分的力气。

"不管是什么东西，我把它从窗户扔出去了。"他不耐烦地说。

督察起身走到窗户跟前，朝外看了看，花坛就在窗户的正下方。他一句话也没说，重新回到座位上坐下。

威廉姆又开始絮叨："督察，您瞧，我感觉自己说的话您一句也不相信。事情的经过就是那样，对此我很坚决。在别人家里质疑主人是非常无礼的事情。"

欧茨督察没接他的话，问道："先生，您能把那位医生的地址给我吗？"

"又要搞什么鬼？"威廉姆瞪着小眼睛问道，"他没什么可跟你说的，你知道的，医生是不会乱说话的。不过，为了防止你恐吓他，我还是跟你说说。关于猫的那件事，他和你一样愚不可及。他还问我是不是一只单爪猫，真是个傻瓜。如果你非要把我的私事全都套出来不可，他叫拉弗洛克。"

督察站起身说："非常好，先生，不过我不妨也提醒您，您可能必须把这一切都要告诉验尸官，他也会认为此事与整个案件脱不开关系。"

马库斯也站了起来，说道："督察，您一时半会儿还不会走吧？我想在您离开前再和我的当事人说几句话。"

欧茨督察微微一笑，这还是此次会面中他脸上第一次露出笑容。

"费瑟斯通先生，我还要在这里四处看看。"他说。

于是他和坎皮恩把马库斯留给了他那位顽固不化的委托人。两人来到走廊，督察突然止住脚步。

"我现在想去阁楼瞧瞧，"他说，"看看那根绳子和枪套。"

"对于威廉姆的事，我感到很抱歉，"坎皮恩低语道，"他现在有些失态。"

督察闷哼一声，说道："他那样的目击证人让我觉得很恶毒。当着我的面那样胡言乱语，要不是我觉得自己应该无法在法庭上出示这些证据，我早就把他抓起来了。那是刀伤，从伤口上看很可能是把锋利的小刀。显然他是在包庇什么人，这也就是说他很可能知道凶手是谁。"

坎皮恩摇了摇头，说："我认为他并不知晓，但最有可能的是，他以为自己知道。"

"带我去阁楼，"督察果断地说，"按部就班，这是唯一能有所收获的方法，最终我们都要求助于它。"

外围工作

将近三点钟的时候，以图书馆为总部的督察在苏格拉底庄园一天的调查终于接近尾声。鲍迪奇和一位负责拍照的警官已经完成了对脚印的取证工作，现在他们正站在督察旁边，仔细观察面前摆在地上的一排鞋子。督察从家里的每个人那里拿了一双鞋，还包括住在庄园边上小屋里的克利斯莫斯父子俩。

目前情况陷入僵局，督察情绪十分低落，负责拍照的警官茫然不知，而精力充沛的鲍迪奇却无法遏止地兴高采烈。

"好吧，"他说，"现在我们有一张标注了公制尺码的照片，还有一个石膏模型。这是测量结果，看起来我们的灰姑娘并不在这群人里面。"他指着他们面前的那排鞋子说，"这里没有一双鞋在长宽上能相差一英寸。"

斯坦尼斯劳斯督察咕哝道："我看我们应该举行一场赤脚检阅，不知道会不会有其他差异，不过但凡有人的脚长成那个样子还能瞒过众人，这也不过是自欺欺人罢了。"

鲍迪奇哈哈大笑，说："的确如此。哪怕是弓街上的老托比胡同也没有这样的猪蹄子。依我看这是自然历史博物馆里才会有的东西。"

督察眉头紧皱，试探性地问道："这个东西肯定不会是伪造的吗？"

鲍迪奇却对此深信不疑，说："噢，不，那肯定不是伪造的，可以清楚地看到指甲的印记，在石膏足跟的地方还有一两根蓝色的毛线头。不管您愿不愿意相信，这就是一只真实存在的脚。天啊，这样一只脚！我从警以来还是第一次见到这么奇怪的东西。"

督察面色一沉，还在端详着那些鞋子，说道："尺寸上和它最接近的在那边，是小克利斯莫斯的鞋子。鲍迪奇，你最好过去看看他的脚，然后再仔细测量一下。不要嬉皮笑脸的，要像个警察的样子。"

对鲍迪奇而言，有机会亲眼见到这个脚印活生生的模样简直让他欣喜若狂。他的脸变得更红了，高兴的眼泪在他蓝色的小眼睛里打转。

"我已经去过了，"他说，接着又对负责拍照的警官说，"你这次最好能跟我一起去，我们应该给它们拍好照片，然后装在相框里。"

"一个彻头彻尾的白痴，"跃跃欲试的鲍迪奇和他的助手刚把身后的门关上，督察就对坎皮恩说道，"我并不介意人有点幽默感，但是这个家伙絮叨得就像个廉价的小丑。"

坎皮恩并未直接回应，他稍做犹豫，谨慎地问道："你认为这只是个玩笑吗？"

督察不悦地说："我已经无法思考了，在我发现这就是一团乱麻后，我就已经放弃了。我们的麻烦已经够多了，现在某个出其不意的蠢货还在窗玻璃上乱涂乱画，让案件变得更加错综复杂！所有这些鞋子都可以还回去了。进来！"

他说最后这句话是因为听到有人轻轻敲门，马库斯如约而至。这个年轻人看上去心力交瘁，而且相当委屈。瞥见地上的那排鞋子，他微微扬起眉毛，但并未多言。督察立马对他心生好感。

"真的非常抱歉，"他说，"关于猫这件事，法拉第先生固执己见。"

督察咕哝道："你有没有跟他说明白，他是要在死因裁判法庭上宣誓的？"

"我说过了，"马库斯坦诚道，"但是他似乎对自己的故事深信不疑，不过，不管怎么说这件事并不在您的管辖范围之内，是吗？"

欧茨督察并没有立即回答，反而一语切中要害。

"费瑟斯通先生，你没必要在我面前护着法拉第先生。"他说道，"如果真的需要保护他不受任何人的伤害，那个人就是他自己。"

只有坎皮恩把威廉姆的执拗牢记心头，他意味深长地看了督察一眼，说道："我明白了，我应该代表威廉姆去趟酒吧。马库斯，你我现在有活儿要干了。你当然不会介意给戈登·伍德索普爵士写封信吧？"

因为之前他已经回答过这个问题了，所以这次他有些诧异地看了他的朋友一眼，但当他捕捉到督察的表情，他马上回答："当然不介意。"

督察的心情更加沮丧了，说道："我暂时需要把那个符号留在玻璃上，你可以让家里人放心，今晚便衣就会在花园执勤。"

"那您倾向于认为这件事并非是场恶作剧，是吗？"马库斯急切地问道，不愿放过任何可以摆脱威廉姆这个令人尴尬的话题的机会。

尽管警察天生不喜欢被外行人盘问，但督察并没有怠慢他。相反的，虽然有些含糊其词，但他还是客气地回答道："我很确信的是，在外面花坛里留下足迹的那只脚无法穿上这里的任何一双鞋。我能说的只有这些了。"

坎皮恩走到窗户跟前，站在那里若有所思地看着那个红色粉笔符号，背对着他们说道："哪怕只是片刻，假设所有这一切全是千真万确的，那么这显然是用来给里面的某个人传递某种信息。按照这个思路，我们会得出什么结论？有两个有趣的结论。其一是留下符号的这个人并不了解这栋房子，因为，正如大家所知，这个房间很少有人来；其二他仅仅和这家里其中一个成员关系亲密，否则他就会按照常规方式登门拜访了。"

他转过身看着他们，窗玻璃上映出一个瘦小而随和的身影。

"像这样的信息必须不可避免地简单明了，"他说，"斯坦尼斯劳斯，我给你个提示，它意味着以下三点中的一个——'老地方见''某事已妥善处理'，或者更简单地说，'我又出现了'。"

"这个家里没人承认曾经见过这个符号，而且还有一位人尽皆知的推诿者。"督察不怀好意地说道。

鲍迪奇的到来打断了他们进一步的谈话，他看上去有些垂头丧气的。

"没指望了，"他说，"我量了量他的右脚，脚长为十二点四五英寸，脚宽约五英寸。您知道的，这个模子长十三点二五，宽六点一英寸。"他骄傲地说出这些数字。"哈里森现在还在花园里寻找其他的足迹，"他又补充道，"但因为草坪修剪得十分平整，而且夜里下过雨，所以这并不容易，只有这栋房子把我们获取的足印保护得十分完好。"

欧茨点了点头。"好吧，"他无奈地说，"嗯，我必须回来一趟。"

坎皮恩送督察和他那位乐呵呵的助手上车，马库斯则识趣地待在图书馆里。

帮督察穿雨衣的当口，坎皮恩问道："所有零零碎碎的东西都弄清楚了？绳子，还有诸如此类的东西？"

"清楚了，"欧茨督察不耐烦地说，"我的朋友，你也没有像你想的那样聪明，还有件事你应该要知道。"他从兜里掏出一把钥匙，然后放在年轻人手里，"这是你自己房门的钥匙，"他说，"但同时它也能打开二楼所有的房间的门锁。所有的锁都十分相似，所以钥匙也能互换。昨天我还没有注意到这点，可我应该猜到的，很多房子都是这样的。再见。"

坎皮恩心安理得地把钥匙装进口袋，说道："我明天找你听听所有的消息，当然，前提是那个跛足的怪兽没把我吞掉。"

督察闷哼一声，边发动汽车边说："你们这些年轻人没经过专门的训练，全都一个德行，一味喜欢猎奇。我敢打赌那就是个骗局。"

"我跟你赌。"坎皮恩说。

"好吧，我最多赌——五先令。"

"成交！"年轻人答道，然后朝屋子走去。马库斯在大厅等他，事态的转变让他既担心又委屈。

"坎皮恩，窗户上的那个标记，"他问，"它到底是什么意思？有什么说法吗？"

两人缓步来到图书馆。"嗯，只有一个明显的推论，对吧？"坎皮恩拉下百叶窗，说道，"那就是案发现场还有其他人，这个足印对鲁滨逊·克鲁索意味着什么，那它就是什么意思——这附近有位得力助手。"

231

马库斯面露喜色。"如果你问我，我必须要说这真是万幸，"他说，"威廉姆的态度让我担惊受怕，我搞不明白为什么所有人里面只有他要让事情变得愈发难办。"

"威廉姆舅舅是个非常引人注目但讨人厌的老古董，"坎皮恩说，"斯坦尼斯劳斯之所以持有这种看法在于这是正统的警方做派，他们总是喜欢抓住最明显的线索然后追踪下去。一旦这让他们一无所获，他们就会弃之不顾，然后选择下一个更明显的线索，以此类推。这也就是为什么几乎所有证据最终都难以逃脱他们的视线。"

"但是你，"马库斯执着地问道，"你是怎么看的？"

坎皮恩却沉默不语。在过去的两个小时中，他过于兴奋，以至于把自己的部分推理都忘记了。然而，此时此刻再次想起案件的种种可能性，他的脸色也愈发严肃。马库斯依然在等待着一个答案，终于，身后响起的敲门声让他免于尴尬。

"坎皮恩先生，能否扶我一下？"

来人正是法拉第夫人。她戴着一顶华丽的马尔济斯帽子，身上围着披肩，像以前一样瘦弱，一样夺目。她冲马库斯笑了笑。

"乔伊斯就在晨室，"她说，"我希望你去那里找她聊聊，恐怕她和可怜的凯蒂度过了一个非常难熬的下午。"

这些指令被优雅地、还带着些许王室般的傲慢态度传达出来。下一刻，坎皮恩发现自己正陪着这位老夫人往她的起居室走去。他不得不微微弯着腰，好让她的小手舒服地放在他的前臂之上。

老夫人安稳地坐在她那把胡桃木高背靠椅上，坎皮恩则站在她面前的壁炉地毯上。她赞许地注视着他，那双明亮的小眼睛盯着他的脸，嘴角微微上扬。

"艾米丽说得没错，"她说，"你是个非常聪明的年轻人，我对你非常满意。这件令人烦恼的事情，你处理得十分妥帖，特别是在可怜的威廉姆的事情上。可怜的威廉姆是一个很难相处的人——一个非常愚蠢的人——我丈夫的一些兄弟和他几乎一样，全都愚不可及。当然，警方依然对他有所怀疑。"她目光锐利地瞥了这个年轻人一眼，坎皮恩与她四目相对。

"我想他们确实如此。"他说，然后有些犹豫不决。

她冲他微微一笑，说道："我亲爱的小伙子，不论你要告诉我的是什么，我都不会说出去的。"

坎皮恩摘下眼镜，脸上第一次流露出疲惫的神色。他也笑着回应道："我会谨记于心的。您知道的，我在这件事情上处境微妙，事情有些尴尬。但今天早上，我得到了一份在我看来足以证明法拉第先生清白的证据，我还没有把这件事告诉任何人，而且我也不愿意说出去，因为如果警方依然我行我素，我认为它对所有相关人员而言都将是最好的结果。"

老夫人的表情令人琢磨不透。"那一定是非常好的消息，"她说，"我不会再多问一句。对了，有件事恐怕我做得有些鲁莽——藏匿罪证。"

看到他脸上的表情，她的笑容加深了，然后继续用她那轻柔的嗓音说道："我这儿有一封信是在安德鲁失踪两三天后寄给他的。我知道应该把它交给警方，但幸运的是出于谨慎，我先读了这封信。由于写信的人在这世上还有些地位需要维护，而且这封信似乎也并不紧要，我认为把她卷入此事会是件很遗憾的事情，所以我就把信留下来，但它一直让我良心不安。就是这封信。"

她打开书桌上一个带锁小抽屉，拿出一个厚厚的白色信封，上面写着'安德鲁·希利先生收'，一看就是出自一位女性之手。老夫人把信展开，她的手指干巴巴的，几乎和纸张一样白。

"我不知道你是否关注学术界的动态，"她说，"但是这封信的执笔人是玛格丽特·里斯尔·切弗鲁斯小姐。她是约克郡邓普顿女子学院的校长，该学院是我国最优秀的学院之一，那么你也就明白任何恶名都会危及她的地位。当然，她还没有嫁人，我是大约二十五年前认识她的，现在估计她也快五十岁了。或许你应该先读读这封信，我认为这封信可以说明一切。我从来都不知道她和安德鲁之间这么熟悉。"

坎皮恩有些尴尬地接过信，读了起来：

亲爱的安迪——今天早上从我那些信件里发现了你的笔迹，着实让我吃了一惊。亲爱的，尽管我无法想象你为什么会认为我十五年后还需要一个道歉，但你的道歉十分诚恳真挚。知道你要到北方来，我很高兴，也真诚地期待能再次与你相见。你说我会发现你变了很多，我不敢想象你一定也会看到我的改变。不，我已经不再把头发盘在耳后了！如果我突然又变回以前的风格，我的学生们肯定会以为我失去了理智。

至于你信里说的其他的事情，我又能说些什么呢？曾经有那么一段时间我认为你伤透了我的心，但随着我们年纪越来越大，这些事情也就幸运地被淡忘了。

见面再聊。

我无法告诉你收到你的来信我有多么地高兴，我从来都没有忘记过你。

听你说你和你的表亲们相处得并不融洽，我很难过，亲戚们总是很难相处。

可是，如你所言，这一生还很漫长。我亲爱的朋友，你到了立刻来见我。

你亲爱的

读完信，坎皮恩把信叠好，若有所思地拿在手里，法拉第夫人出手相救，让他不会那么尴尬。

"她应该会在报纸上看到他死亡的消息，可怜的人儿啊，"她说，"安德鲁真是既可怜又不幸！如果不是考虑到自己的将来，他这辈子似乎只有这一次表现得近乎是个绅士，但我们不能如此吹毛求疵。坎皮恩先生，希望你不要责怪我没有把这封信转交给警方。我们应该如何处理这封信？"

年轻人意味深长地盯着跳动的火苗，老夫人点了点头，说："我也正有此意。"

当信封最后的残余和它里面的东西都被火苗所吞噬，法拉第老夫人叹了口气。

"年轻人，随着年龄的增长，"她说，"你就会发现，每个男人，无论他多么地一文不值，都会在内心深处对某位不可企及的女性生出永恒的爱之火花，而这是生活中最平常不过的事情了。好了，我没什么需要坦白的了。你跟我说的关于可怜的威廉姆的事情让我十分宽慰。你看，我碰巧知道，不管他如何可疑，但他是清白的。"

她最后的话如此笃定，让坎皮恩有些吃惊。老太太坐在那里，抬头看着他，那双黑色的眼睛笑意满满，十分精明。

"晚饭时见，"她说，"不介意让爱丽丝来见我吧？恐怕这个铃出了点故障，没有爱丽丝在，我都不知该如何是好。"

黑色星期日

　　尽管老夫人非常清楚自己出现在教堂必定会在一定程度上不被那些瞠目结舌的信徒们所欢迎，但她那不屈不挠的精神仍旧驱使她来到教堂。威廉姆和凯蒂都躺在床上以避免这种煎熬，而坎皮恩和乔伊斯则无奈地陪伴在老夫人左右。

　　坎皮恩跟着这位居高临下的人物沿着过道往她的长木椅跟前走，他听到人们发出轻微的骚动，哗啦哗啦的翻书声，以及裙子摩擦时发出的窸窸窣窣的声音，然而法拉第夫人步伐缓慢但坚定，她面无表情，黑色的拐棍咚咚咚地敲击在地面上。

　　于乔伊斯而言，这就是一次噩梦般的工作，所以她十分感激坎皮恩能一同前往。他表现得十分完美，在老夫人的祈祷书中找到自己的一席之地，仿佛自己天生就属于这个地方。这点的确非比寻常，因为他对这座伟大但冷冰冰的教堂里所有的活动进程几乎一无所知。他的脑袋被一种令人震惊而恐怖的想法所占据，以至于他甚至不敢细想。自从那晚他被自己心中的那个想法所惊醒，躺在床上将该难题的拼图碎片拼凑完整后，这个想法让他无法自拔，但它还是太过模糊，一时间还说不清楚。如果把这个想法便向斯坦尼斯劳斯·欧茨说明，他一定会看到督察脸上因惊吓过度而不敢相信的表情。但如果，这个推测是真的，如果这骇人的想法不仅仅只是夜晚的胡思乱想，那么一想到鬼魅肆虐的苏格拉底庄园里所有人都将面对的危险，他有些不寒而栗。

他们回来的时候，马库斯·费瑟斯通正在家里等他们。威廉姆也好多了，可以出来见人了。乔伊斯和坎皮恩进来的时候，这两个人正在晨室的壁炉前坐着，显然，二人之间的谈话并不愉快。威廉姆闷闷不乐地蜷缩在椅子上，愁眉苦脸地抽着一只空烟斗，而马库斯则气得面红耳赤，看样子过去这三天一直紧绷的情绪已经开始慢慢显露。

他们一进来，他便急切地站了起来，走到姑娘跟前吻了吻她。这种不自觉的亲吻让旁人皆惊愕不已，威廉姆的震惊程度丝毫不亚于另一人。乔伊斯满心欢喜，坎皮恩则在心里默想，无论这场灾祸多么可怕，它至少把马库斯从那种高傲的冷漠状态中唤醒，而这种漠然在他的那封信中曾是如此地显而易见。威廉姆觉察到一种优势，并赶紧加以利用。

"我想你一定是想让每个人都难堪吧？"他说道，"在午餐前接吻无异于在早餐前饮酒，难登大雅之堂。这栋宅子里整体的风气似乎都处于危险的境地。我们这些古老的家族一旦开始走下坡路，下滑的速度就会很快。好吧，我想母亲今天早上在教堂已经得到了她想得到的所有的坏名声，我可不想与之为伍，所以我躺在床上好摆脱这一切。事实上，我很想一直躺在床上直到整件事水落石出。"

坎皮恩注意到他今天早上已经把悬带取下来了，绷带也只用了最少的量，一直尽可能地把手插在口袋里。

"这个年纪轻轻的傻瓜，"老人继续说道，用他那顽固不化的榆木脑袋暗示马库斯，"一再要求我瞎编被人袭击的无稽之谈，他还说他去找过拉弗洛克了，朱莉娅是中毒而亡的。天知道在那个可怜的女人身体里发现了多少毒堇。如果拉弗洛克是个正派的家伙，我想他应该不会把这些事情说出去的。"

"法拉第先生，"马库斯的脸涨得通红，"我在私底下诚心诚意跟您说过的。恐怕我有些鲁莽地试图让您明白您现在的处境有多么危险。所有您提供给我的信息都是保密的，而我也特别请求您尊重我的信息。"

"那你就更是个蠢货了，"威廉姆忍无可忍地说，"如果一个人被一群可信的蠢货所困扰，他还一味尊重任何一个人的秘密，那他自己也是个蠢货。这件案子的整个处理方式就是一桩丑闻。我的孩子，等这一切都尘埃落定后，你会发现自己处在一个相当糟糕的境地，你的名誉也会受损的。"

马库斯本想反击，但转念一想还是让乔伊斯带他离开了房间。

威廉姆暗自发笑。"正好挫挫他的锐气，他应该是我们的律师，不是检察官。好啦，坎皮恩，"他继续说道，没有了刚才的虚张声势，"我后面会怎么样？"

坎皮恩遗憾地看着他，说："关于那只猫的故事，您知道的，这很麻烦。"

"我的孩子，这是我当时能想到的最好的办法。"威廉姆出乎意料地说道。

"好吧，一切还不算太晚。"坎皮恩说。

威廉姆犹豫再三，然后他斜眼朝年轻人的方向看了一眼。

"事实上，如果我能知道它究竟是什么，就太幸运了。我当时有点儿紧张，只知道有什么东西袭击了我。基本上，我就打算一口咬定是只猫，如果我知道它究竟是什么，我一定会告诉你的。"他坦率地说道。

"但我不知道。就像我跟你说的那样，这里发生了一些很奇怪的事情。在这件事情上，我已经够傻了，而且我还学习到一件事：一旦你有所表态，就要坚持下去。要想糊弄那个专家，那麻烦可就大了。如果我说它是只猫，它就是只猫，这就是我最后的决定。噢，天啊，凯蒂来了，"门开了，他压低嗓门说，"我实在无法容忍哭哭啼啼的女人。"于是他突然站起身，肆无忌惮地朝外走去。他粗鲁地把他虚弱的妹妹挤到一旁，惹得她回头看了他一眼，她那双暗淡的眼睛里露出愤恨的神色。

坎皮恩依然站在壁炉前的地毯上，凯蒂站在门口犹豫不决，显然还在犹豫自己究竟是应该勇敢地面对这个她不认识的家伙，还是应该跟随她所认识的恶魔威廉姆。她依然穿着坎皮恩第一次见到她的时候所穿的那件齐胸黑色连衣裙，眼眶红肿，眼泪汪汪的，垂在面庞两侧的几缕卷发也湿哒哒的。终于，她决定走进来。

她随手关上身后的房门，双目低垂，谦虚地朝壁炉走去，然后俯身拨弄烧得通红的煤块。

坎皮恩从自己所站的位置可以清楚地看到她的脸。她嘴里念念有词，双唇紧闭仿佛是在强迫让自己开口。突然她挺直身子，有些夸张地看着他，而他之前恰好见过她这副充满戏剧性的表情。她站在那里瑟瑟发抖，古怪的小身板穿着黑色连衣裙，皱皱巴巴的双颊涨得通红，手里攥紧拨火钳。

"坎皮恩先生，"她说，"坎皮恩先生，你不是警察，对吗？"

他并没有笑，镜片后的眼睛仔细观察她脸上的每一个细微变化。

"我不是，"他严肃地说，"我来这里是代表法拉第夫人的，有什么我能效力的？"

凯蒂似乎又要失去勇气，但她重新振作起来，屏住呼吸继续说道："威廉姆说的话，您一句都不要相信。我本不应该这么讲的，我知道他是我哥哥，但是他根本不值得信任。"

她停顿了一下，接着又向他抛出了另一个意想不到的问题。"坎皮恩先生，你相信超自然吗？我是说，"她向前迈了一步，惊魂未定地继续说，"你相信魔鬼的力量吗？"

"我相信。"坎皮恩说。

凯蒂对此似乎十分满意，因为她欣慰地点了点头。

"你应该会很害怕在这里待着，但我并不害怕，不是真的害怕，因为我是一个虔诚的女人，而且我有宗教作为盔甲保护我、帮助我，但是其他人没有。邪恶之人无处可逃，他们会像安德鲁一样被毁灭消亡。但是，"她继续说，拿着拨火钳的手不住颤抖，"魔鬼并不会消亡，邪灵正在四处游荡，就在这栋宅子里。"她逐渐压低声音，"你有没有看到图书馆窗户上的记号？这就是开始。我一看到它，立马就认出来了。安德鲁曾经跟我说，如果他先死了，他就会回来骚扰我们。好了，"她得意扬扬地总结道，"他正在这么做。"

尽管坎皮恩这辈子经受过很多磨难，他仍不免用手帕擦拭额头，但凯蒂依然滔滔不绝："今天早上我没办法去教堂，因为我觉得只要走进那座神圣的建筑，我在这里所遭受的污秽就会化成黑色出现在我的脸上。这栋宅子十分邪恶，威廉姆说一只猫袭击了他，坎皮恩先生，那根本就不是猫。威廉姆是在睡梦中被袭击的，那是路西法在黑暗中伸出他的手，在威廉姆身上留下了一个记号，以示警告。"

她现在几乎精疲力竭，但预言之火依然摇曳。

"如果威廉姆回心转意，承认是魔鬼的力量在黑暗中袭击了他，那么他有可能得救。但是他不会的。他宁愿相信那是一种有形的东西，一种世俗的东西。他宁愿相信那是一个动物，一个可怜的不会说话的动物。坎皮恩先生，安德鲁就是个邪恶的人。我有时候想，"她再次压低声音，耳语道，"安德鲁魔怔了。不，这个宅子里不需要警察，而是神职人员。这座罪孽深重的建筑应该用祈祷驱魔除妖。如果有人发热病死了，他们会把整间房子烟熏消毒。当上帝之怒降临到安德鲁身上时，除了叫警察查明祂的代理人是谁，我们什么也做不了。我知道，自己只是个愚蠢的老妇人，但是，年轻人，我警告你，离这里远一点。安德鲁把魔鬼带到这栋宅子里，而我们依然还在他的黑色羽翼之下。"

她停了下来，突然意识到自己手中的拨火钳，它的存在似乎令她尴尬不已，于是她"哐当"一声把它丢进壁炉里，而这声响也让她回到现实中来。

"哦，"她内疚地朝门那边儿看了一眼，说道，"我不该这么做的，母亲不喜欢噪音。"

她掏出手帕拭了拭眼睛。变形已然结束，她从一位沉醉在预言性狂喜之中的女预言家再次成为那个饱受蹂躏的可怜女人。

坎皮恩永远也无法原谅自己接下来话。

"那您姐姐呢？"他喃喃问道。

凯蒂突然痛哭起来："我那可怜的误入歧途的朱莉娅啊，她只是有些自私自利。"接着她又加了一句，前言不搭后语，"上帝是一位嫉妒心极强的上帝。"

午饭的锣声响起，缓解了此间紧张的气氛。结束了令人痛苦的午饭之后，坎皮恩再次前去拜访法拉第老夫人。

像往常一样，她在自己的小客厅接待了他，饶有兴致地默默倾听他所提出的请求。

"你想让我离开这个家？"听他说完后，她终于开口，"当然不行了，我亲爱的小伙子，到了我这把年纪，身体上的危险也就意味着死亡的危险，而这种危险不论我身处何处，都将存在。我很久之前就不再为此担忧了。事实上，"她出乎意料地继续说道，"我现在的处境无异于在月台上等待一辆已经延误的火车。不，恐怕不论你告诉我什么，我都会留在原地。"

坎皮恩冷静地接受了自己的失败。他站在壁炉前的地毯上，看上去是那么年轻。坎皮恩摘下眼镜，与此同时他脸上所有的萎靡不振、事不关己也都随之消失不见。

"如果我能肯定的话，"他说，"那就另当别论了。我应该坚持己见，但我还不能确定。有一种推论可以解释整个事件，但它让我心惊肉跳。如果这是事实，那么这个家里的每个人都不安全。事实上，您知道我根本无法指控什么人，所以现在我恳求您动身吧。"

法拉第夫人双手交叉，靠在椅子上。

"这个家里的每个人都不安全，"她重复道，"年轻人，如果你还记得，这几乎就是我对你说的原话。我不会横加干涉，你可以随意对其他人采取措施，但就我个人而言，在你确定无疑之前，我会让他们全都待在原地。如果复仇女神突然降临在他们身上，你知道的，定会如此。然而，我对乔伊斯是不一样的，她也支持你这个相当笼统的建议吗？"

"当然了。"坎皮恩断言道。

"那么乔伊斯应该离开，"老夫人果断地说，"让她来见我，我想她应该愿意和聪明迷人的赫尔德小姐待在一起——如果她没有提出异议的话。还有你自己，坎皮恩——多奇怪的名字啊，你为什么要选择这个名字？你打算怎么做？"

坎皮恩看上去很受伤，他说道："如果可以的话，我想留在这里，但我还是希望您也离开这里。不过我想，旧事重提也没什么意义吧？"

她固执地把嘴巴抿成一条线。"不管怎么说都无济于事。"她不耐烦地说。

坎皮恩意识到自己听到的是不折不扣的实话。

存疑判决

　　周一五点半，在安·赫尔德那间学术氛围并不浓厚的书房里，气氛也不再欢乐，就连热情度似乎也变得有些敷衍。书房的主人和坎皮恩分别坐在壁炉两侧，等待马库斯和乔伊斯从朱莉娅的死因庭审回来。安爽快地肩负起乔伊斯的半数烦恼，对着坐在她对面的那位戴眼镜的年轻人笑着说道：

　　"我当然非常高兴你能留在这里，但是你为什么不留在那里等待判决结果呢？"

　　坎皮恩愁眉苦脸地看着她，回答说："我再也无法忍受斯坦尼斯劳斯那种又冷淡又厚此薄彼的态度了。他是我的老朋友了，我也违背了业余侦探最优秀的惯例，把他得罪得不轻。这也太不公平了，我已经给了他最为明显的合理暗示。事实上，我跟他说如果他把格兰切斯特草甸到苏格拉底庄园这一路的每家酒馆都拜访一遍，就能得到威廉姆的不在场证明。我只不过没提我私下已经和'红牛酒馆'那位令人心生敬意的芬奇太太谈过了，她向我保证自己可以宣誓威廉姆·法拉第先生那天神智不清，还有点儿怪异，他十二点四十五分走进她的酒馆，半小时后他便迷迷糊糊、漫无目的地离开了酒馆。斯坦尼斯劳斯有些荒谬地冲我发火，我觉得自己被人欺负了。你有没有读过《误解》这本书？"

赫尔德小姐哈哈大笑，说道："我总觉得小孩是自作自受。"

"他活该，"坎皮恩说，"我也一样，这就是悲剧发生的原因所在。他们有些晚了，看来陪审团做出裁决用了不少时间，比我预期的还要长。这位验尸官是行业翘楚，他清楚自己的关注点是什么，而且他似乎也比他大多数同行写字要快很多。"

"我不明白写字快和这件事有什么关系。"赫尔德小姐问。

"法庭上所说的一切都是由验尸官亲笔记录下来，这就是为什么要鼓励证人作证的时候言简意赅。我们运气相当好，此次庭审一天之内就能结束。"他又紧接着补充道，"尽管我们没有任何有价值的证据可以提供。"

赫尔德小姐在椅子上缩成一团，说道："真是个不同凡响的职业，当然我是个外行人，很容易冒傻气，但是在我看来，这个问题显然应该由——呃，不管你怎么称呼他们，医学心理学家来负责。"

坎皮恩把他细长的双腿朝炉火那边靠了靠，摇曳的火光映在他的镜片上。他说："话虽如此，但这又有什么用呢？心理学的难点在于它没有任何规则。我的意思是，如果一个人可以想象其他人的行为中包含的心理状态，那么这些行为就是健全的心理学。换句话说，倘若一个人疯癫到一定程度，那么没有什么事是他或她不可以做的了。目前，大家似乎也只知道这些。"

"疯癫？"安·赫尔德说，"这是你刚才的原话，我想他们会把这个词用在这次的谋杀判决之中的。"

"噢，不会的，"坎皮恩说，"至少我希望不要这样。如果这样做的话，谁也不会比我的前友人欧茨督察更加震惊了。当然，他们什么事都干得出来。对你而言，还有一个心理学方面的问题。为什么十二个人集体的看法要比同样十二个人单独的看法更加不可理喻，更加片面？哎呀，他们回来了。"

乔伊斯和马库斯一进来，坐在椅子上的坎皮恩就回头看了他们一眼，然后站了起来。乔伊斯看上去精疲力竭，疲惫地坐在椅子上。坎皮恩探寻地看着马库斯。

"存疑判决？"他问。

年轻人点头道："是的。'女性死者死于毒蕈中毒，但是没有足够证据证明是否是她自己服用的药物。'他们离开了一段时间，但我认为多半会投票赞成是自杀的。安，你能像这样容忍我们，你可真是个女英雄。"

"你先坐下来，"赫尔德小姐说道，"我在泡茶，乔伊斯，你看上去累坏了。"

好在炉架上的小铜壶就要煮沸了，令人愉悦地暂时打断了这个话题。茶泡好了，乔伊斯摘下帽子，一只手拢了拢头发。

"能从那个可怕的房间回到这里实在太好了，"她说，"我从来没有想过死因裁判法庭会在大庭广众下举行，我讨厌那些前来旁听的人，不管怎么说，这和他们有什么关系？他们跟我说我明天不用出庭，我太高兴了。安，没有你我真的不知道该怎么办才好。"

赫尔德小姐隔着茶杯朝她笑了笑。"坎皮恩说他们很幸运庭审这么快就能结束。"她说。

"我们也很幸运，"马库斯说，"顺便说一下，我认为这名验尸官十分出色，他是行业中的佼佼者。"他停顿了一下，回忆起当时的情景，"威廉姆表现得格外出色，"他说，"希望明天重审安德鲁的案子时，他也有同样的好运气。"

乔伊斯慢吞吞地说："真让人意想不到啊，威廉姆在公开场合完全变了一个人，就好像他在家里努力给大家留下的印象都是骗人的。"

马库斯苦笑道："如果明天他在安德鲁的死因审讯中不会出洋相的话，他可要好好感谢坎皮恩，不过我认为他的不在场证明总归可以救他于水火之中。对了，我今天早上从戈登·伍德索普爵士那里打听清楚了——他是位十分正派的老人，威廉姆的确是个重度精神病患者。不过，不在场证明才是重中之重。奇怪的是，警方现在集中力量调查希利的死亡时间，完全撤销了对威廉姆的所有指控。坎皮恩，你为什么要等到今天才告诉督察呢？"

"这是斯坦尼斯劳斯说的。"年轻人懊恼地说，"事实上，他在这件事情上有些蛮不讲理，可是我已经把我能说的每个提示都告诉他了。你看，我想让他把注意力放在威廉姆身上，因为，"他缓缓地补充道，"只要他能意识到这点，我相信威廉姆手里掌握着解决整个问题的钥匙。"

其他三个人疑惑地看着他，然而他并没有进一步解释，并且他的态度也阻止他们继续追问下去。乔伊斯打了个冷战。

"当那位专家出示证据，表明朱莉娅姨妈的茶杯里有毒蕈残留时，我以为会裁定为谋杀。"她说，"接着自然讲了我们发现特效药的那个冗长的故事，这也就证明了朱莉娅姨妈的清白，但是他们没有说他们在包装药的纸上发现了任何毒蕈的痕迹。"

"没错，"马库斯说，"没有任何痕迹，这就解释了为什么没有裁定为谋杀。但是不必花太多心思就能明白是由于下毒的方式。毒药想必渗入其中的一粒药丸当中，然后重新包裹起来，让它看上去和其他药丸一模一样。"

乔伊斯点点头，而她那双棕色的眼眸却有些失神。

"艾伯特，"她说，"我们全都轻率莽撞，但是谢天谢地，这些都并无伤大雅。绳子的事情你搞清楚了吗？"

他颔首道："它们是完全一样的。尽管明天就会传开，但现在当然还不能四处散布。的确，这显然就是同一条绳子，这也再次把我们直接指向家里人，而且我们也还无法解释钟锤的事情。"

姑娘靠在椅背上，合上眼睛，说道："这么说很惭愧，但是昨天姨姥姥坚持让我离开那个家的时候，我十分高兴。我从没想过自己会是个胆小鬼，但我的确就是，那个荒唐的足印，威廉姆舅舅的遇袭以及发生在眼皮子底下的那些隐秘而可怕之事产生的恐惧氛围，这些东西把我压垮了。可怜的凯蒂舅妈啊！她还好吗？她坐在证人席里是那么弱小，那么无助！"

坎皮恩审慎地说："考虑到那栋宅子里的所有人当中，凯蒂舅妈的处境最为安全，但我很高兴你能搬出来住。"

他们又一次探寻地看着他，终于还是由安·赫尔德提出了这个问题。

"什么时候？"她问，"你是什么时候知道的？"

令他们吃惊的是，他站了起来，在房间里心神不宁地走来走去。马库斯和乔伊斯从没见过他如此焦躁不安。

"我也不知道，"他说，"我的推论仅仅是推论而已，我还没有证据。我晚上突然有了这个想法。听我说，朋友们，我必须回去了，明天见。"

马库斯跟着他走到门口，焦虑地说："我说，当然，这并非是我的建议，但是如果你需要一把左轮手枪……"

坎皮恩摇了摇头，回答说："谢谢你，老伙计，我有枪，但说实话，只有一样东西能让我真正感到安全。"

"那是什么？"马库斯急切地追问道。

"几副盔甲和对四个人的单独监禁。"坎皮恩说。

暂委死因裁判官的报告

这是剑桥临时验尸官法院暂委死因裁判官（W.T. 托马斯先生）在听证会的第三天（四月十八日，星期五）结束后，引导陪审团对剑桥特兰平顿路苏格拉底庄园的安德鲁·希利的尸体进行死因认定时所做的报告。

陪审团的女生们、先生们，我们聚集此地是为了调查剑桥特兰平顿路苏格拉底庄园，六十一岁的安德鲁·希利的死因。他的尸体于四月十日从格兰塔河中被打捞上来。

我们已经听取了传唤到本庭的不同证人的证词。我认为诸位必须同意苏格兰场欧茨督察的意见，他表明我们已经听取了所有有效证词以帮助大家做出结论。

我们知道自三月二十九日，星期日，安德鲁·希利就从家中失踪了，他去参加早礼拜，陪他一同前往的还有他的姑妈法拉第夫人，他姻亲的外甥女布朗特小姐，以及与他同行的三位表亲，贝里夫人、朱莉娅·法拉第小姐和威廉姆·法拉第先生，以上所有人都住在一起。

现在，我刚为诸位读的这封尚未完成的信件相当清楚地表明，死者不仅有意而且也期待在结束晨祷后完成这封信。关于这封信，在座的一些人可能会觉得我们尚未查出预期的收件人这一点十分奇怪，但你们必须记住，希利先生似乎并不喜欢谈论起他的朋友或者私人事务，而且我们也有理由相信他其余的家人也并不了解这些与他保持通信之人的相关信息。我在这里必须说明，当我听说这个人，除非她身在海外，或者是她被迫无法读报纸，否则这个人肯定会意识到自己就是这封信里所说的那个人，因为该信件的内容已经被大张旗鼓地刊登出来了。然而她不顾警方发出的呼吁，依然没有现身，对此我感到十分惊讶，甚至还有些震惊。不过这仅仅是一个小问题，我们不要让它混淆大家在主要问题上的看法。

我们已听到证词表明安德鲁·希利并没有和他的三位表亲一起开车回家，这点他在进入教堂之前显然就已经计划好了。大家已经听到证人约翰·克利斯莫斯的陈述，他供述说因为死者和他的表弟威廉姆·法拉第决定去散步，所以死者吩咐他开车送贝里夫人和朱莉娅·法拉第小姐这两位女士回家。他还说由于这些吩咐与平时的习惯相左，所以他感到十分惊讶。你们应该还记得，大家所听到的是，该习惯不是直接开车回家，而是绕道而行，如此一来就能和比较慢的马车同时到达，因为卡罗琳·法拉第夫人选择在她的甥孙女乔伊斯·布朗特小姐的陪同下坐马车回家。所以大家应该可以明白，倘若这两个人决定步行回家，他们并不会比其他人晚到太多。

　　现在我们来听听死者的表弟威廉姆·法拉第的证词，我请大家尤其要仔细斟酌。

　　我们知道晨祷的结束时间是十二点半。威廉姆·法拉第告诉我们，他陪他的表哥一直走到通往绵羊草甸的科芬巷。请注意，他告诉我们，当时雾很大，关于这一点也已经被其他证人所证实。他还说当时他建议表哥原路返回，因为他们要走的那条路线太过绕路，而这一点，他说他表哥拒绝承认，所以二人争执了起来。

257

然后法拉第先生告诉我们他独自一人返回，他还记得自己是从莱伊学校那里走上大路的。请注意，他表示自己当时失忆症发作，这个病他这一段时间以来也间歇性地犯过几次。大家应该已经听到专家证言支持他这一说法。尽管在相关日期前尚未有人主动站出来证实自己确实亲眼看见法拉第先生受到这种疾病影响，然而，这本身并不能证明他的说法没有事实根据。实际上，我们知道他在去年六月份就曾经拜访过一位非常著名的医生，并向他描述了自己的具体情况。

　　继续研究威廉姆·法拉第的证词，我们可以得出一些非常重要的观点。我建议大家尤其要把所提及的时间记录下来。法拉第先生说他犯病之后，自己什么都记不起来了，直到他发现自己来到位于特兰平顿路的家，而家里其他人的证词表明他进入家门的时间是下午一点三十五分。

　　这里，我想把法拉第先生的证言暂且搁在一旁。

　　我们接下来必须仔细思考这个悲惨故事的另一个部分，那就是两名学生发现了安德鲁·希利的尸体，而他们的证言诸位已经听过了。医学证据表明死者因头部中弹而亡。大家也都听到了专家的证词，他们认为死者是被近距离击中，而从尸体上取出的子弹也被证实是由点四五口径的左轮手枪发

258

射出来的。这是战争后期军方使用的一种武器，毫无疑问，我国还有很多尚未登记在册的案例。

医学证据还表明，尸体很可能在相当长的一段时间内都被在泡在水中。内政部的黑斯廷斯医生告诉我们，他认为死者的尸体被抛入水中之前就已经死亡，而且他几乎可以确定，尸体被浸泡在水中不少于十一天，但不超过十四天。最后一次有人看到安德鲁·希利是在三月三十日，星期日那天，而十二天之后，他的遗骸在河里被人发现。

现在我们来看看斯坦利·韦布里奇的证词，他住在位于格兰切斯特路的莱迪史密斯村舍。他告诉我们三月三十日星期日，他妻子提前五分钟把中午饭摆好，因此他认为时间凑巧是十二点五十五分。他刚坐下准备吃饭时听到从河道的方向传来一声枪响。他自然十分好奇，同时也很惊讶有谁会在礼拜日闹出这么大的动静，于是他走到他家后门，看看自己是否能瞧见开枪的人。但是，他告诉我们，山谷中和河道上升起约五六英尺高的薄雾，这也和威廉姆·法拉第的说法不谋而合，所以他当时什么人都没有看到。因为饭菜要凉了，所以他妻子喊他吃饭，于是他就回家吃饭了。很自然的，他把整件事都忘记了，直到大约两周后尸体被人发现，他才记起来。

现在，我必须提醒大家，并没有证据表明斯坦利·韦布里奇和他妻子听到的枪声与杀死安德鲁·希利的枪声是同一枪声，但是大家也必须记住，尽管警方进行了不懈的努力调查询问，但尚未发现任何人在案发的周日当天在那附近听到过其他枪声，事实上这之后的三天内也没人听到过枪声。黑斯廷斯医生说的尸体现象与该时段的死亡时间是相吻合的。因此，我认为大家可以肯定地赞同，至少在大概率上，这致命的一枪正是斯坦利·韦布里奇在十二点五十五分听到的那声枪响。

如此一来，倘若大家的推测是正确的，我们就可以得出该结论：假设安德鲁·希利从教堂出来直接走到河道附近的某个地方，他抵达后不到十分钟就死了。法拉第先生告诉大家，在他看来，他们离开教堂后大约十到十二分钟，他就和他表哥分开了。证人也站出来表示看到威廉姆·法拉第和死者二人在所说的时间里一起拐进科巷，但是似乎没有人在巷子和河道之间偏僻的小路上碰到二人。而作为剑桥的居民，诸位也不会认为这其中有任何异常的地方。每年的这个时候，城里都空无一人，尤其是在天气潮湿且多雾的情况下，大多数早上还在外面的人们都急着回家吃午饭，也不会在草甸散步。

然而，不置可否的是安德鲁·希利与某人相遇，因为我们就要说到这段奇怪而可怕的经历中最显著的特征。女士们，先生们，安德鲁·希利的尸体被发现后，不仅头部受伤，而且还被捆绑了起来。出庭作证的警察已经精确地向大家演示了他是如何被捆绑的。即使他留下的那封尚未完成的信件也不足以让我们大家高度怀疑发生这种意外的可能性，然而正是这种捆绑的方式排除了任何表明希利先生是自杀身亡的可能。

那个周日下午陪同安德鲁·希利的人或者是与他见面的人把他绑了起来，然后残忍地开枪打死了他。由于这并非激情杀人，那么杀害安德鲁·希利的人一定早有预谋。捆绑他所用的绳子已经向诸位出示过了，一同出示的还有警方在死者家阁楼找到的天窗拉绳的一部分，而家里任何一个人都可以轻而易举地进出阁楼。关于这个问题，大家已经听到专家的证词了，而且我们也把两条绳子进行了比对。适度考虑到其中一根绳子被水浸泡的时间，我认为有理由确认这两条绳子在质地或规格上毫无差别。

在这个漫长而艰难的调查过程中，证据接二连三地把我们指向一个方向，但大家也绝对不能无视这一事实，即该证据在任何情况下仅仅只是间接证据。当我们调查直接证据和间接证据时，我们不得不谨慎对待于"真相"和"基于间接证据而自然出现在脑海中的解释"，这两者之间存在天壤之别。

接下来说说费瑟斯通先生认为可以提供的证词，他是法拉第家族的事务律师。

诺克斯街"红牛酒馆"的老板娘芬奇太太站出来并明确地向大家发誓说威廉姆·法拉第走进她的酒馆，可以看出来他坚称自己所患疾病的每一种症状——女士们，先生们，这点至关重要——他进入酒馆的时间是案发当时星期日的十二点四十五分，并且在那里待了十五分钟之久。她把法拉第先生的行为描述为心不在焉。当着大家的面，我仔细地询问了这位证人，我认为我们必须认同她没有任何一句话或任何一个行为举止导致我们认为她的证词是不可靠的。证人阿尔弗雷德·罗宾斯是芬奇太太在"红牛酒馆"雇佣的一名侍者，他的证言在每个细节上都能证实他雇主的描述。我们还要仔细考虑格雷街的建筑工人弗雷德里克·谢泼德的证词，他表示自己是在星期日下午十二点五十分进入"红牛酒馆"的雅座吧台，发现吧台那儿有个人，他以为那个人已经有了醉意，而且他们两个还喝了一杯。当被问到他是否可以在庭上指出这个人时，诸位应该都还记得他当时毫不犹豫地指向威廉·法拉第。

现在我觉得正好可以在此插入一个推论，我所想到的这个推论，相信大家可能也已经想到了。即使一个人之前已经昏迷了，或者已经被枪杀了，但是把他绑起来，并且把他的身体抬起来，都是一项非常艰巨的任务，因此我们可以合理地假设，这一过程必然会在任何实施该行为的人的衣服上或手上留下痕迹。此外，死者所遭受的伤口是极其严重的类型，那么在造成这些伤口之后，尸体附近必然会有大量的血迹。我觉得我们有必要反问自己，是否有人举起或移动这样一具尸体却不会弄脏自己？费瑟斯通先生所提供的这三位证人，他们每一个人都发誓说星期日十二点五十五分的时候，法拉第先生衣着干净整洁，而且他看起来，正如芬奇太太对他的描述，好像是从教堂直接来酒馆的。

现在我们来谈谈凶器的问题。法拉第先生通过他的事务律师告诉警方，他曾经拥有一把左轮手枪，该手枪的口径与此次致命枪击案所使用的手枪口径相同。威廉·法拉第的左轮手枪和他的旧军装一同存放在阁楼上一个未上锁的箱子里，而警方在同一阁楼找到了天窗拉绳。警方搜查完整栋房子，发现这把枪不见了。我还要特别指出这一点是法拉第先生是主动交代的。这个箱子一直没有上锁，那么家里的每个人都触手可及，但是把它拿走的这个人也许相当放心，几个月，甚至可能在几年内都不会有人发现它已经丢了。

目前为止尚未发现任何武器。欧茨督察向诸位说明警方为了找到它花费了大量时间和精力，但终究一无所获。因为没有足够的证据表明这两把左轮手枪是完全相同的，所以这两把手枪都没有在法庭出示。

女士们，先生们，现在请诸位仔细考虑你们的裁决，但在大家退庭之前，有件事我想提醒你们：这里并非治安法院。我们聚集此地只是来裁定这个不幸的男人是以何种方式死去的。这也就是说，死亡原因才是我们的关注点。如果诸位根据证词认为他是被谋杀的，那大家必须实事求是；如果诸位认为所听到的证词还不足以证明他是以何种方式，或者被何人谋杀的，那么大家就必须做出与这一观点相一致的裁决；但是如果诸位认为所有证据清楚地表明某一男性或女性需要对这一残忍但动机尚未明确的罪行负有责任，那么指认他也是诸位神圣的职责。陪审团的女士们，先生们，大家可以退庭考虑自己的裁决了。

仅仅经过二十分钟的商议，陪审团宣告了"一人或多人不详的蓄意谋杀"的裁决。

黑色羽翼之下

验尸官离开后，做出裁决的陪审团也紧跟着他往外走。冷漠的工作人员指引听众从公共出口离开法庭，但是参与本次审理会的主要人员依然待在这间稍微有些不透气的房间的中央，等待着从侧门离开，坎皮恩的车就在侧门那里等候他们。法拉第家的车停在公共入口处，如此一来那些喜欢聚集在这种场合的无所事事的人们也许会被误导，徒劳地等待着受害者们以满足自己的好奇心。

就在面色红润的威廉姆得意扬扬地被几个熟人围着对他表示祝贺的时候，乔伊斯和坎皮恩本来正站着和马库斯说话，他们同时注意到法庭后面乔治那张意想不到、微微泛红的脸。他正伸长脖子越过缓缓向外走的人群目不转睛地盯着他们。此外，格雷街的建筑工人弗雷德里克·谢泼德正用力地握住威廉姆的手，而老人也试图表现出自己对他的感激之情，而非过度的友情，就在此时他也发现了自己的堂弟。他蓝色的小眼睛瞪得老大，鼓起腮帮子，突然丢下大吃一惊的谢泼德先生，挤过人群朝马库斯走去。

此次死因审理表明，这场磨难时间之久、过程之苛刻完全在大家的意料之外，给他们所有人都产生了不小的影响，特别是对威廉姆，验尸官仔细的盘问让他自然而然承受了不小的压力。尽管这个谜团还远没有解决，但现在一切都结束了，他们都觉得至少能从上周那种紧张的状态中喘口气。就在乔治出现的前一秒，这一小群人的感激之情几乎达到了欢欣鼓舞的程度，就连督察似乎也松了一口气，踱步句他们走去——听证会的第二天，他就和坎皮恩言归于好了。当他瞥见乔伊斯脸上惊愕的表情，便顺着她的视线穿过大厅，终于看到了乔治·梅克比斯·法拉第那张泛红的脸和那双黑色的小眼睛。

那个人与他四目相对，片刻后突然转过身，消失在外面的人群中。

督察朝他追了出去，但是那些椅子和长凳挡住了他的去路，等他一头扎进夕阳的余晖中，那个人再次不见踪影，就像之前突然从墓园落荒而逃一样。由于民众的阻挠，督察也放弃了继续追逐的念头，扭头回去加入其他人的行列。

当他再次找到这家人的时候，他们聚在侧门那里，等着上坎皮恩那辆令人心生羡慕的宾利车。坎皮恩从人群中退了出来，走过来问督察："我说，你看到那个家伙了吗？"

"看见了，"督察怒气冲冲地说，"但是他太狡猾了，我又没抓住他。我很想和那个家伙聊几句——我一定会的。如果他回到城里，我们应该很容易就能找到他。"

坎皮恩点点头，但并没有说话，督察继续懊恼地说："你知道的，这次调查对我们毫无帮助，我们一不留心，这将是另一起被列入针对警方的黑名单之中的案件。"

尽管没有被别人听到的危险，他还是压低了声音。他看上去垂头丧气、忧心忡忡的，要不是坎皮恩自己还有一堆麻烦事，他也会替他感到难过。

"他们现在打算干什么？"督察侧头看向另外三人。

"法拉第夫人命令他们所有人回家吃饭，"坎皮恩说，"布朗特小姐完全违背了我的建议，今晚也要回去。你呢？你要离开这里吗？"

"你呢？"督察问道。

年轻人疲惫地摇了摇头，回答说："我不走，暂时还走不了。跟你说实话，我不敢走。我有种预感，现如今这个案子中真正重要的成员随时都会动手。"他停顿了一下，然后透过他那副大眼镜片探寻了对方一眼。

督察勉强把他所期待的消息告诉了他。

"我今晚不去了，"他说，"如果你有任何线索，看在老天爷的分上，你必须要让我知道。不要在我背后耍花招——不管是暗示还是明示。"

"好的，你和乔治之间的任何谈话也要告诉我。"

"他对我们毫无用处。"督察沉着脸，接着又叹了口气，说道，"真是个糟糕透顶的案子！一开始我发现那个巧合的时候，我就知道了。我不是个迷信的人，但是当那些古怪的事情接二连三地出现，谁都会情不自禁地注意到它们。我要能按自己的方式处理这起案子，我就在卷宗上写上'天灾'这两个字，然后把它扔到抽屉里。究竟出什么事了？"他追问道。

"这是我自己最感兴趣的迷信之一。"坎皮恩说，"好啦，我什么时候能再见到你？明天怎么样？"

"我明天应该有空，"督察说，"希望你能好好解释解释你那个不切实际的推论。你到底在紧张什么？"

然而坎皮恩的回答完全让人出乎意料。"我说，斯坦尼斯劳斯，"他问道，"纵火罪的刑罚是什么？"

督察没有回答他这个问题，于是坎皮恩转身离开，看起来疲惫不堪，忧心忡忡，于是督察又把他拽住，追问道："你心里到底在盘算什么？"

坎皮恩叹气道："我不知道自己是否能让你相信，但我可以告诉你我宁愿周六晚上把一车人拉到东区，也不愿意回到那栋宅子里。我已经等了五天了，但我有种预感，如果有事要发生，那就会是在今晚。"

"我不明白你的意思，"督察气呼呼地说，"如果你觉得同一个人还会再次发难，那你就大错特错了。不管这些案子的罪魁祸首是谁，他现在都会再等上六个月左右，你记住这句话。"

"我们现在要对付的是你做梦也想不到的事情，"坎皮恩说，"明天见。"然后他大步朝车那边走去，其他几个人正不耐烦地等着上车。

马库斯和威廉姆坐在后座，两人都疲惫不堪，还有一点儿担心。乔伊斯坐在副驾上，满面红光。他们开车缓慢地穿过城市，大学在前一天已经正式开学了，所以这个地方重新恢复了生机。街道上挤满开着抢眼的小汽车的年轻人，自行车变成了一种威胁，随处可见憔悴的"土老帽们"以及疲惫的大学生们。当他们行驶到特兰平顿大街宽阔的路段时，乔伊斯如释重负地叹了口气，开口说道：

"哦，这一切终于都结束了。你们——你们看见乔治了吗？恐怕我们到家后会发现他也在家，仿佛他在这种时刻出现，不是为了钱才担心卡罗琳姨姥姥。他肯定会回来的，你们不这么认为吗？"

坎皮恩半信半疑看着她。"我说，"他问道，"暂且不说乔治的事情，你觉得你这么快就回到那座宅子是明智的选择吗？为什么不下定决心和安再多待上一两天？"

姑娘摇头说："不了，我现在没事了。我自己应付得来，不想给安添太多负担。她一直都非常大度，整整一个礼拜一直对我呵护有加。而且我把自己的东西都送回去了，所以我今晚要住在苏格拉底庄园。"

看出他十分失望，于是她连忙为自己辩解道："我已经出来五天了，你当时一说，我立马就走了，但是一切都相安无事，不是吗？再说了，如果乔治的确来了，我能帮帮卡罗琳姨姥姥，可怜的人啊，她身边需要有个人。"

坎皮恩没有回答，于是他们继续沿着这条路行驶，默默拐进大门。

爱丽丝迎他们进屋。她一直面带微笑，在那条朴素的黑色午后连衣裙和面料硬挺的白色围裙的衬托下，更加显得她面色红润，容光焕发。很明显，老费瑟斯通先生带来的关于判决结果的消息已经传遍了这栋房子的每个角落。

"法拉第夫人在客厅，"爱丽丝说，"费瑟斯通先生和凯蒂小姐同她在一起，她吩咐说让你们过去。"

大客厅沐浴在最后一抹夕阳之下，比坎皮恩预想的要亮堂不少。法拉第夫人端坐在壁炉旁她专属的椅子上。她身着华丽的蕾丝衣裙，是位弱不禁风但喜好奢华的人物。身材瘦小的凯蒂坐在她旁边，看起来微不足道、可怜兮兮的。出庭作证的压力对她影响很大，她松弛的眼皮焦虑地动了一下。

老费瑟斯通看起来比这二人还要苍老，他身上自带的那种极具破坏性的气质甚至比平时还要明显。他坐在她们对面，与她们保持一定的距离，这样一来她们对他来说想必只是两个模糊不清的影子。其他人跟着乔伊斯走了进来，他跟跟跄跄地站了起来。

完全可以相信凯蒂可以做出如此尴尬的事情来，她兴奋地尖叫着跳了起来，跌跌撞撞地穿过房间，伸出胳膊搂住威廉姆拘束的肩膀，然后歇斯底里地喊道："亲爱的，我亲爱的威利！终于安全了！安全了！"

威廉姆烦躁极了，推开她不耐烦地抱怨道："凯蒂，别像个傻瓜一样，我被人当成替罪羊了，这点我心知肚明，但是我余下的日子里不会再被人这样对待了，谢谢你。"他从她身边趾高气扬地走了过去，然后坐了下来。

发现只有自己一个人站在房间中央，凯蒂看上去很伤心，还有一点儿害怕。她一直焦虑地站在那里，直到乔伊斯搀扶着她，带她在老夫人对面壁炉旁的沙发上坐下。

老费瑟斯通清了清喉咙。"好了，"他说，声音低沉但十分悦耳，"正如我一直对法拉第夫人所言，我想我们都应该得到祝贺。当然，我们必须感谢芬奇太太和她的那位员工。法拉第先生，万幸我们找到了他们，特别是在我们从你那里没有获得任何帮助的时候。"

威廉姆愤怒地看着他，嚷道："我跟你说过了，我生病了，似乎没人意识到这一点，我病得很重，现在依然病着。这件事差点要了我的命，你们中没有一个人明白这一点。"

"哦，威利，我们都知道，这就是我们一直提心吊胆的原医所在。"乔伊斯还没来得及阻止她，凯蒂就说了出来。不幸的是，这句话反而让她的本意暴露无遗。

威廉姆勃然大怒。"真是太好了！"他说，"十二个素昧平生的人已经明确告诉全世界我像新生儿一样清白，然而当我回到这栋宅子里，我却遭到我亲妹妹的指控。除了坎皮恩，你们这群人全都麻木不仁，没有一丁点儿同情心。费瑟斯通，我真不明白你为什么要祝贺你自己，所有的证人都是坎皮恩帮你找到的。简直令人叹为观止！我自己一头雾水，但他却能推断出我曾去过哪些地方。"

"威廉姆。"在这段插曲中，法拉第夫人一直安安静静地坐在那里，一双黑色的眼睛警惕地注视着这几个人各不相同的表情。现在的她稍微有些激动。"威廉姆，"她重复道，"现在不是忘恩负义的时候，就算你不为自己能够脱罪心怀感激，我却对此十分感激。好了，坐到我身边来。"

威廉姆边走边嘟囔，可以清楚地听到"替罪羊""恶心人的表现"

这几个字，但他最终还是坐了下来。

老夫人对老费瑟斯通笑着说："非常感谢你，你是我们真正的老朋友。现在，我希望你们都先坐下，去吃饭之前，我还有些事情要说。"

马库斯警觉地看了坎皮恩一眼，他们脑海里浮现同一个想法，难道法拉第夫人已经知道乔治在城里出现的事情了？然而，机会转瞬即逝，因为老夫人已经开口了。

"我非常高兴这次审讯已经结束了，"她说，"我也非常感谢你们大家对我们施以援手，但是还有一点我认为大家绝对不能忽略，那就是：这件可怕的事件尚未了结，降落在这个宅子里的憎恨，尽管它让我们中间的一些人停止了心跳，但它依旧强烈。"

"噢，妈妈，您怎么能这样说？怎么能这样说啊？"凯蒂突然哭了起来。

法拉第夫人遗憾地对她说："凯蒂，别傻了。虽然多愁善感非常迷人，但在这个时刻，它不合时宜。现实如此，我们就必须面对它。关于安德鲁的死亡，现在已经被判定为谋杀，但凶手不详，因此在找到凶手并将他绳之以法之前，住在这个宅子里面的每一个人都有嫌疑。我已经把这件事告诉费瑟斯通先生了，他也很赞同我的看法。今天的晚餐比较随意，比平时的开饭时间要早一些。如果有人想跟我聊聊，我就在我的写作厅。费瑟斯通先生，能扶我一下吗？"

老人笨拙地站了起来，向她伸出胳膊，非常清楚地意识到只要法拉第夫人参与进来，自己就完成了一幅著名而老式的献殷勤的图画。

他们刚走了没两步，祸从天降。大厅里传来尖厉的抗议声，接着是一个男人刺耳的声音。下一秒苏格拉底庄园一直备受尊敬的那扇白色的客厅大门被人强行推开，乔治突然出现在门口，惊慌失措的爱丽丝顶着一头乱糟糟的头发跟在他身后。

由于看不清入侵者的样貌，老费瑟斯通可能是这群人里面唯一一个没有切实地感到震惊的人。

在墓园的时候，乔治还不够自信，并没有表现出性格中引人侧目的一面：手握主导权的乔治；那个好勇斗狠，有着一双醉醺醺的小眼睛的乔治。他的确是个令人厌恶至极的家伙，就连法拉第夫人也停下脚步，一言不发地浑身战栗。凯蒂尖叫起来，乔治朝她摆了摆手，然后大步走了进来，砰的一声把门关上，将爱丽丝关在门外。

"你好呀，凯蒂，魔鬼又回来了。"他说，他的声音出人意料的低沉，竟然没有什么口音。他环顾四周，看了看这几个人，他们全都一动不动地站在那里，没有一个人开口说话。这个男人一副趾高气扬的模样，蓝色西服上满是油点子，粗糙的大红脸，下垂的嘴角，以及他那种心满意足后的猥琐笑容，他整个人让人厌恶至极。

"都坐下，所有人，"他哑声道，"把最肥美的牛犊端上来，浪子回

275

来了。"

法拉第夫人努力振作精神，说道："乔治，不介意的话，来写作厅跟我谈谈。"

乔治令人厌恶地大笑不已。"抱歉啊，婶婶，"他夸张地、懒洋洋地靠在门背后，回答道，"抱歉，从这次开始情况有所不同了，您不能再把我推进后室。乔治已经大张旗鼓地回来了，你们要好好讨好这个乔治。事实上，乔治打算在这儿住下。"

说句公道话，威廉姆也不是个彻头彻尾的懦夫。房间后面有人轻蔑地哼了一声，接着传来一阵窸窸窣窣的声响，威廉姆傲慢地加入这场战争之中。他径直走到那位自我陶醉的入侵者的面前，气势汹汹地逼近对方。

"你这个该死的无赖！"他失控地咒骂道，"我们受够你了，赶紧从这家里滚出去。你出城的路上最好给警察局打个电话，也省去他们的麻烦。我不介意告诉你，他们正在到处找你。"

乔治的兴致有增无减。他把头靠在门上，依旧高傲地、笑容满面地看着老人，他张开嘴，说出一个称呼，类似这样的词语还从未玷污过苏格拉底庄园庄严的围墙内的每一寸土地。然后当大家依然还能感受到这种冷若冰霜的沉默所带来的刺痛时，他举起胳膊，用手背打了下那个近在眼前的红扑扑的脸蛋儿。威廉姆跟跟跄跄地后退了几步，惊讶以及突如其来的疼痛让他面色铁青。

马库斯和坎皮恩不约而同地冲上前去，在乔治还没有意识到发生了什么事之前，他的双臂被人紧紧抓住。尽管这个男人像公牛一样强壮，但缚住他胳膊的两个人年轻力壮——至少坎皮恩经验丰富。

"好吧，"他说，"把我赶出去，你们到死那天都会后悔的。"

老费瑟斯通刚刚才搞明白这个新出现的人是何人，即便不担心自己的局势，也担心自己的威望受损，无能为力地上下打量着他。终于他清了清嗓子，说道："我的孩子，别堵在门口，好吗？我和法拉第夫人要出去。"

威廉姆在房间中央来回踱步，恶狠狠地低声咕哝着，不确定自己应该口头攻击还是身体攻击，这时乔治又开口了。

"你们要是不让我说话，一定会后悔的。"他说，"我手上有你们的把柄，婶婶，把你的律师打发走，好好听我说。"

让在场的大多数人瞪目结舌的是，法拉第夫人似乎让步了。

"坎皮恩，马库斯，"她说，"你们能来这里就帮了我很大的忙了。乔治，坐下来，你有什么话要说？"

那个人的喜悦之情令人忍无可忍。尽管两个年轻人听从了老夫人的话放开了他，但他们显然十分不情愿。刚一获得自由，乔治就活动了活动一下手臂。

"谢啦，"他慢吞吞地说，"现在你们所有的人，都给我坐下。婶婶，你可以把这个老狐狸留下来，但是你要记住，要是你不想让他听到我说的话，到时候要怪就只能怪你自己了。"

老夫人的态度让所有人大吃一惊。她几乎温顺地坐回到壁炉旁的椅子上。老费瑟斯通跟在她身后，温文尔雅地站在她旁边。尽管他几乎看不清楚整个行动，但他至少可以听到。他知道自己现在看上去气宇轩昂，并对此感到十分满意。

乔治一屁股坐在房间里最舒服的椅子上，带着醉意，态度傲慢且夸张。"真的很可笑，你们都不知道自己现在有多么可笑，简直要让我笑掉下巴。我踏进这个家门，而且下半辈子都会待在这里。婶婶，别再拿区区几英镑打发我了，我这次回来是要住在这里。你们全都要对我言听计从，把我奉为上宾。还有你，"他用不太干净的食指指着威廉姆舅继续说道，"你这个自命不凡的老骗子，只要我愿意，你就要像条猎狗一样围着我转。"

他从口袋里掏出一根烟点上，完全清楚自己所引起的轰动，并尽情享受着这一切。威廉姆和凯蒂都知道这间客厅里从来没有弥漫过烟草的味道。二人被这种亵渎吓得目瞪口呆，于是恳求地望着他们的母亲。

老夫人一动不动地坐在那里，面无表情，她那双黑色的眼睛从未离开过她侄子的脸，似乎也只有它们还有些许生气。

乔治把嚼碎的烟丝一口吐在中国地毯上，得意地把泥泞的鞋跟公然踩在地毯松软的厚绒里。

"我一直期待有这么一天，"他说，"现在它终于到来了，我如愿以偿。婶婶，你打算把这些律师都留在这里吗？"

"是的。"老夫人镇定地说，但她冷冰冰的口吻无法平息乔治堂弟的情绪，因为现在他醉得不轻，酒精只是一方面，更重要的是他的亢奋。"好吧，那就开始吧。警察一直在找我，对吧？要是知道的话，我早就来了，但是我并不知情，为什么呢？因为我'在里面'。我今天早上才被放出来，然后在报纸上看到庭审的事情，也看到朱莉娅的事了。她死了，对吗？好吧，我可没想到自己运气这么好。那个男的是谁？"他轻蔑地说，又指着坎皮恩，"我以前见过他。婶婶，如果他和警方有关系，对你反而更糟了。我可以继续讲吗？"

"是的。"法拉第夫人的回答始终如一。

乔治耸了耸肩。"好吧，既然我来了，我就要在这里待着——既来之则安之。你们中间谁也不能轻易把我从这里赶出去。如果你们胆敢这样做，"他压低声音说，"我就把我知道的一切都说出去，在你们搞明白该何去何从之前，家里就发生了一起凶杀案。你们现在或多或少已经引起公众的关注了，但这和我要引起的轩然大波相比，简直不值一提。你们瞧，我碰巧在三月十三日周日跟着安德鲁从教堂出来，这可不是什么间接证据，这是目击证人的证词。"

他停顿了一下，环顾四周，房间里鸦雀无声。他的话让这几个人震惊不已，只有法拉第夫人一人似乎对此无动于衷。

"乔治，说来听听。"她说。

乔治摇了摇头。"你不能像那样跟我谈话。你知我知，我就要那样让你们无话可说。"他伸出手，五指张开，然后慢慢地握紧拳头，"只要我舒舒服服的，我一个字都不会说出去，"他继续说，"你知道的，我明白什么对我最有利。"他又补充道，兴奋得连声音都有些颤抖，"是你们中间的一个人，你们全都心知肚明，只有我知道那个人是谁。现在，让我瞧瞧你们那副惺惺作态的模样。威廉姆，拉下铃，让女仆给我拿点儿威士忌。"

所有人的目光都注视着威廉姆，他哀求地看着他母亲，但老夫人点了点头，于是威廉姆听话地起身拉响铃铛。

这就意味着缴械投降。

乔治哈哈大笑。"就是这样，"他说，"我会经常让你们这么干的。"

受到惊吓的爱丽丝出现后，他对她发号施令。

"只有威士忌和苏打水，"在其他人开口之前，他又说道，"你们还真敷衍。"

女人愤慨地看了她的女主人一眼，但看到法拉第夫人点头示意，于是她匆忙离去。

乔治靠在椅背上，慢条斯理地说："谋杀案本来就很容易引起公众的兴趣，对吧，婶婶？我认为可以把我简短的个人传记在几家不错的报纸上刊登出来，我应该会被迫把我所知道的关于老安德鲁的事情都说出来，你不这么认为吗？"

这句相对而言并无冒犯之意的话的直接后果却出人意料，老夫人吓得人都僵住了。

"费瑟斯通先生，"她说，"请原谅，今晚你不能和我们一起去进晚餐。我们交情这么深，所以我知道自己能提出这样的请求。"

老费瑟斯通俯下身子，尽管他压低了嗓门，但他低沉的声音依然清晰地在房间回荡。

"亲爱的夫人，"他说，"你知道的，这就是敲诈，而敲诈的刑罚非常严厉。"

"是啊，"瘫坐在椅子上的乔治满不在乎地说道，"但是没几个人会被起诉，不是吗，老狐狸！你别操心，这家人是不会起诉我的。赶紧走，叫你做什么你就做什么。"

老人本想再说几句，但法拉第夫人把手放在他的胳膊上，所以他改变了主意，向他的客户和家人们点头示意，冷漠地看了乔治一眼，然后迈着大步走了出去。爱丽丝回来了，手里端着一个托盘。看他走了出来，她站到一边让他先过去。

　　毫无疑问，茶点的出现打断了乔治的话，他坚持要把这些茶点放在椅子旁边的地板上。爱丽丝离开后，他手里拿着酒杯，大刀金马地坐在那里。

　　"不把这两只听话的小狗打发走吗？"他指着坎皮恩和马库斯问。

　　马库斯面色铁青，肉眼可见他下巴的肌肉不自觉地抽搐，反观坎皮恩则像个傻瓜一样，一张平易近人且傻呵呵的面具完全掩盖了他的个性。

　　"他们不用走，如果你不介意的话。"老夫人回答说。

　　乔治盛气凌人地盯着这两个年轻人。

　　"我才不在乎我要说的话会被谁听到，"他说，"我知道的东西我自己心里清楚，这一点有人可以证明。我手里握着你们的把柄，所以我才是那个你们需要贿赂的人，这样我就不会把我知道的告诉警察。我早就该来了，只不过，就像我刚才说的，上周四我喝了点酒，把一个警察揍了一顿，于是就被关了七天。苏格拉底庄园法拉第家族的一位成员酒后寻衅滋事——这就是当地报纸的短讯！威廉姆，或许你愿意帮我写出来，又或许你更愿意保存体力，以后我会叫你忙得团团转。好的，婶婶，我认为你可以把这两个寄生虫撵出去，我和家里的人必须要熟悉起来。开诚布公地谈谈心会让我们了解彼此的立场。噢，还有一件事，你们不用费心派人把警察找来，今天下午我一到剑桥就看见他们了。我的行动轨迹他们相当确定。不过要是这里的任何安排不合我的心意，我会再次拜访他们的。既然我说过了王牌在我手里，那它就真的存在。"

他又给自己倒了一杯酒，然后挑衅地向威廉姆举起酒杯。

"审讯的时候他们把所有对你们不利的证据都拿出来了，而且你们也逃脱了刑罚，"他说，"但这并不意味着每个人都满意。哎呀，全世界都知道就是你们中间的某个人干的，而且从我的立场来说，我很高兴自己知道究竟是哪一个人。然而，既然你们都是我的至亲，我是不会把你们交给警察的，我会把你们安排妥当的。"

沉着冷静的法拉第夫人仿佛有些精神恍惚，她对坎皮恩和马库斯说："我希望你们二位带乔伊斯到早餐间去，然后在那里稍等片刻。乔伊斯，亲爱的，告诉爱丽丝在餐桌上再摆一份餐具，她应该会知道费瑟斯通先生已经离开了，但是她可能不知道乔治堂弟要留下来吃饭。"

"告诉她给我收拾好房间，"乔治堂弟说，"我就住老安德鲁的那间，我打赌他肯定知道怎么让自己住得舒舒服服的。然后把壁炉烧好，在壁炉架上再放上一瓶威士忌，我要强调的事情就只有这些了。行了，滚出去吧，我和我亲爱的亲戚们还有话说。"

之前凭借自己不堪一击的勇气毅然反抗这次磨难的凯蒂现在也彻

底投降了。她像只受惊过度的小兔子一样冲到房间中央。

"恶魔之灵!"她歇斯底里地尖叫着,"恶魔之灵就在外面!又有一个被魔鬼派来折磨我们的恶灵。噢!噢!噢!"

最后这三声惊呼,一声比一声高,一声比一声刺耳。她犹豫不决地摇摇晃晃,然后跌坐在地板上,像个疯子一样连哭带闹。这一幕实在惨不忍睹,让人有点不寒而栗。

从乔治到这里以后,这还是他第一次感觉忐忑不安。他把脚从那个凄惨的人跟前抽离,捡起酒杯,把虹吸管夹在腋下,另一只手拿着醒酒器,转身朝门口走去。

"我受不了了,"他说,"在你们打起足够的精神,能理智地听我说之前,我就待在图书馆。我会让他们把食物放在老约翰叔叔的桌子上。从现在开始,你们记住,那个房间就是我的,我现在就是这栋宅子的主人。"

坎皮恩把房门打开,乔治盯着他,他身体微微前倾。"你到图书馆之后记得把百叶窗拉上去。"他压低声温和地说,"窗玻璃上有给你的留言。"

那个男人目不转睛地看着他,但坎皮恩一言不发。终于,乔治堂跟跟跄跄地朝走廊走去。

房子里的恶魔

"见鬼，要不是为了哈里森·格雷戈里老弟，我就去城里的俱乐部住了。"威廉姆说。

他气急败坏地背着手在晨室里走来走去，一头短短的白发根根竖立，就连胡子也被气得翘了起来。

房间里的另外两个人也站了起来。坎皮恩倚着壁炉架，显得如此茫然，如此软弱，仿佛已经没有了生气。马库斯站在离第一扇窗户最远的地方，双手插兜，耷拉着脑袋。由于没有灯罩的遮挡，黄铜睡莲花萼上灯泡的光线有些刺眼，整个宅子弥漫着的紧张气氛几乎让人无法承受。乔治坐在已故的伊格内修斯大学校长的椅子上。尽管房门紧闭，酒和苏打水洒在那张令人敬仰的桌子上发出的声响，以及他时不时发号施令的咆哮声，就连那厚厚的门板也无法将其隔绝。

他强烈要求把图书馆的门大敞着，每当有飞奔去楼梯口或到前门的身影在他模糊的视线中一闪而过时，他紧接着便蹦出一连串侮辱性的语言。

安静的老宅子被搅得天翻地覆。延续五十年之久的习惯被无情地置之脑后，毕生的坚持也被击碎，似乎就连每一组家具都在抗议对这种宁静的亵渎。

在经历了他人生中最猛烈的冲击后，很长一段时间里，威廉姆承受了极大的压力，现在的他情绪已然失控，甚至已经到了按捺不住的地步，就和这个国家一场重大的变革对他产生的影响不相上下。

晚餐简直一败涂地。凯蒂并没有现身，一直待在自己的房间里，乔伊斯陪着她，试图让她尽快入眠。乔治仁慈地决定留在图书馆里，吹毛求疵地大声斥责给他送去的食物。法拉第夫人也没有出席，而这似乎比其他任何事情都更能动摇全家的士气。自从 1896 年她丈夫的葬礼那天起，除了生病期间，她就一直坐在餐桌的主位上。

威廉姆再次爆发。"我实在不理解母亲，"他说，"如果她不让我们把他赶出去，她为什么不让我们去找警察？那个家伙讲了一个胡编乱造的故事，可她却当真了。真的，你们几乎可以肯定她对此深信不疑。"

马库斯耸耸肩，说道："不管怎么说，那个无赖讲了一个很有说服力的故事。"

威廉姆突然不说话了，蓝色的小眼珠子几乎都要瞪了出来。

"你的意思是说……"他刚开了个头，便戛然而止。他看着坎皮恩，追问道，"你也认为乔治知道点儿什么？天啊，你们的意思是说你们认为这个宅子里的某个人——我们中间的一个——把老安德鲁除掉了，还有朱莉娅？我是说，毕竟死因审讯时是这么说的。"他突然一屁股坐在桌子旁边的一把小椅子上，"我的天啊！"

马库斯挺直身子，不安地朝这边走来。"我认为法拉第夫人不把警察找来是件非常遗憾的事情。"他说，"非常遗憾，而且相当耐人寻味。"

"母亲年纪大了，"威廉姆忽地一下站了起来，"我认为我应该出去，亲自给警方打个电话。他们之前用那么令人反感的方式对待我之后，我这样做就是在以德报怨。我告诉你们，乔治这个人很不像话，"他突然抬高声音，继续说道，"跑到这里，就像是个——悲哀之家里醉醺醺的无政府主义者，袭击他人——"他生气地摸了摸自己的脸，接着说，"要不是他是来找母亲的，就算我已经不再年轻，我也早就拿狗鞭子抽他了。好吧，我要去找警察了，管他是不是法拉第家族的人，真希望看着那个家伙戴上手铐，然后被带离这个地方。"他报复性地又加了一句，"是啊，就这样，我已经决定了，我现在就去。"

"别冲动。"坎皮恩低声说。

威廉姆恶狠狠地瞪着他，问道："先生，你这是什么意思？"

"别冲动，"坎皮恩又说了一遍，"不要这么做。想把所有的谜团都解开，就必须让他留在这里。"

威廉姆再次瘫坐在椅子上。"哦，好吧，"他无可奈何地说，"缠着我不放，每个人都缠着我不放。哎呀，那是什么？"

图书馆那边有人扯着嗓子大声嚷嚷，所以威廉姆才说了最后那句话。马库斯大步走到门口，赶紧把门打开，与此同时面红耳赤的乔伊斯也急匆匆地走了进来。隔着大厅，乔治沙哑且难以言表的粗俗声音清晰地传到他们耳中。

"别那么不好意思嘛，过来让我好好看看你。抱歉啊，我站不起来了，在这个——这个家里唯一值得一看的就是你啦。"

在过去的几天里，马库斯小心翼翼摆出的那副慵懒而老练世故的做派正在经受着如此残忍的攻击，现在他如遭致命的一击，肩膀僵硬，脑袋低垂。看到他的脸色，乔伊斯立刻抬起一只胳膊制止他的鲁莽，而这也给了坎皮恩时间走到房间这头把他朋友拉了回来。

"还没完，"他恳求道，"还没完。"

乔伊斯关上门，紧紧靠在门后。和所有鲜少发火的人一样，暴怒中的马库斯什么话也听不进去，他气得脸色发青，双眼紧闭。

"我很抱歉，"他声音嘶哑，"我受不了那个家伙了，我要扭断他的脖子。别拦着我。"

乔伊斯哭了，而她显然还没有意识到这一点，因为眼泪顺着她的脸颊自顾自地流了下来，她也没有试图掩饰。

"别这样，"她说，"别再惹麻烦了，别这样，别这样。"

威廉姆津津有味地观察着整个事件，在他心中完全可以利用这件事作为自己精神混沌的缓和剂，现在他达到一个没人认为以他的能力可以企及的高度。他掏出一块又大又粗糙的白色手帕，从两个年轻人身边挤了过去，用它擦拭着姑娘的脸。

"好啦，好啦，亲爱的，"他说，"来吧，来吧，我们不久就会把那个无赖关起来。"

这次的干预挽救了整个局势。威廉姆相信只要把乔治抓起来，他们所有的难题都会迎刃而解，即使整个事件进行到如今这样令人难以忍受的阶段，可他们依然不由自主地坚信的这种信念本身就十分可笑。马库斯搂住姑娘的肩膀，领着她穿过房间朝壁炉那边走去。

坎皮恩和威廉姆还站在门口。"可怜的小东西，"威廉姆粗声粗气地说，"见鬼，恬不知耻，要是那家伙没有我们家族的姓氏，我会高兴地看着他被绞死。"

坎皮恩没有作声，因为此时门又被打开了，爱丽丝走了进来。她把身后的门紧紧关住，深深吸了一口气，大声抱怨道："先生，这样做是不对的，您一定要加以阻止，她就在那里。"

他们不明所以地盯着她，然后乔伊斯急忙冲了过来。

"爱丽丝，谁在那里？怎么回事？"

"是老夫人，小姐。"这个女人几乎要哭出来，"她去见那个人——她一个人去的，而且小姐呀，那个人现在的状态根本不适合谈话，你一眼就能看出来。噢，他可能会杀了她的。"她打开门，指着大厅对面说，"就在那儿，你看，她进去了，而且还把门关上了。"

在她的怂恿下，威廉姆立即朝大厅对面望去。从早餐厅的门口可以看到图书馆的门，他看到门的确被关上了，然后他走进房内。

"果然如此，"他说，"我们该如何是好？我认为她应该知道自己在做什么。如果她知道自己在做什么，我们却横加干涉的话，她是不会为此而感激我们的，但是，我不知道……"

"我都听到了，"爱丽丝厚着脸皮说，"我扒在门外听到的，她小声地说着些什么，然后我还听到那个家伙发了誓，尽管我没听到具体的内容，但我确定事情就是这样。你们知道的，老夫人是个多么固执的人，否则我早就进去了。"

他们本能地看着坎皮恩。"等待，"他说，"这是我们唯一能做的。我想，这也是法拉第夫人的想法，毕竟如果连她都没办法处理乔治的事情，那任何人都无能为力。"

"天啊，你说得没错，"威廉姆说道，情绪明显好转，"把他交给母亲，你们记住我说的话，他一会儿就会像只野狗一样，夹着尾巴灰溜溜地从那个房间里走出来。"

爱丽丝似乎对此很不满意，然而没能获得其他人的支持，她也被迫放弃了自己试图阻挠他们谈话的想法。她站在门口，小声说道："小姐，如果您不介意的话，我想在这里等她，要是她叫人或需要别的什么的，我也可以马上进去。"

已经过去十五分钟了，令人煎熬的十五分钟。谈话结束了，晨室里冷若冰窖，鸦雀无声。威廉姆瘫坐在绿色扶手椅上，乔伊斯蜷缩在另一把椅子上，马库斯坐在椅子的扶手上陪着她。坎皮恩懒洋洋地站在书柜旁边，爱丽丝站在门口，既不出去，也不进来。

漫长的一段时间过后，威廉姆发话了："那个野小子差不多要溜出来了，对吧？再过五分钟，我就派人去找警察。要是随便什么家伙都可以大摇大摆地走进来，行为举止就像个动物一样，我们为什么还要支付他们薪水？"

爱丽丝默默地从门口退了回来，低声说："有人来了。"

所有人都侧耳倾听，对面大厅图书馆的弹簧锁上金属撞击发出的"咔嗒"一声，他们所有人心中的疑问马上就要有答案了：从图书馆出来的究竟是谁？谁会继续占据图书馆？谁最终取得了胜利？

然而，乔治比之前更粗哑、更模糊不清的声音让所有人的希望都破灭了。只听见他嚷嚷道："我吃定你了，不管你往哪里走，都甩不掉我的。"接着他们听到拐杖敲击瓷砖地板发出的"笃笃"声，法拉第夫人正拄着拐杖朝他们走来。

爱丽丝急中生智从橱柜上拿起一个花盆，退后两步好让她的女主人进来，然后她悄无声息地溜出房间，并顺手把身后的门也关上了。

法拉第夫人站在门口，看着他们全都站了起来。尽管拄着拐杖的手微微发抖，她还是泰然自若。她换了身衣服，笔挺的黑色礼服是她晚上经常穿的那件，软帽和披肩都装饰着精美的针织花边。

"马库斯，给我拿把椅子过来，"她说，"就放在这里，我站累了。"

她在距离门口不到一米左右的专属位置上坐好，然后打量了一番她的观众们，点头示意他们坐下。

"威廉姆，"她说，"你能去我的写作间等我吗？临睡前我还有几句话要和你说。"

总体来说，威廉姆还算是欣然地站了起来，往门口走去。他在出门后才将自己所有的抗议低声发泄出来。他离开后，老夫人清了清喉咙。

"乔治今晚会留在这里，但是，我觉得自己或多或少欠了大家一个解释，所以我应该在临睡前跟你们谈谈。正如你们听到的那样，乔治带着一个离奇的故事来到这里。我允许他留下是因为我太了解他了，尽管他是个让人讨厌透顶的家伙，但他并不是个十足的傻瓜。我担心他掌握着一些能增加他威胁我们的砝码的信息，否则他也不会采取如此危险的方式。我刚才已经跟他谈过了，"她继续说道，"我之所以一直等到现在才这么做，是因为我突然想到，他醉得越厉害就越有可能泄露自己的底牌。不幸的是，他的意志力要比我相信他所具有的意志力更顽强。他的确喝醉了，除了没有从他身上套出任何消息外，我担心这次的会面只会让我更加相信他确实知道很多事情。"

乔伊斯惊得从椅子上跳了起来，追问道："您的意思难道是说您认为他真的看到了是谁杀死了安德鲁舅舅？"

老夫人点了点头。"是的，亲爱的，"她言简意赅地回答，"我认为是的。"

这句温和的表态让人心惊肉跳。

"好吧，我们把警察找来，"马库斯说，"如果他真的知道点儿什么，他们会让他开口的。"

老夫人摇了摇头，说："亲爱的孩子，"和马库斯激动的声音相比，她的声音相当镇定，"还不到时候，还不能让警察拘留乔治，我觉得我们应该在警方抓住他之前先听听他都知道些什么。"

"那么您认为……？"乔伊斯的声音渐渐消失了。

老夫人飞快地看了她一眼。

"亲爱的，乔治今晚会住在家里，"她说，"明天，等他酒醒后，我会再跟他谈谈的。在那之前我不想让警察知道他在这里，因为，"她不慌不忙地说，"后果不堪设想，而且我们会发现自己被卷入一起凶杀案之中。我想不出有什么办法阻止他趁机利用一切他能染指的丑闻并从中捞取油水，而且恐怕他对这一切都轻车熟路。"

"但是，法拉第夫人，"马库斯言辞有些不敬，"没有什么事比谋杀更严重了，难道不是吗？"

法拉第老夫人面色一沉，说道："马库斯，仁者见仁，智者见智。现在我需要你为我做几件事。首先，如果你同意今晚住在家里，我对此将感激不尽。"

马库斯大吃一惊，说道："啊，当然，如果您希望如此，法拉第夫人。"

老夫人冲他点了点头，看上去十分满意。

"乔伊斯，亲爱的，"她说，"我想让你睡在我的房间里，凹室里的床已经收拾好了。马库斯，你可以住乔伊斯的房间，威廉姆肯定会把你所需要的一切借给你的。还有，"她严肃地说道，"如果你和坎皮恩先生能把乔治送到他的房间——就是安德鲁之前的房间，我会很感激你们的。我现在也要去休息了，乔伊斯，你能和我一起走吗？你先赶紧过去告诉威廉姆我明天早上再找他，而不是今晚，然后再让爱丽丝把你的房间收拾好以便马库斯住。"

乔伊斯刚出去，老夫人再次看着两个年轻人。

"即使在如此艰难的时刻，一个人所能想到的基本哲理就是，"她突然开口说道，"如果你们两人中的任何一个被迫听从某个误入歧途的狂热分子公开谴责我们约定俗成的体系中的那些细枝末节的地方——请记住乔治。毫无疑问，这个世界上还有许多人像他一样邪恶，但是些许残存的礼貌都会阻止他们做出如此令人愤慨的行为。现在恐怕我给你们布置了一个令人非常不愉快的任务，但是我觉得，没有威廉姆的阻挠，你们两个人也许能够把乔治送回他的房间。不管你们认为哪种方法更为合适，这也比我或家里的任何人所能想到的方法管用得多。我现在要回房间了，也许十五分钟后你们可以进行首次尝试。晚安。"

坎皮恩绅士地为她扶住门，并得到了嘉奖。法拉第夫人停下来笑着对他说："别担心，若是你没能护我周全，那才会让我感到震惊。我很感激你能出现在这里。"

"天啊，"坎皮恩刚把门关上，马库斯感叹道，"我等不及要收拾那个家伙，难道我们不能让他从楼梯的栏杆上意外翻下去吗？他什么都不会知道的，你觉得呢？"

坎皮恩摘下眼镜，说道："如果真是那样，那将是有史以来发生的最好的事情了，但我们今晚不能对付他，不过明天早上可以试试看。

恐怕斯坦尼斯劳斯，我的老朋友又要生我的气了。我很高兴你今晚能留下来，我有种预感要发生点儿什么事情。"

"其他事情？"马库斯问。

坎皮恩点了点头，还没来得及说话，门开了，威廉姆回来了。如果老夫人希望他能直接上床睡觉，那她就轻看他了，威廉姆回来是准备开战的。

"既然母亲已经休息了，我们过去看看那个家伙吧，"他边说边冲进房间，激动得满脸通红，"我真搞不明白老太太究竟是怎么想的，总是设法让我回避这件事。我确实不像以前那么年轻了，但是如果我不能把那个混蛋打趴下，我就不是那个在约翰内斯堡恣意妄为的男人了！你们知道的，酒后吐真言，我们会让他说出真相的。"

马库斯看着坎皮恩，后者脸上的表情如此滑稽，差点让他笑出声。威廉姆接着说："我把这件事前前后后想了一遍，我们完全应付得来将要面对的这个人，而且他看得见摸得着，又不是在黑暗中瞎折腾。还是我进去让他说出真相吧？"

坎皮恩话锋一转："我说，我只带了一件睡衣，您能借一件给马库斯吗？他今晚也住在这里。"

让威廉姆待在家里要比把乔治赶出家门容易太多了。

"我的孩子，当然可以了，"他说，"等会儿我上楼把你要的东西都给你。"

"您现在就去吧，看看他还需要些什么，"坎皮恩建议道，"他今晚在乔伊斯的房间休息，乔伊斯和法拉第夫人睡。"

"我会把所有东西都给你找好的，"威廉姆说，"睡衣、睡袍、洗漱用品，保证让你满意。"

他那胖乎乎的身影刚在楼梯上消失，坎皮恩立马对马库斯说："快点，机不可失。"两人准备一同向乔治施压。

他们走进伊格内修斯大学已故博士法拉第先生的书房时，想到他们来这里的目的是把乔治弄上床，坎皮恩希望这不会让博士在九泉之下不得安宁。

乔治的衣领和领带全都松开了，面庞浮肿，脸色发青。他趴在桌子上，桌面就像是周六晚上小酒吧的吧台一样。他们进来的时候，他几乎连眼皮子都没抬，但当他们走到他跟前，他笨拙地伸出手，把苏打水的虹吸管碰翻在地。

"怎么了？"他问。

"去睡觉。"坎皮恩在他耳边一字一句地说，然后对马库斯点了点头，后者突然架起他的胳膊，把人猛地拉了起来。

乔治挣扎着，力气之大让抓着他的两个人感到震惊，然而两人铁了心要带他走，不一会儿他便发觉自己冷不丁地被人往门口拖去。然后他便破口大骂，那些字眼表明他确实去过不少地方。

"闭嘴。"马库斯说。他突然采取了行动，一把抓住乔治领带的两端，猛地绕在他脖子后面，然后把领带缠在自己手腕上，把他死死勒住。坎皮恩不敢相信马库斯会如此歹毒。乔治的声音越来越弱，他开始咳嗽，痛苦地喘着粗气。

"别把他弄死了。"坎皮恩抗议道。

"他没事，"马库斯说，"走吧。"

上楼梯的时候多少有些困难，吃力前行的几个人终于在安德鲁房间的门口停下脚步。马库斯把抓在那个男人脖子上的手松开了，推开门。

"好啦，"马库斯说，"现在他可以进去了。"

乔治被粗鲁地推进房间，坎皮恩打开灯，然后他们把门关上。爱丽丝体贴地把房门钥匙留给了他们，马库斯用钥匙从外面把门反锁后，然后把它装进衣兜，与此同时狂怒的咒骂声在房间内回荡。

威廉姆胳膊上搭着一身让人格外嫌弃的睡衣，站在门口探头探脑。

"噢，我没赶上，"他说，"没关系的，明天再说。"

坎皮恩挺直腰杆，抬高音量以盖过目前的骚乱，说道："我估计他还会再闹腾半个来小时，我们还是先去休息吧，明早之前我们也没什么能做的了。"

威廉姆点点头，附和道："这是目前我们所做的最明智的事情了。

马库斯，来吧，我带你去你房间看看。"

就在此时，乔治突然扯着嗓子，唱起了一首水手们耳熟能详的船歌中不堪入耳的那部分。

绿色帽子的主人

坎皮恩坐在床尾，看着月光穿过大敞着的窗户泻在房间里。宅子终于处于黑暗之中，四周万籁俱寂。自从乔治被安全地锁在房间后，整整一个小时，他让这个晚上变得如此惊心动魄。全家人胆战心惊地躺在床上瑟瑟发抖，与此同时整个宅子回荡着船员们和士兵们所吟唱的各种各样露骨的情歌，还穿插着家具和陶器相撞的巨大声响。

渐渐的，乔治厌倦了歌唱，转而扯着嗓子大声咒骂他的亲戚们，言辞极尽侮辱。终于，所有这些渐渐消逝，在经历过这些侮辱后，巨大的破裂声最后一次在雄伟壮观的苏格拉底庄园内响起，然后一切安静了下来，一种意义深远而抚慰人心的寂静。

花园里巡逻的便衣警察两三天前就撤离了。尽管欧茨督察相信自己朋友的直觉，但是这种信任度还不足以让他批准安排那些代价高昂的警卫。

　　坎皮恩在月光下安静地坐着，他摘掉了眼镜，也脱掉了外套和马甲。他穿了一件套头衫，把它的下摆掖进裤子里，用皮带束在腰间。两个袖子挽了起来，手表和印章戒指也都摘了下来。收拾妥当后，他在床头已经坐了快两个小时了，因为窗户是开着的，所以他可以相当清楚地听到罗马天主教堂的钟声。

　　两点四十五分的钟声响起，月光也随之变得朦胧，他突然听到一个声音，于是立马从床上下来，蹑手蹑脚地走到床边，尽可能地贴着窗帘，一边等待，一边竖起耳朵仔细听外面的动静。那个声音又出现了——沙哑的、夹杂着呼吸声的低语。

　　随着这个声音越来越近，他突然听明白了对方说的是什么，简单而荒唐的几个字，但是在夜色中却不可思议地令人感到恐惧。

　　"老蜜蜂……老蜜蜂……老蜜蜂……"

　　坎皮恩伸出一只手抓紧窗台，平缓地探出身子，悄无声息地观察楼下的情况。

　　花园笼罩在朦胧的月光之下，借着月光可以清楚地看到他房间窗户下面的草坪。他注意到乔治房间的灯还亮着，但是房间里面没有发出任何声响。他一边等待着，一边竖起耳朵仔细听着。这一次那个声音更近了，他再次听到有人低语：

"老蜜蜂……老蜜蜂……"

在他的注视下，一个黑乎乎的身影从乔治房间窗户下的阴影中分离出来。年轻人瞥见一个粗野的身影猫着腰，在模模糊糊的灯光下显得更加怪异。他可能是人类，也可能是一只不可思议地穿着衣服的大猩猩，但是一看到他，坎皮恩激动不已，脉搏明显加快。他跳到窗台上，在这个幽灵的上方站了一会儿。

地上的人影扭过头，把一张模糊不清的大白脸贴在窗户上。不一会儿，他就跑了，一溜烟地穿过花园，这个奇怪的身影仿佛像是挂在绳子末端的黑色大气球一样一蹦一跳地跑远了。

坎皮恩跳了下来，两手撑地，膝盖跪在潮湿的草坪上，稳稳落在地上，接着他迅速站起身朝逃跑者追过去。逃跑者带着他准确无误地朝着通往菜园尽头小路的小门那边跑去，别看这个猎物身形魁梧，但他速度极快，然而寒冷的空气驱使着坎皮恩的血液，数个小时的等待让他精神高度集中。他终于在小门前那片高低不平的草坪里追上了这个飞奔的身影。他猛地将他扑倒，令他重重地摔在地上。

陌生人咕哝了一声，紧接着坎皮恩被人牢牢抓住，颜面尽失地从对手的头顶上扔了过去。不管他是何方神圣，这位神秘的访客都是位不容小觑的对手。然而，似乎被马库斯的残忍所影响，坎皮恩感觉自己被压制的愤怒全部集中在这个触手可及的敌人身上。就在对手准备逃跑的时候，坎皮恩一骨碌爬起来，用橄榄球项目中的擒抱动作抓住这个陌生人的双腿，与此同时他也意外地发现对方的脚上没有穿鞋子。

这个人再次摔倒在地，坎皮恩在他上方，两只大手从黑暗中伸了过来，一把扼住了年轻人的喉咙。几乎就要窒息而亡的坎皮恩此刻不无感恩地发现他的对手并没有携带武器。他凶猛地出拳，指关节碰到了一个坚硬的、胡子拉碴的下巴。陌生人咕哝一声，轻声咒骂，而在这之前，他一直可怕地一言不发。

尽管他仰面躺在地上，但那双扼住坎皮恩喉咙的手依然没有松开，他几乎有着猿猴一般的力量。坎皮恩身体突然前倾，用膝盖顶住对方的胸口，与此同时他的脖子也被死死勒住，紧接着扼住他喉咙的手松开了，那个人弓着身子，大口喘气。

然而陌生人依然没被制服，胳膊胡乱挥舞，雨点般的拳头混乱地连续击打着年轻人瘦弱的身体两侧和毫无防护的脑袋。坎皮恩跨坐在那个庞大的身躯上，用尽全身力气，挥舞拳头一下接着一下有序地打在那个人的脸上。他像个疯子一样大打出手，而对方尽管在力量上更占优势，但显然疏于训练。渐渐地，雨点般的拳头也有所减缓，坎皮恩用膝盖死死地顶住陌生人的胸口，对方像离开水的鱼一般大口喘着气，身体痛苦地挣扎着。坎皮恩依然保持这个姿势，俯身在他耳边轻声问："够了吗？"

"嗯。"那个人哑声说道，然后又开始气喘吁吁地咕哝着。

"你就是老蜜蜂，对吗？"坎皮恩冒着再次在夜色中被人攻击的风险问道。

"我谁都不是。"那个人突然说，用仅有的力量出其不意地又一次把他的捕捉者抛到草坪上，一拳打在他的头上，他的头骨甚至都发出了碎裂的声音。

然而这一切并未把他击垮。在迷宫般的黑暗漩涡中，当那个人再次起身准备攻击他的时候，坎皮恩身体向后一侧，一把抓住那个气喘吁吁的家伙。这纯属运气的偏爱而非正确的判断——他绊了一跤，一头栽进对方的胸口。他的对手怒吼一声，疼得直不起腰。坎皮恩差点喘不过气来，扭动着身体从那个快窒息的人身下挣脱出来，刚跟跟跄跄地站起身，隐约看见第三个人从半明半暗中走了过来，用手电筒对准他的脸。

"您好呀，先生，怎么了？"

来人正是小克利斯莫斯，他的小屋正对着花园拐角处的小路，与之不超过二十码。坎皮恩努力打起精神，他还有些头晕目眩，但是他的头脑依然清晰。

"把手电筒拿过来，"他上气不接下气地说，"看看咱们有什么收获。"

小克利斯莫斯个子很高，是个瘦瘦的三十岁左右的年轻人。他小心翼翼地朝在地上不停扭动的物体走去，然后把手电筒对准了他。坎皮恩的敌手终于露出其庐山真面目。

他上演了一出好戏，摊开四肢仰面躺在地上，像临死前一样剧烈地喘着粗气。他身材矮小，但身强力壮，胳膊尤其结实。他一脸横肉，两腮的胡子又短又硬，已经无法辨别是什么颜色。他头发很长，大多都已花白，乱糟糟地缠在一起。除此之外，他脏得让人无法形容，即使青紫的双唇和被打断的鼻梁也没能让他的外表看起来更能吸引大家的注意。他穿了件破破烂烂、一点儿也不合身的黑绿色衣服，然而小克利斯莫斯正目不转睛地盯着他那两条破旧的裤腿下面露出来的一双脚。

"天啊！"他说，"你看他的脚，那个人就是他！"

只须看一眼布满破洞的袜子下面那双半遮半掩的巨大的双脚就足够了。毫无疑问，这就是花坛上足印的源头。

一看到这双脚，坎皮恩的大脑似乎也恢复了运转。

"嘿，我说，"他说，"你能让我把这个家伙带到你那里吗？我想他有不少话要交代。"

"啊？噢，好的，先生，我去拿个灯。"小克利斯莫斯有些吃惊，但十分热情，"先生，我听到有些吵闹声，"他说，"所以就出来看看发生了什么事，那个家伙怎么办？"

"我带他进去。"坎皮恩严肃地说。

这位入侵者坐在小克利斯莫斯桌子旁边的椅子上，在油灯摇曳的灯光下，他看起来比在花园里更不讨人喜欢了。他那双灰绿色的小眼睛鬼鬼祟祟地左看右看，然后不自然地活动了一下，身上穿的那件无异于破布袋一样的衣服让他很不舒服，于是他半搓半挠地抓了抓身体受伤的部分。

"我什么都没做，"他说话时摆出一副乞讨者常见的那种哭哭啼啼的模样，"你一根手指头都不该碰我，我能让你惹上一身麻烦。"

"闭嘴。"坎皮恩在洗手池那边说。他把头在水龙头下面冲洗干净，正拿着毛巾使劲擦头发，他低声问道："克利斯莫斯，你父亲在吗？要是可以的话我们就不要吵醒他了。"

"哦，好的，没关系的，这点动静不会打扰到老爷子的。"小克利斯莫斯似乎对此十分肯定，坎皮恩也很欣慰。

他们的访客变得越发不安，于是又开始叫嚷起来。

"你要是敢再碰我，我就把警察叫来抓你。"

"我就是警察，"坎皮恩怒气冲冲地说，"听说过便衣警察吧？嗯，眼前就有一位。你现在被捕了，你要是现在不交代，我看你就等着被绞死吧。你已经被通缉了，我们一直都在等你。"

陌生人的脸上露出狡猾的神色。"你别瞎说，我一眼就能认出谁是'侦探'。我在道上混了三十年了，也进去过一两次了。你不是警察，而且，"他得意扬扬地补充道，"从这里到约克郡，每个'侦探'我都认识。"

"我是苏格兰场的总侦缉督察坎皮恩，"年轻人生硬地说，"我来这里是为了调查三月三十日星期日安德鲁·希利在格兰塔的步行桥上被人谋杀一案。我有理由相信你就是我要找的人，尽管你的同伙已经被捕了，但我还会给你一次机会。他已经把他的事情交代清楚了，除非你说的和他说的每个细节上都能对上，否则在你弄清楚状况之前，你会发现自己出现在被告席上。"

这个男人沉默地听完他这番长篇大论，显然对此一知半解，倒抽了一口气。

"你还没有正式警告我。"他狐疑地说。

"正式警告你？"坎皮恩一副不屑的态度，游刃有余地说道，"我们苏格兰场的人可不像拘留所的警察那么循规蹈矩，你会明白的，而且你很快就会明白的。听说过刑讯逼供吗？"

"我有个朋友，"对方愁眉苦脸地说，"一个正儿八经的绅士，他知道这些事情，他说过现在已经不允许刑讯逼供了。如果我愿意，我可以请个律师。"

"你的那个朋友乔治·法拉第已经被关起来了，"坎皮恩实话实说，"这就是他说瞎话的报应。你看，哥们，你还想再打一架吗？"

年轻人威胁的态度，以及他对来访者那位朋友不可思议的熟悉度，果然卓有成效。这个浑身破旧肮脏，看着就让人发笑的老家伙此刻坐立不安，心烦意乱。

"你还想再被痛打一顿吗？"年轻人重复道，完全无视对方猿人般的体格。

"不想，"陌生人说，"而且我什么都不会说，明白吗？"

坎皮恩翻看着小克利斯莫斯那本关于洗涤的书，这是他之前从水池边的架子上取下来的。"让我看看，我们知道你的名字，"他说，"没有地址，化名老蜜蜂。"

"那不是化名，"陌生人说，正中圈套，"你知道的，这就是朋友间的绰号，我叫托马斯·贝弗里奇，在肯特郡的沃利济贫院登记过的，没有什么是对我不利的。"

"这些我们都知道，"坎皮恩说，显然是把小克利斯莫斯作为英国警队中的一员，"好啦，在我把你带回警局之前，你就先在这里交代清楚。你，还有乔治·法拉第都被起诉了。他的供述我们已经掌握了，你们蓄意谋杀安德鲁·希利，把他枪杀后，又把他的尸体捆好抛尸于格兰塔河。现在你还有什么要交代的？"

坎皮恩的态度，以及这个突如其来的可怕而莫须有的指控，大大挫败了贝弗里奇的士气。

"我从来都没有！"他反驳道，"先生，你全都弄错了，乔治永远都不会这么跟你说的。"

"这点警方自有定夺，"坎皮恩傲慢地说，"你是自己老实交代还是让我把你揍一顿再说？"

"我想喝杯咖啡，"贝弗里奇意外地说了一句，"我是被人揍了——就是这样。我还要我的靴子，我在大门那里把鞋脱了——希望不要吵醒任何人，这再合理不过了，对吧？"

"把那个自行车轮胎给我拿过来。"坎皮恩对小克利斯莫斯说。

"先生！"贝弗里奇急忙抗议道，"等一下，等一下，我又没说我什么都不说。"

坎皮恩抬了抬手，做了一个绝妙的退让手势，而小克利斯莫斯也停下脚步，折回到桌子这里，充分证明自己确实是个随机应变的助手。

贝弗里奇伸出他那双又大又脏的手，两手一摊，说道："我什么都不知道，我只想拿回我的靴子。事实上，星期日的时候我人在诺维奇。"

"什么？"坎皮恩轻蔑地说，"伙计，别浪费我的时间。"他靠在桌子对面，灰色的眼睛盯着受害者的眼睛，眼神凌厉，"你今晚带着死者的帽子来到这个花园的时候，你胆敢说出这样的供述？"

这一绝无仅有的虚张声势是压垮贝弗里奇的最后一根稻草，他彻底崩溃了。

"我没杀他，"他说，"我和乔治事后才碰过那把枪，这就是真相。"

坎皮恩如释重负地舒了一口气，然后继续翻阅那本关于清洗的书。

"我想你应该知道，"他冷冰冰地说，"你要么就是说得太多，要么就是说得太少。"坐在木头小椅子上的大块头不住颤抖，肮脏的眼皮耷拉下来。

"好吧，"他说，"我都告诉你，但是真的不是我干的——老天啊，帮帮我，不是我，也不是乔治。"

次日上午

爱丽丝把一盆热水放在盥洗台上，然后小心翼翼地用毛巾把它盖住，之后她穿过房间，拉起百叶窗，站在马库斯·费瑟斯通的床尾，等他有足够的时间清醒过来并回想起那些不悦的记忆后，这才郑重其事地说：

"先生，坎皮恩先生不在他的房间，他的床也没人睡过。我想也许与其告诉威廉姆先生，最好还是先告诉您。还有，我刚要上楼的时候，女主人的马车夫，老克利斯莫斯先生来厨房说他儿子肯定半夜就起来把衣服穿好了，因为早上完全没看见他的人影。"

马库斯穿着威廉姆那件又肥又大、带着异国情调的睡衣，从床上

311

坐了起来。

"坎皮恩走了？"他说，"稍等，我穿上晨衣，跟你过去看看。"

他迅速套上一件五颜六色的浴袍，这件浴袍是威廉姆热情好客的又一佐证。他跟着这个女人穿过大厅，沿着走廊来到坎皮恩的房间。似乎其他人都没有被惊动，乔治和威廉姆的房间静悄悄的，除了楼下用人们叽叽喳喳的谈笑声外，房子里的人们都还在睡梦中。

爱丽丝带他走进坎皮恩的房间。房间干净整洁，坎皮恩的旅行箱放在行李架上，他的晨衣搭在那把又大又难看的扶手椅上。除了底部的窗户大敞，床明显没人睡过以外，没有发现任何不同寻常的地方。

马库斯睡意未消地四下打量，说道："这真的太奇怪了。哦，好吧，爱丽丝，我想他知道自己在做什么。乔治·法拉第先生怎么样了？你见过他了吗？"

"还没有，先生。门是锁着的，我敲过门了，但是他没听到。先生，我想他应该睡得很沉——呃，经历了昨晚的事情之后。"

"很有可能，"马库斯不悦地附和道，"稍等，我应该把钥匙放在兜里了。我和坎皮恩昨晚把他锁在里面了。听我说，你去给他弄点儿伍斯特沙司，我去拿钥匙。"

"哦，先生，不用那么麻烦，这层楼所有的钥匙都能用。我就给乔治先生准备安德鲁先生以前常吃的那种沙司。"

"那我在这儿等你，"马库斯说，"我想最好还是要坦然面对这一切。"

当这个女人沿着走廊往服务楼梯走去，他溜达到坎皮恩房间的窗户那里，向外张望。他是一个厌恶谜团的人，对于自己认为的那种毫无必要的戏剧性效果更是深恶痛绝。毕竟，坎皮恩的不告而别是毫无道理可言的。一方面，马库斯很高兴，因为这让他有机会亲自叫醒那个倒胃口的乔治。在经历过那种放纵后，没人还能在第二天早晨意气风发。马库斯毕竟还很年轻，希望能够亲眼看到乔治对自己的所作所为表示遗憾，或许甚至还需要动用一点点武力才能把他弄醒。

爱丽丝端着一个托盘回来了，托盘上放着一个杯子，里面装着让人毫无食欲的棕色混合物。他把杯子拿了过来，拔下坎皮恩房间门上的钥匙，然后把它插进乔治房间门锁的锁孔里。他敲了敲门，听了听里面的动静。门内没有任何回应，于是他又敲了敲门，依然没人回应。他满意地转动钥匙，一把推开门走了进去，爱丽丝就站在他旁边。

映入眼帘的是电灯发出的黄光，于是他变得更加恼怒。他刚伸手把灯关了，突然听到爱丽丝发出令人窒息的尖叫声，他转身发现她正惊恐地盯着他们面前的景象。

房间里一片混乱，书、衣物、被褥乱七八糟地扔在地上。在它们中间，乔治趴在地上，身体极其不自然地扭成一团，十分恐怖。

毫无疑问，他已经死了。他的身体似乎还在可怕的抽搐中就已经变得僵硬了。

马库斯神情恍惚，还有些恶心。他跟跟跄跄地走上前，刚俯下身子，立马闻到一股明显的苦杏仁味。他站起来，转身看着爱丽丝，后者脸色苍白，表情严肃。难能可贵的是，她已经从容不迫地把身后的门关上了。她把手指放在嘴唇上。

"嘘，"她低声说，"先生，别惊动大家。这是怎么回事？"

"他死了。"马库斯傻乎乎地说。

"这点我看得出来，"爱丽丝说，"他是怎么死的？"

"我想是中毒，"他哑声说道，"我不知道，爱丽丝，我们必须找警察来。我的天啊，又一起谋杀！"

意识到这一点的他眼前突然出现了一幅混乱的画面。一整套可怕的法律程序自然而然地浮现在他脑海之中：警方再次出现在这栋宅子里，没完没了的问询，死因审理，媒体的大肆宣传，证人席上的凯蒂，证人席上的威廉姆、乔伊斯和坎皮恩，所有的人都会被询问、盘问，甚至还会被当成嫌疑人。

爱丽丝的声音打断了他混乱的思绪："您一定不要惊动老夫人，先生，我们应该做什么？"

"给警察局打电话，"马库斯说，"我相信欧茨督察还在城里，对，就这样，爱丽丝，去打电话。"

"先生，家里没有电话，我可以去帕尔弗雷夫人家吗？我们最近都是借用她家的电话。"

相较于其他可能发生的事情，这个微不足道的困难让这个年轻人更加迅速地清醒过来，现在的他思路清晰。

"听我说，"他说，"我们先把门锁好，然后我去穿衣服。你去帕尔弗雷夫人家给警察打电话。我估计主管的是雷德格雷夫督察，你问问他欧茨督察在不在城里。如果他在的话，替我转告他因为又发生了一件意想不到的事情，如果他能来这里一趟，我将不胜感激。如果你能确定帕尔弗雷家没人会听得到，就告诉他发生了什么事。不管怎么说，一定要让他明白他必须立刻来这里，你能做到吗？"

她点了点头，马库斯突然非常感激她那令人惊叹的迟钝。接着，她把电灯打开了。

"你这是干什么？"

"先生，如果您不介意的话，我们还是保持它原本的样子吧。走吧。"

他跟着她走出房间，重新锁好门，然后把钥匙重新插到坎皮恩的房门上。

"我现在去穿衣服，然后——"他突然把话打住，因为爱丽丝已经离开了。

就在他吃力地穿衣服的时候，他的思路突然变得清晰起来，而这种清醒往往是神经已经到达崩溃的边缘时才会出现。又发生了一起谋杀案，而凶手一直逍遥法外。在死因审讯时，他宁愿无视这至关重要的一点，但问题依然存在。如果威廉姆的品行没有污点，那么谁会有？乔治来家里讲了一个没人会相信的故事，但卡罗琳·法拉第夫人似乎对此深信不疑。乔治提出了控告，他表示自己知道是谁谋杀了安德鲁·希利。现在他死了，那有没有可能针对朱莉娅的那起动机尚不明确的谋杀也可以理解为是因为她知道了一些事情？嫌疑人的队伍越来越小了。

他发觉自己正在琢磨凯蒂的处境，然后是法拉第老夫人的处境。只有年纪大的那位才相信乔治讲的事情，但是在安德鲁被推定的遇害的时间里，她和乔伊斯正驾驶着那辆四轮马车回家，同样的理由也适用于凯蒂。尽管朱莉娅死了，但是小克利斯莫斯仍旧可以证明她从教堂出来后一直到他把车停在苏格拉底庄园，她才下车，而这期间她都没有离开过汽车。

马库斯的思绪又转到威廉姆身上。如果安德鲁确实死于格兰切斯特路的那个村民所听到那声枪响的话，"红牛酒馆"的芬奇太太已经令人满意地向大家证明了在他死亡的时候，威廉姆当时所处的位置。但是假设安德鲁当时没有死呢？那么这个令人恼火的问题又回到了原点。

现在又发生了一起谋杀案，而这一次在那个凌乱不堪的房间里发生的可怕而扭曲的事情，马库斯对该结果无法做出任何解释。他感觉有些眩晕，那是他理性的大脑对无法解释之事的一种反抗。父亲的话在他耳边响起，他心里一惊，"我一直都想知道那家人之间的仇恨究竟何时才会显露出来"。什么仇恨？谁的仇恨？这栋老宅仿佛就在他眼皮子底下坍塌。

这就是坎皮恩一直担心的事情。呃，他在什么地方？坎皮恩不像是失踪了，而是没有任何解释就离开了。他吃力地穿上大衣，往楼下走去。

他刚走进大厅就碰到了爱丽丝。一看到他，爱丽丝似乎松了一口气。

"噢，先生，"她气喘吁吁地说，"我刚回来。我刚才打了电话，雷德格雷夫督察马上就来，还有欧茨督察。还有，噢，先生，我也告诉坎皮恩先生了。"

"坎皮恩？在哪里？"马库斯惊讶地问。

"电话里，先生，他人就在警察局。帕尔弗雷夫人的女仆在大厅里，所以我不想说发生了什么事，但是当督察意识到我有所犹豫时，他就说'稍等'，然后就听到了坎皮恩先生的声音。然后，噢，先生——"她看着马库斯，棕色的眼睛里满是切切实实的困惑——"坎皮恩先生似乎在期待着什么，因为他说：'快点说，爱丽丝，这次是谁？'所以我只好说：'先生，是乔治先生。'"

"好吧，"马库斯急切地问，"坎皮恩说了什么？"

"他说'谢天谢地'，先生。"爱丽丝说。

遗赠之物

欧茨督察的红色双座小汽车及其后面的警车停在前门外的时候，马库斯还待在大厅。欧茨督察、雷德格雷夫督察和法医跟着坎皮恩匆匆走了进来。尽管他内心充满了恐惧，还有一种在劫难逃的冷冰冰的感觉，但坎皮恩的出现多少还是让他有点儿吃惊。坎皮恩身上的雨衣明显太大了，扣子一直系到喉咙的位置，很有警察的味道。他有双非常漂亮的黑眼睛，除此之外，他没戴帽子，金色的头发乱蓬蓬的。

然而从他的行为举止中多少能看出来他有些狂喜而不是绝望。他抓着马库斯的胳膊。

"还有谁知道？"他问。

"除了我和爱丽丝，没人知道。"马库斯说。

"太好了，案发地在哪里？他的房间？"

马库斯点点头，他有些不知所措，正如爱丽丝所说，坎皮恩似乎已经预料到这一可怕的进展。

他还注意到欧茨督察并没有坎皮恩身上的那种压抑的满足感。他走上前来，轻声说道："费瑟斯通先生，麻烦您带路，我们直接去房间。必须马上通知大家，但我不想让任何人感到恐慌。"

他们上楼梯的时候，马库斯看着坎皮恩，小声问道："你去哪里了？"

"打架斗殴，"坎皮恩说，"我不想让你燃起希望，但我认为我们现在已经都知道了，我以后再告诉你。"

他在最上面的一级台阶上绊了一跤，借着楼上大厅的光线，马库斯突然瞥见他的脸，这才意识到他几乎已经累瘫了。

一行人刚来到乔治房间门外，威廉姆的房门突然开了，一个面色红润、军人范儿十足的身影出现在门口。他穿了件晨衣，衣服上全是龙的图案。他先是惊讶地看了几秒钟，当他瞥见督察正把钥匙插入乔治房间的门锁上时，脸上露出满意的神色。

"你们终于知道我的建议的明智之处了，果然派人去找警察了，"他说，"是时候把那个家伙关起来了，那个醉醺醺的无赖。我的天啊！坎皮恩，你的脸怎么了？你和那个无赖打了一架？"

督察的手放在门上，犹豫不决地停下手上的动作。他并不喜欢威廉姆，不过他觉得现在也来不及解释了。

"先生，无论如何我得请您回房间待一会儿，"他一副公事公办的口吻，"稍后我还有些话要问你。"

威廉姆盯着他，出于愤怒他那张红润的脸渐渐发青。

"你知道自己现在是在我的家里对我发号施令吗？"他说，"我可不知道大清早八点钟有人会在自己的家里遭到警察的恐吓。伙计，你要尽忠职守，那才是你的猎物，就在那里面。"

他扭头回到自己房间，砰的一声把门关上了。

督察叹了口气，随后转动乔治门锁上的钥匙。他刚走进去，突然停下脚步，跟在他身后的这一小队人马拥了上来。门关好后，他这才开口。

"现场和你们发现他的时候一模一样吗？"

"一模一样，"马库斯说，"我站得比现在还远，您看——嗯，您没有闻到什么味道吗？"

"是氰化物，"站在督察右侧的小个子法医说，"味道很刺鼻，哪怕一英里外都闻得到。督察，我能帮忙的地方少之又少，需要我现在立即化验还是您想先拍照取证？"

斯坦尼斯劳斯·欧茨看着坎皮恩，说道："伙计，抓住机会．如果你是对的，现在就证明给大家看。"

坎皮恩避开散落一地的零碎，小心翼翼地走上前去。

突然一阵疯狂的敲门声阻止了他，凯蒂刺耳且急切的尖叫声穿过隔板，传到他们耳中。

"怎么回事？发生什么事了？我必须要知道。"

坎皮恩对马库斯说："你过去让她安静下来，这个家伙还躺在这里，千万别让她进来。"

马库斯别无选择只好应承下来，极不情愿地往外走去。雷德格雷夫督察把门缓缓打开让他出去。他死死扶着门，好抵挡住外面那个心烦意乱的女人突如其来的冲撞。

马库斯刚出现在走廊，凯蒂一头扑进他的怀里。她那件蓝色的羊毛晨衣一直扣到喉咙的位置。她梳头发的时候似乎受到了惊吓，因为尽管前面的鬈发去掉了定型纸，梳得整整齐齐，但是后面的头发却乱七八糟的，十分凌乱。

"马库斯，"她说，"发生什么事了？他们对乔治做了什么？"

马库斯轻柔地，不过依然用了点劲儿地领着老太太往她的房间走去，尽力平息她那凄惨的冲动。二人经过威廉姆的门口时，又看见他那张暴怒的脸。看到除了马库斯和他妹妹外，再没有其他更难对付的人出现，于是他也走出来加入他们中间。

"如果那个无赖提出任何反对的意见，"他开口说，"我很乐意出一份力。我的孩子，发生什么事了？难道那个恶棍叫不醒了？"

马库斯正在盘算该用哪种最合适的方法道出实情，毕竟消息迟早都会泄露的，与此同时法拉第夫人的房门开了，乔伊斯急匆匆地走了出来。

"出什么事了？"她追问道，"发生什么事了？姨姥姥想知道。"

他们现在全都站在楼上的大厅里，凯蒂再也无法克制自己的情绪了。

"我非要知道不可，"她说，"某些可怕的东西降临到我们头上了，我感觉得到。我警告过那个年轻人……"她又哭了起来。

"噢，凯蒂舅妈，亲爱的！"乔伊斯的声音里带着一丝恼怒，但是她还是宽慰地搂住那位老妇人，"好了，马库斯，"她问，"出什么事了？"

"乔治死了。"马库斯直截了当地说了出来，全然忘记自己原本打算温和地道出实情。

"死了？"威廉姆简直要惊掉自己的下巴，"天啊！"他花了好一会儿让自己消化掉这个消息。但在最初的震惊过后，他突然笑了。"我敢肯定是他喝多了摔一跤，"他说，"自作自受，非常好，给我们省去了无数的麻烦。"

按照他们那代人的观念，恶棍所犯下的哪怕是最无可挽回的罪孽也会被死亡所净化，于是凯蒂再度抽噎起来。马库斯转身离开的时候，

323

乔伊斯突然拽住他的胳膊。

"这是真的吗？"她追问，"他是自然而亡，还是……"

"中毒，我认为是这样，"马库斯说，他所有的谋划全都功亏一篑，"别害怕。"

姑娘松开手，整张脸都在抽搐，她哑声问道："还有，这会有什么后果？"

"呃？"威廉姆问，他脑子有些迟钝，这才反应过来马库斯最后那句话的含义，"中毒？你的意思难道是说有人给了这个家伙一剂什么东西？难道又是一个谜团？这太过分了，真该死。有人又要因此惹一身麻烦。"他突然没再继续说下去，惊讶地张大了嘴巴，"我的天啊！"他又添了一句。

凯蒂发出了一个声音，要是她有足够的勇气她一定会厉声尖叫。然而由于长期的歇斯底里总会让人筋疲力尽。这两周的时间里，她一直处于这种状态，所以她的神经已经麻木，于是她有气无力地抓着乔伊斯的胳膊虚弱地哭泣着，一缕缕灰白的头发散乱地铺在她蓝色的晨衣上。

身后的走廊上传来一阵沉重的脚步声，他们转身一看，发现雷德格雷夫督察正向他们走来。他那张棱角分明、和颜悦色的脸显得神采奕奕。他友善地说道："威廉姆·法拉第先生还有马库斯·费瑟斯通先生，二位若是能来卧室一趟，我们将万分感谢。先生们，欧茨督察有个问题想问问你们。"

马库斯看了乔伊斯一眼，面露询问之色。她点点头，说："我们没事的。"

作为安放死者的房间，已故的安德鲁的这间卧室的氛围显然绝无仅有。欧茨督察站在房间中央，低头看着法医用白色手帕包着的东西，灰白色的脸涨得通红。乔治的尸体用床单包裹着放在床上，但是卧室的气氛并不像马库斯所预料的那样压抑，那样恐怖，反而让人更加明显地感觉到今天早上早些时候坎皮恩的态度中那种显而易见的淡淡的喜悦之情，一种尘埃落定的感觉。乔治也不再是人们感兴趣的对象，尽管在这种情况下，大家本应该对他更感兴趣。

马库斯和威廉姆进来的时候，督察正在说话，他们恰好听到了他说的最后一句话。

"好吧，我们现在都知道了，"他说着，"仅仅剩下最后一点。哦，法拉第先生，你来了。"

虽然刚才遭受到不小的冲击，但威廉姆异乎寻常地打起了精神，踉踉跄跄地走进房间，目光被床上那团不成形的东西深深吸引住了。

坎皮恩无精打采地坐在房间另一头的椅子上，现在站起身。督察给他打了个手势，他才开口说话。

"威廉姆，"他太过急切，甚至忘记应该使用一个更正式的称呼，"现在我们已经只剩下这个谜团的最后一环，我们恳求您，我们这里所有的人，希望您能协助并配合我们。"

欧茨督察是不会以这种方式讲话的，但是他不得不承认这很可能会节省不少时间。威廉姆像上钩的鱼一般，热情地说："我的孩子，你当然可以信得过我，这件事很糟糕——非常糟糕的一件事。乔治就是个无赖，就应该被绞死，但是我也不愿意看到他死在我自己家里，可怜的家伙。"

"那只猫，"坎皮恩疲惫地说，"它抓伤你的时候，你当时在这里，就在你的表哥安德鲁的房间，对吧？"

威廉姆瞪着他那双小眼睛，目光闪烁，脑子里反复琢磨这个直截了当的问题可能产生的后果。然而，正如他自己所言，饱经风霜的威廉姆也是一个敢于承担风险的人。

"是的，"他说，"实话实说，我就在这里。"

"那天晚上你来这里，是用你自己门上的钥匙开门进来的，你当时没有开灯，对吗？"那个疲惫的声音继续问道。

"是的。"威廉姆谨慎地说。

"接着到底发生了什么？"坎皮恩问。

威廉姆犹豫不决，四下看了看。欧茨督察赶紧打消他的疑虑。

"您跟我们所说的一个字都不会传出这个房间。我向您保证，先生。"他说。

他之所以接受这个无与伦比的慷慨让步，是因为他认为自己才是这一恩惠的给予者，而不是警察。不幸的是，这也是威廉姆的一贯作风。

"非常合理。"他说，"好吧，坎皮恩，我的孩子，跟你说实话，那天晚上我有点慌乱，如果你还记得的话，一个人慌乱的时候，他需要喝上一杯。关于这一点，我相信我去休息之前，我跟你说过些什么吧？"

"您确实说过。"坎皮恩说，巧妙地不去提醒他必须准确无误地回忆起自己说过的话。

"很好。"威廉姆说，然后停顿了一下，考虑如何更好地把自己的故事中最精妙的那部分讲清楚，"我换好睡衣后，"他终于开口道，"觉得自己临睡前必须再喝一杯。我知道楼下的醒酒器是空的，而且我也不想跌跌撞撞乱跑把全家人都吵醒，你应该知道的。然后我突然想起了我的表哥，老安德鲁，咱们私底下说过，他就是个酒鬼。那边那个地方有一大堆厚厚的书。"他朝自己对面书架的方向挥了挥手，"它们是从美国带回来的，用来藏匿香烟啦，瓶瓶罐罐啦，还有些其他小玩意儿。"

他满意地停顿了一下，其他人全都屏息凝神地听他说话。

"在这些书里有一本，"他接着说，"我想应该是那边那个棕色封皮的大书里，安德鲁以前常用它存放少量的白兰地。你能懂我的意思吧，那本书里面有个类似匣子的东西。好吧，我突然想到老安德鲁很可能在那个瓶子里还剩了点酒，再说他以后再也不需要它了，这个可怜的家伙，于是我想我应该进来把它拿走。我门上的钥匙也能打开这扇门，所以我就悄悄地溜了进来。我知道花园里有警察执勤，我并不想惊动他们，所以我也没有开灯。窗帘是拉着的，但是你永远也猜不到窗帘上的缝隙会在什么时候出现。"

他挑衅地看了他们一眼，警惕他们是否会露出一丝微笑，但他们几乎把全部的精力都放在他的故事上了。

"你是摸黑进来的，然后，你去书架那边了吗？"坎皮恩问。

"是的，"威廉姆承认道，"我以为我能在黑暗中找到它，你看，我知道它在什么位置，于是我就悄悄地穿过房间，就像这样。"

他模仿之前的过程，轻手轻脚地朝书架走去。在离书架还有几英尺的地方他停下脚步，转身看着他们。

"当然我并不知道发生了什么，"他说，"这就是问题所在。正如我对坎皮恩所说，就我这一生而言，我总是无法想象发生了什么事情。我以为这个房间空无一人，但是我刚伸出手，就有什么东西把我抓住了。一段最不可思议的经历，我孤身一人，就在这里，就在黑暗之中，我承认我退缩了。我记得我把门关了，随手把门锁好，想着要把那个囚犯抓住，你能明白吧？接着就是碘酒那件事。隔天早上我发现房间里空无一人，所以我就理所当然地认为这里有一只猫。"他结束得毫无说服力可言，然后又唐突地加了一句，"我不相信怪力乱神之说。"

"先生，您这次去找威士忌了吗？"欧茨督察问。

"没有，"威廉姆说，"我这次的经历让我对它再也提不起兴趣了，你能明白吧？事实上，它指的是白兰地，我估计它应该还在这里吧。"

他弯腰从最下面的那层书架上最靠边的地方取下来一本非常厚的书，书名是《德·昆西散文集》，可以看到作者的姓名刚好就在书架荷叶饰边的下面。就在他那胖乎乎的手指差点碰到那本书的时候，坎皮恩伸出他的细胳膊，一把抓住老人的手腕，让它悬在半空。

"斯坦尼斯劳斯，你要的东西在这儿。"他说。

威廉姆又气又恼，惊讶得说不出话来。让他大为震惊的是，坎皮恩抓住书架皮质饰边斜着撕开，因为这个东西已经很陈旧了，很容易就被撕破了。两位督察急不可耐地走上前弯腰察看，几个围观的人不由得低声惊呼。坎皮恩带着无可非议的自豪感向大家展示了他的发现。

"很简单，对吧？"他说，"几乎有些幼稚，但恰恰非常有效。"

小小的刀片被牢牢地插进上一层书架的木头里，刀刃朝下夕凸，锋利无比，直到现在还藏在书架皮边的后面。圈套被如此布置，任何伸手去取书的人手腕背面都会被刀子划伤。

"当心，"法医弯腰用手摸它的时候，坎皮恩厉声喝道，"先生，如果你把它带到实验室，"他接着说，"我认为你会在它上面发现某种碱性毒药残留。法拉第先生被期望重返这里拿酒的时间比他实际来的时间更早一些，在这种情况下，空气并不会有这么长的时间减弱孢杆菌或不管什么东西的效力。"

"啊？"威廉姆说，"有人给我设了个圈套？天啊，这可能会要了我的命！"

"先生，毫无疑问，就是这个目的。"

一直注视着整个事件的马库斯仿佛深陷噩梦，现在的他如梦初醒，感觉自己的眼睛缓缓张开，然后他声音嘶哑地问道："凶手死了？"

"是乔治！"威廉姆舅舅得意地说。

坎皮恩异样地看着他，说："不是，是安德鲁。安德鲁死了，然后给我们留下了一笔遗赠。"

听　众

　　法拉第夫人戴着一顶上好的布鲁塞尔系带睡帽，身穿玫瑰色采棉丝质上衣，周围放着枕头，半坐在她那张巨大的路易十五式的大床上，很可能她就是这张床最初的主人。像往常一样，她腰板挺得直直旳，双手交叉放在被罩上。

　　坎皮恩面对她站在床尾。他已经尽力补救自己的外表，但他看上去仍然疲惫不堪，乌青的眼眶当然也一目了然。

　　"安德鲁，"法拉第夫人说，"真让人意外，不过也在情理之中。年轻人，坐下来把事情的原委说给我听听。"

　　坎皮恩从房间的另一头搬来一把镀金小椅子放好，这样就算隔着那一大片绣花床罩他坐着也能看到这位老夫人。法拉第夫人招手示意他坐近一点儿。

"请坐在我的左边吧,"她说,"虽然我从不肯承认,但我的右耳稍微有些耳背。"

坎皮恩对她言听计从,按照她的要求刚坐好,老夫人又打开了话匣子。

"我也许比你更能理解这件事,"她说,"安德鲁是一个非常特别的人。当然,他疯了,一种非常奇怪而可怕的疯癫。我不喜欢时新的心理学家,所以我无法告诉你以前那些病的新名字,但是你只要看看安德鲁的卧室就能知道他不正常,不管自己会多么地痛苦,哪怕只能让别人吃一丁点儿苦头,他都会为此不惜一切代价。不过并不应该由我来告诉你这些,让我听听整件事情的来龙去脉,就从你最开始想到会是这样的解释说起吧。"

坎皮恩几乎已经筋疲力尽,但仍然强撑着把自己的思绪整理清楚,完全按照她的吩咐,尽可能用最简洁的语言说给她听。

"您当初把切弗鲁斯小姐的那封信给我看的时候,我就有这个想法了。在此之前,我一直都有些不知所措。一些非常明显的理由呼之欲出,但我就是看不出来。督察那种直截了当且有条不紊的调查程序让我觉得有些无地自容。不论多么缓慢,他毕竟有些进展,而我却一直原地打转。

"然后我读了那封信。在我看来，这是一种非常辛辣的讽刺。应该就是安德鲁的尸体漂浮在格兰塔河里的时候，那位女士写信给他，实际上是接受了他的结婚请求，她立马就回信了，因此他一定是在被杀那天写信给她的。然后就是赛马经纪人的支票，以及安德鲁被不合常理地被抛尸河中。坦白说，我对它们产生了怀疑。"

法拉第夫人点点头。"我理解，"她说，"继续说吧。"

"然后我想到，"年轻人不紧不慢地说，"所有这些试图证明安德鲁是被人谋杀的证据都显得矫揉造作，耸人听闻——写了一半的信，用来捆绑尸体的窗绳轻易就可以被辨认出来，仿佛命运突然变得十分戏剧化。"

"确实如此。"法拉第夫人说。

坎皮恩继续说道："一旦得出这个结论，理所当然地就会怀疑人的命运。由于唯一能够制造这些证据的人就只有安德鲁，所以我开始对他产生了怀疑。"他稍做停顿，面色凝重地看着老夫人。

"刚开始我无法想象一个下定决心自杀的人会花时间和精力为还健在的亲人们准备死亡陷井；我也无法想象一个人会写一整本书，其目的只是为了惹恼那些和自己住在一起的人们。我觉得他也许有这个心思，然而写一本书是件漫长而枯燥的工作，能完成这一工作的人显然不是普通人。"

一提到安德鲁的书，法拉第夫人眼中闪过一抹寒意。

"安德鲁是个可憎的家伙，"她说，"我认为他甚至比乔治还要可憎，但是安德鲁更有脑子一些，是个更出色的伪君子，而非彻头彻尾的衣冠禽兽。"

"然后是朱莉娅，"坎皮恩谦卑地说，"您说服我相信她并非自杀，然后我和乔伊斯发现了那个特效药，如此一来作案手法就非常明显了。这些胶囊被分别排列在锯齿形的纸包里，这样凶手就能够确保他可以在自己所愿意选择的任何一天加害受害人，因为朱莉娅每天只服用一粒胶囊，所以他只需要数好天数，然后用有毒的化合物替换其中的一粒胶囊就可以了。"

"乔伊斯之前跟我说过安德鲁喜欢窥探别人的隐私，这让我突然意识到朱莉娅的这种癖好恰好就是那种可能会被他偶尔发现的秘密。他很可能已经知道凯蒂每天早上都会喝茶，而这对他来说显然是个千载难逢的好机会，既可以杀死他深恶痛绝的朱莉娅，还可以让倒霉的凯蒂受到怀疑，令她百口莫辩。"他停下来喘了口气，"推测出这一点后，我感到有些无助。我觉得您，至少短时间内，应该离开这个宅子，恐怕警方现在也会坚持如此。您看，如果我是对的，根本无法弄清楚这些死亡陷阱会在何处终结。当然，在我有把握之前我不会提出任何指控，而且关于这一点，我还没有掌握任何证据。

"接着是威廉姆的手，您已经听到这件事是如何发生的。但是威廉姆觉得某个人或是什么东西刺伤了他，而这完全推翻了我的猜测。直到昨天乔治来了，声称他亲眼看见了安德鲁之死，我这才意识到自己终于有机会证明我的推测。"

老夫人黑色的小眼睛盯着年轻人的脸。自己讲述的这个如此匪夷所思的故事竟被她平静地接受了，这实在令他惊叹不已。

"乔治提到了第二个证人，"坎皮恩缓缓说道，"这给了我最大的希望。当那个标记出现在图书馆的窗户上时，我猜测宅子之外的某个人，很可能是个流浪汉，试图和某个他相信就在这栋房子里的人交流。威廉姆说过安德鲁死亡的当天，他看到乔治和一个流浪汉在一起。那时候我并没有太留意这件事，因为……"

老夫人冷笑道："因为可怜的威廉姆很容易把任何穿着不得体的人都描述为流浪汉。好了，我明白了，继续说吧。"

"嗯，"坎皮恩说，"昨晚的事情显然说明这个神秘人并没有联系上乔治，因为过去这几天乔治一直东躲西藏。还有一点很明显，这个流浪汉就在这栋房子附近，所以我把希望寄托在这样一种假设之上——这个流浪汉一直在监视着这栋房子，看到乔治来了之后，他试图晚上和他取得联系。尽管机会渺茫，但我熬夜等待着他，然后他来了，之

335

后我就私下和他谈了谈。"

"我明白了，"老夫人说，凌厉地瞥了一眼坎皮恩受伤的眼睛，"我真的非常感谢你。"

"我认为这是我的荣幸。"坎皮恩礼貌地说，象牙色的脸上露出一丝微笑，黑色的眼睛目光闪烁。

"你比你们家族里的人更聪明，"法拉第夫人说，"而且你也极大地继承了他们的魅力，这很不公平。这个人很难对付吗？"

"我更难对付一些，"坎皮恩谦逊地说，"我用了些难登大雅之堂的手段，这里我就不具体描述了。我劝他把自己更确切的亲身经历告诉我——一个匪夷所思的离奇故事。这个男人——他叫贝弗里奇，典型的济贫院式幽默——对我说他好像是在安德鲁死前的那个周六和乔治一起来剑桥的。贝弗里奇认识乔治有一段时间了，似乎对他佩服得五体投地。"

"乔治身上有种浮华的气质，"法拉第夫人意外地说道，"我能明白他也算是鹤立鸡群。"

"周日早上，"坎皮恩继续说道，"家里人在开车去教堂的路上看见了这两个人晃晃悠悠地走在特兰平顿大街上。据贝弗里奇说，这都是乔治的主意，他就是想惹恼威廉姆和安德鲁——特别是威廉姆，乔治似乎非常讨厌他。可是后来，大概十一点左右酒吧开始营业，乔治和贝弗里奇开开心心地喝了一通，但他们并没有喝醉。不管怎么说，照贝弗里奇的说法——这听起来很可信——他们看到威廉姆和安德鲁两个人走在特兰平顿大街上，正准备过马路和他们搭讪，突然看到这两个亲戚拐进了一条新路。贝弗里奇和乔治谨慎地在不远处跟着他们，看到那两人停下来争执了一会儿，然后威廉姆独自一人扭头往回走，事实上他们还和他说话了。但是威廉姆当时肯定正好犯病了，他茫然地看着他们，然后神情恍惚地走了。据贝弗里奇所说，乔治当时吓了一跳，然后他们继续跟着安德鲁，很可能是想从他身上捞点钱。

"二人走到草甸的时候，薄雾中他们离安德鲁大概有五十码远，然后安德鲁的举止开始变得怪异，乔治猜测他在酝酿着什么事，于是他小心翼翼地跟踪他，而不是试图追上他。贝弗里奇的描述不是很清楚，但显然可以肯定的是安德鲁从步行桥走过去之后突然消失了。他们看得不是特别清楚，很自然地，两个人急忙去找他，发现他突然又出现了，一只手拿着一卷绳子，另一只手也拿了些什么，不过他们没有看清。事发突然，他们只来得及躲在岸边的一大丛杞柳后面。贝弗里奇发誓说直到安德鲁的圆顶呢帽掠过薄雾，几乎就落在他们脚边之后，他们这才完全弄明白发生了什么事。

"接下来他们依稀看到安德鲁模模糊糊的身影站在河流上方的护栏上，然后弯下腰。贝弗里奇说虽然现在他知道安德鲁当时是把自己的双脚绑了起来，不过他之前以为他是在系鞋带。然后照贝弗里奇的描述，他从侧面衣兜里掏出一把枪。在他们完全弄明白自己目睹的正是一个人的自杀现场时，只听见一声巨响，然后安德鲁一头栽进河里，激起的水花甚至都溅到了他们身上。"

法拉第夫人一直仔细听着他的讲述，现在她抬起头说道："但我知道安德鲁的双手也被绑了起来。"

坎皮恩点点头。"这也正是他的高明之处。它们是被缠住的，也就是说，是用一条绳子分别缠住两个手腕。要是尸体能早点被发现就好了，我们会很奇怪它们竟然没有被绑在一起，但是在水中泡了这么久之后，正如安德鲁所希望的那样，我们似乎很自然地认为绳子是在他死后相当长的一段时间里断掉的。"

"非常精巧，同时也是某种典型的疯癫。我认为安德鲁是个很有心机的人，但他并不聪明。他这一生，错误地把天赋中的机灵当作机智，从而毁掉了自己的机遇。他在一场阴谋中血本无归，而这个阴谋看似精巧，但永远也无法骗过一个真正机智的投资者。"老夫人自顾自地说着，"他一直都是个奇奇怪怪，尖酸刻薄的人。年纪越大，人也变得越发仇恨女性。终于，他被时下那种似是而非的心理学家所吸引，他们的解释对他很有诱惑力。大约一年前，由于他犯下不可原谅的过错，我剥夺了他的继承权。我当时还担心这可能会迫使他想要自杀，而现

338

在我认为他是失去了生活下去的目标。他那种暴力的反社会型嗜好，再加上邪恶的心机，很可能驱使他仔细琢磨这些骇人听闻的罪行，如果他还有活下去的目标，他是没有勇气做这些坏事的。"

"但是，"坎皮恩无法抑制那个从一开始就让自己百思不得其解的问题，"犯下这种罪行的满足感在哪里？我们都清楚，是他留下的这些陷阱，但如果他死了，即使这些陷阱成功了，他又会从中得到什么乐趣呢？"

法拉第夫人噘起嘴，不赞同地说："这恰恰解释了某种心态，而作为一个思想健全的人是很难理解这种心态的。然而，你必须柜信我，安德鲁有一个非同一般的缺点——他在智力上毫无远见，所以他只能看到他所谋之事最直接的影响，却根本没有能力预见自己的行为所产生的最普通的结果。我认为他的癫狂极大程度上归咎于这种特殊的盲点。"

"但他计划的这些谋杀案是如此巧妙绝伦。"坎皮恩反驳道。

"没错，但是如果你细想他全盘的谋划，整个计划非常粗糙，充满不确定性。他着手设计一个巨大的阴谋，一个会给全家带来死亡和灾难的阴谋。在一定程度上他成功了，但冷静地想一想——恐怕我会这样做的。他用自己的死嫁祸于威廉姆，朱莉娅的死是为了栽赃凯蒂。简直可笑至极！为什么威廉姆和凯蒂要在几天之内决定这几起彼此之间毫无关联的谋杀？单独看安德鲁的每一个邪恶而巧妙的设计或许会成功，可一旦综合来看，它们彼此之间相互削弱。然后就是针对威廉姆的那个简单的死亡陷阱。安德鲁似乎还没有下定决心希望威廉姆被绞死还是被毒死。他所有的心思意念都被自己罪行的精巧设计所占据，这也就是为什么他仅仅是在初始阶段成功了，遗憾的是初始阶段是不可逆转的。因此，"她温和地娓娓道来，仿佛坎皮恩是个孩子一般，"我认为这是最重要的一点，在谋划犯罪计划时，安德鲁有一种感觉，他知道整栋宅子和里面的每一个人都在他的掌控之下，而一旦实施了这些罪行，他自己也可能会自食其果，害人害己。"

她停顿了一下，目光敏锐地看着他。

"是的，我明白，"坎皮恩说，"但是，整件事几乎在一开始就会一败涂地。您看，他最重要的精巧设计失败了，就是关于那把枪的设计。"

"当然，"法拉第夫人说，"你说了半截被我打断了，你刚才说到安德鲁的尸体恰好掉进水里。"

"是的。"坎皮恩说，努力回想之前发生的那些更加具体的实际情况，它们很容易让这位直挺挺地坐在枕头中间的非凡的老夫人理解这把枪的设计，"贝弗里奇说他和乔治急忙往桥那边冲去，他们俯身从护栏处看去，发现安德鲁的尸体正沿着河流慢慢往下游漂去。二人认为这只是一起普通的自杀，正当他们争论该如何是好时，因为桥面很狭窄，乔治注意到桥对面的护栏下面有什么东西。他把它捡了起来，惊讶地发现那是一把沉甸甸的军用左轮手枪，一根结实的绳子穿过枪托上的绳环打了个结。他从河里拉出一截大约十二英尺长的绳子，绳子的另一端系着一个从落地摆钟上拿下来的长长的圆柱体重物。"

"桥的对面？"老夫人问道。

"是的，"坎皮恩说，"就正对着安德鲁所站的护栏桥的位置。要知道，安德鲁把钟锤挂在桥上，他开枪后，手部肌肉松弛，枪猛然从他手中脱离，然后越过桥，从另一边落入河中。这样一来就不会有任何机会同时发现枪和尸体，自然也不会露出马脚了。"

"但那把手枪还是被发现了，"老夫人问道，"它是怎么被发现的？"

"贝弗里奇说绳子被卡在两块石头之间，"坎皮恩解释道，"乔治似乎一眼就看清了整个局势。贝弗里奇说，他认为一旦知道了这样一个秘密，那就有了赚钱的可能。当然，他不敢冒险把枪拿走，但如果枪还留在原处，安德鲁的死就没有秘密可言了。乔治当时喝得有点多，再加上行事莽撞似乎一直都是他的特点。他捡起枪和钟锤，用绳子把它们像孩子用的跳绳那样缠起来——所以贝弗里奇说：'总是让事情变得更麻烦！'然后他把这捆东西在头顶上晃悠了几下，用力一掷，尽可能远地扔到河对面的树林中。这个投掷物本来就非常沉，所以并没有扔得太远，但是绳子在半空中松开了，然后整个东西卡在距离河岸大约有五六码远的榆树上的枝枝杈杈之间。因为钟锤更重一些，所以把枪拖到一个分叉的树枝上，和木头一样黑乎乎的枪就卡在那个地方，而系在绳子上的钟锤则挂在浓密的常春藤里，这些常春藤正好把树干遮住了。然后我和您的司机，还有贝弗里奇今天早上五点钟才出去找到它。难怪警察没有发现它，即使我们知道它在什么地方，还花了半个小时才找到。"

"非常聪明，"法拉第夫人说，"我是说安德鲁。那个钟锤是在他失踪前那个周六下午掉下来的，他肯定立刻就把它拿走了。我记得那天晚上他很晚还出去了一趟。"她沉默了一会儿，凝视着前方，眯起眼睛，双手交叉平静地放在被罩上，"我猜你一定想知道为什么我剥夺了安德鲁的继承权，但还是让他住在家里？"她突然问道，"但我认为自己理由充分。我已经有了乔治这么个讨人厌的亲戚，随时会从我这里勒索些小钱，我不希望把安德鲁也变成这种亲戚。你要明白，虽然他并没有任何东西可以威胁到我，但我还是希望免去这些令人不悦的场景出现的可能。"她严肃地看着坎皮恩，又补充道，"你或许已经意识到我对自己屋檐下的每一个人都有一定的威信，但我对安德鲁的看法有误，我早该意识到他已经疯了。"

她不安地在她那些绣花枕头里动了一下。

"跟我说说，"她悲伤地低语道，"那些追根究底的警察们彻底搜查这栋宅子之时，我真的有必要离开这里吗？我知道的，可怜的休·费瑟斯通会赏光邀请我去他们家，但是我已经上了年纪了，不想离开我漂亮的卧室，每当我看到它，它都会让我有种安宁的感觉。"

坎皮恩环视这间仍旧辉煌的房间，的确是间极好的卧房。

"我很抱歉，"他遗憾地说，"但彻底的搜查非做不可。像这种情况，您永远也搞不清楚，想想倒霉的乔治，那纯粹是个意外。"

"是的，"法拉第夫人说，面色突然变得凝重起来，"他是氰化物中毒而亡的，对吗？这一定又是安德鲁肆无忌惮的恶意。"

"这也十分巧妙，我们起初也很吃惊，您知道的，氰化物有种非常特殊的气味。按照一般的理解，没有一个神志清醒的人会把它误放到嘴里。氰化物，或者说氢氰酸，是最为致命的毒药之一，我相信它产生的烟雾甚至也会置人于死地。然而不幸的是，在乔治的案子里.原因显而易见。安德鲁的桌子上放着一个烟斗架，我和乔伊斯之前搜查那个房间的时候，我就注意到它了。它上面放着五个脏得已经发黑的烟斗，还有一个全新的烟头，这对任何人都是一种诱惑。我不知道是否有人注意到，"他补充说，"人们拿起烟斗总会用力空吸一下以确保烟斗柄里面畅通，这是某种不自觉的举动。"

"我注意到过，"老夫人说，"一种非常令人反感的习惯。任何形式的烟草我都不喜欢，特别是放在烟斗里。"

"好吧，"坎皮恩抱歉地说，"实际上烟斗是唯一一种人们会直接放进嘴里的东西。安德鲁烟斗架上的这个新烟斗的硬橡胶烟嘴还没拧紧，烟斗柄木头的部分装着细微的氰化物粉末。督察认为安德鲁很可能在烟嘴里放了一块容易去除的绒毛或羊毛，那么人们自然会用手指把它挑出来。这种阻碍物足以使氰化物的气味留在烟斗中，烟斗斗钵里那些烧焦的烟丝也是同样的目的。把羊毛或者其他什么东西弄出来后，再把烟灰磕出来，自然而然就会把烟斗放进嘴里，用力吸一口。乔治肯定一下子就落入这个陷阱之中。我不知道安德鲁是为谁设计的这个陷阱，但我猜他一旦有了这个想法——另一个巧妙的设计——他当然忍不住想要尝试一下。尽管他似乎并不喜欢任何人，但据我们目前所知，他并没有试图伤害您或是乔伊斯，这无疑值得称赞。”

“给我们留下这么个烂摊子，还有什么比这更能伤害我们的呢？”法拉第夫人挖苦，“安德鲁并不聪明，但他有敏锐的洞察力。如果马库斯出生在我们那个年代——尽管他是个招人喜欢的小伙子——要和卷入这样一桩公开丑闻中的姑娘结婚，不论她是多么无辜，他可能也会三思而后行。但时过境迁，我认为安德鲁并没有意识到这点。”

她沉默了一会儿，坎皮恩以为他的听众或许要结束此次谈话了，但他不久便发现她正若有所思地看着他。

“坎皮恩，”她说，“我已经慢慢习惯这个名字了，我很喜欢它——我说过的，乔治一直在勒索我。我思考再三，不希望你相信这个家里

344

有什么事情让我觉得羞愧难当，我应该跟你说说乔治这个人。"

"乔治，"卡罗琳姨姥姥说，"他是我丈夫的弟弟约瑟夫的儿子。"她那双黑色的小眼睛变得冷酷起来，"一个卑鄙的人，是他们家族的耻辱。这个人很多年以前被遣送到殖民地，后来带着一笔钱和一位妻子回来了。他们住在纽马克特郡，你知道的，离我们不远。这个女人的长相有些奇怪，具有非常明显的特征，不过那时候我们都选择视而不见。他们有一个孩子，是个女孩。那个孩子刚一出生，关于她母亲的各种铺天盖地的流言就毫无疑问地被证实了。通过某种可怕的遗传学阴谋，这个女人血液中的污点终于暴露了，那个孩子是个黑人。"

坎皮恩想象着六十年前社会上那场痛苦的骚动。

法拉第夫人身体一僵，"当然，他们离开了，然后这件不光彩的事情也就被隐瞒了下来。尽管第一个孩子死了，但让我和我丈夫恐惧不已的是，这两个恶劣的家伙竟然又有了第二个孩子，那个孩子就是乔治。你可能会认为，"她停顿了一下，继续说道，"我对这件事念念不忘，而且感触良多，是很愚蠢的。但乔治有着我们的姓氏，不断坑威胁要暴露他混血儿的血统，因为他对此一点儿也不觉得差耻。我承认我们这一脉没有任何污点，但是人们都居心叵测，在梳理亲缘关系时粗心大意，而且——黑人血统！这简直难以想象！"

当她挺直腰板，高高的蕾丝系带睡帽增添了她尊贵的气质，坎皮恩突然明白了对她而言比谋杀更可怕的事情是什么。他不发一言，感到十分荣幸能知道她的秘密。

不久她接着说道："这就是我为什么担心可怜的乔伊斯对乔治的态度可能让人感觉十分奇怪。要知道，她知道这个故事。考虑到她目前是家里面最聪明的人了，我就把整件事解释给她听了，免得万一我死了，这件事对她会是个打击。好了，年轻人，你了解到了全部的理由。"

坎皮恩犹豫不决。还有一点一直困扰着他。

"法拉第夫人，"他说，"一周之前您跟我说您很确定威廉姆是无辜的，但那时候您不可能知道芬奇太太这个人的存在。请原谅我，但您是如何确定这一点的？"

他担惊受怕了好一会儿，唯恐自己冒犯了她，但是她抬起头，嘴角上扬，似笑非笑地看着他。

"年轻人，既然你自己已经得出了这么多的推论，"她说，"我的推理应该也会吸引你的注意，尽管它十分简单。你也许注意到了挂在楼下大厅的那顶帽沿外翻的旧巴拿马草帽。那顶帽子本来属于安德鲁，既然你比较了解威廉姆这个人，也就不会感到震惊，这顶帽子会成为他和安德鲁争执的焦点有多么地荒唐。小人无大志，锱铢必较。我得知安德鲁因为看见威廉姆戴着那顶旧帽子在花园里闲逛而一整天都在生闷气，而只要威廉姆能拿到那顶帽子，他就坚持戴着它，仅仅是因为他喜欢唱反调。安德鲁不喜欢有人戴着那顶巴拿马草帽出现在花园里，所以威廉姆去花园的时候就总要戴着它。现在，安德鲁失踪了，在他失踪的十天里，威廉姆每天去花园都会戴着这顶帽子。从我卧室的窗户可以看到他在花坛周围溜达，他们告诉我他还搞了很多破坏。但是当安德鲁的尸体被发现后，虽然我有好几次都看见他出现在花园里，但是他再也没有戴过那顶巴拿马草帽，而是戴着他自己的那顶灰色的软毡帽，我这辈子从未见过他在花园里戴这种东西。我明白他对那顶巴拿马草帽的反感。我们所有人都有一种基本的倾向，让我们多少有些害怕穿去世之人的衣物。所以你看，我也就明白了安德鲁的死对威廉姆来说是个意外。"

坎皮恩钦佩地看着她，说："我认为您是我所见过的最聪明的女性。"

老夫人朝他伸出手。"你是个很不错的小伙子，"她说，"我这会儿还不想让你离开我。在休·费瑟斯通宅子里那间简陋的大房间里，我应该会非常不适应。你并不认识他的太太吧？一个固执的学究。我一直觉得她家的床也许都是硬邦邦的。然后还有那群记者，以及关于乔治的死因审理。"

她亲切地提出这个请求，带有一种难以形容的女性气质。

"我会留下的，"他说，"您可以把这一切都交给我处理。"她靠在枕头中间，虚弱地叹了口气。坎皮恩以为这次的会面已经结束了，便起身朝门口走去。法拉第夫人好听而清冽的嗓音从金粉色的大床那边传来。

"遗传是一个非常奇怪的东西，"这个声音说，"我一直都认为我比亲爱的艾米丽，你的祖母更像一个智者。"

薄　礼

　　两个多星期后的下午六点钟，当全家人再次回到被彻底搜查过后的苏格拉底庄园时，坎皮恩朝他那辆宾利车走去，再次出发前往伦敦。他打算让督察搭他的便车，所以已经安排好去城里接他。案件结束后，斯坦尼斯劳斯·欧茨重返剑桥并在那里待了几天。

　　此时的坎皮恩孤身一人，他已经跟大家道过别了。法拉笋夫人最后一次接见了他。他也去拜访过赫尔德小姐，而且还得到了乔伊斯和马库斯的祝福。小克利斯莫斯把宾利车停到前门附近，满怀敬畏地呵护着这辆旧车，不过这种反应也很正常，因为它要比法拉第家的戴姆勒车要新一些，至少有六年之久。

坎皮恩刚要坐上他的战车，一个面色红润，额前垂着白色短发的人从昏暗的门厅向外张望，随后威廉姆快步走下楼梯，朝他走了过来。

"我的孩子，噢，我的孩子！"他说，"我以为会错过和你道别，你知道的，我仅仅是想和你说句话而已。一来我要告诉你我是多么地感激你。我们法拉第家的人通常不太懂得心怀感恩，但我会的。你把我们从混乱中解救了出来。我并不介意承认这一点，但也只能言尽于此。"

"您客气了。"坎皮恩说，对于这种完全出乎意料的敬意，他感到尴尬不已。

威廉姆摇了摇头。"你骗不了我的，事情一度看起来很糟糕，哎呀，我差点被人谋杀了！任何人都无法对这样的事情置之不理。"他脸上露出淡淡的微笑，"事实上，我一直都是对的。我认为我应该提醒你一下，你还记得我第一次见到你的时候，当时我们就坐在马库斯的书房里，我对你说了什么？顺便说一句，那个该死的房子太令人不舒服了。我当时说：'安德鲁人躺在太平间里，丢下这么个烂摊子'。他的确如此，我完全正确。好啦，再见啦，我的孩子。我很感激你。任何时候你想度过一个安静的周末，别忘了我们。"

坎皮恩用值得嘉许的意志力才压抑住自己想狂笑的冲动。"谢谢您，"他严肃地说，"再见，先生。"

威廉姆用力地和他握了握手。"我的孩子，没必要称呼我为'先生'，你之前叫我'威廉姆舅舅'，我很喜欢你这么叫我，很高兴你能来我家里。"他犹豫了一下，显然还有什么心事。这一刻终于还是来临了。"我想送你个小礼物，"他尴尬地说，"它不——不怎么值钱，但我听马库斯之前说你收藏了不少古玩珍品。我这里有个小玩意儿，是我多年前旅行的时候带回来的。如果你能收下它，我会感到十分荣幸。"

坎皮恩之前遇到过感激不尽的委托人以及他们拿着的礼物，所以他能感觉到这种强烈的担忧之情。不过他很喜欢威廉姆，因此采取了一种合适的表情表达自己谦逊的热情。

"它就在这里，"他说，"过来看看吧。"

他的兴奋劲儿有些可怜，于是坎皮恩从车里下来，衷心希望督察能给他几分钟的宽限。他跟着威廉姆上楼来到门厅。

门厅里的木椅上放着一个大玻璃罩，里面那个令人不舒服的海螺壳和干海藻基座上面放着一个常见的"美人鱼骷髅"。那是不择手段的渔民们用猴子的颅骨、躯干以及热带鱼的骨头组合成的。这个古老的冒牌货现在正被威廉姆骄傲地介绍着。

"这是我从塞德港一个家伙手里买的，"他说，"当时我就觉得这个东西非比寻常，现在依然如此。你会收下吗？我已经把它保存了三十年之久了，再也没有其他更有意思的东西了。"

坎皮恩似乎被说服了。"您真是太好了。"他提心吊胆地开口说道。

"那就收下它吧，我的孩子。"威廉姆开心得像个孩子。"我把我所有的东西放在床上，"他神秘兮兮地说，"然后看着它们，选择了这个。我自己都不喜欢的东西可不能送给你。"

坎皮恩欣然接受了这个礼物。他和威廉姆把这个笨重的纪念品搬到宾利车的后座上，然后二人再次握了握手。

坎皮恩刚发动引擎，威廉姆想起他的另一项任务。

"喂，等一下，"他说，"我差点忘了，母亲让我把这个给你，你回家后才能打开它。我想她是把你当小孩子了，不过我们必须要迁就她。给你。"

他把一个包裹塞到年轻人手里，接着往后退了几步。

"等你来参加这对年轻人的婚礼时，我们那时再见，"他大喊道，"婚礼是在今年夏天，希望到时候能给你读读我回忆录的第一章，你知道吧，我正在写着呢。是报社的那个人给我出的这个主意，他只是想让我写给他们报社——现在正在弄这件事。当时因为他的无礼，我并没有向他道谢，但后来我突然觉得近期出版一本精装书或许可以恢复我们所有人的声誉。这也能给我找点儿事情做做，现在凯蒂住在疗养院，也没什么人可以和我聊聊。不过，这也无妨，我得照顾好自己。你知道的，我还在接受治疗。"他那双蓝色的小眼睛目光闪烁，"不管他说什么，我坚持要在临睡前喝上一杯。再见啦，我的孩子，有什么需要我帮忙的地方，一定要告诉我啊。"

"再见！"坎皮恩说完，松开离合器，缓缓驶出大门。这座古老的府邸在夕阳的余晖下看起来风平浪静，不谙世故。威廉姆站在台阶上，挥动着他的手帕。

斯坦尼斯劳斯·欧茨因为他的迟到气得火冒三丈，但一看到"美人鱼"，他的心情又变得好得不得了，坎皮恩甚至觉得迟到也变得理所当然。

"如果有总侦缉督察坐在前排，超速驾驶的惩罚是什么呀？"他问道，两人此时正行驶在通往毕晓普斯托福德和伦敦的公路上。

"死刑，"督察严肃地说，"与其他任何乘客无异。别紧张，我想舒舒服服地靠一会儿，再次感受下与世无争的感觉。"

"我不知道你有什么好埋怨的，"坎皮恩说，"你已经全身而退了，我的教子也能在热情洋溢的报纸上读到他父亲的事迹。顺便提一下，新闻媒体一直都长盛不衰。我说，斯坦尼斯劳斯，你有没有想过你的预感相当正确？如果你我二人没有选择那个星期四在墓园见面的话，你当初应该会和乔治堂弟谈一谈，他会尽力让你接受自己在这桩神秘故事中的第一权利，那么你不费吹灰之力就能从他那里知道一切，安德鲁的死亡之谜在他的尸体被发现的当天也就解开了。"

斯坦尼斯劳斯一脸严肃地仔细琢磨他所说的话。"很有可能，"他终于承认道，"当然，尽管在死因裁判法庭上贝弗里奇那个老无赖的故事被顺利地采信了，但你不能过于相信它。如果贝弗里奇所说的有一半是真的，乔治那家伙也算是有些胆量。设想一下他把枪藏了起来，而且特别挑选了我——很可能是因为我刚被提拔——告诉了我他那个烂故事。我猜他以为我们能达成某种协议，我得到荣誉，他拿到现金。"

"爱耍小聪明这一点似乎蔓延到了整个家族，"坎皮恩说道，"贝弗里奇也是个有趣的人，我认为他对乔治强烈的崇拜感或许是他这个人最特别的地方。"

"噢，我不知道，"督察说，"那种显眼的类型的确十分吸引思想简单的人。真正让我感到特别的是那个老家伙居然有胆量偷死人的帽子。我知道他把内衬扯了下来——我也知道他毁掉了它。但试想一下，一个人自杀了，亲眼看着你的朋友毁灭证据，尽可能让它看上去更像是桩谋杀案，然后戴着死者的圆礼帽大摇大摆地走了，仅仅在中途停下来把自己的旧帽子埋在距离路边几百码的一堆树叶下面！"

"我能理解这些事是贝弗里奇做的，"坎皮恩说，"而不是乔治指使的，因为我估计他那时应该已经喝醉了。"

"肯定是。"督察咕哝道，"看看他把枪扔到的地方。鲍迪奇老弟要是听到它一直都在那个地方，肯定会大发雷霆的。这样一来，他也就笑不出来了。"他不怀好意地加了一句,"对了,关于那个足印,你说的是对的。我欠你五先令,我不介意告诉你,这么一来,我大约赔了十三便士。你表现得更胜一筹,你得到了一个美人鱼。"

"尽管我这个人十分谦虚,不过我还是要指出我对字母'B'的看法也是正确的,"坎皮恩说,"甚至连贝弗里奇都亲自解释过了,真想不到陪审团还花了那么长的时间才弄明白这一点。噢,对了,斯坦尼斯劳斯,说起那个令人恼火的老话题,你为什么不在一开始就追查威廉姆的不在场证明呢?我曾经那么明显地暗示过你。"

"因为我非常肯定它是不存在的,"稍稍停顿了一下,督察终于开口说道,"这是一个非常特殊的情况。要不是这样,你也不会这么快地弄清真相。我没有追查威廉姆的不在场证明是因为我笃定他根本就没有不在场证明。"

"你认为是他做的? "坎皮恩讶异地问道。

"我知道是他干的,如果这只是一个普通的案子,那么这些事就会是他做的。没有聪明的疯子提供错误的证据,又或是那些虚实参半的证据,更糟糕的是,你所遇到的每一个案子都是这样,你又该何去何从呢?也许你自己也会去精神病院,然后到此为止。坎皮恩,很抱歉我那时候对你发火,但是你带着那个酒馆老板出现的时候,我觉得自己无法胜任现在的工作。当然,你知道的,"他急切地说道,"即便结案后，虽然氰化物那个案子很有说服力，但我依然不敢完全相信。这起连环案把聪明和疯癫结合得恰到好处——一个精心策划、巧妙设计的阴谋，试图杀死任何一个碰巧出现在附近的老人。但是，随着我们深入的调查，追踪到希利的行动轨迹，发现他曾经是个医学生，在盆栽育秧棚也发现了曲颈瓶和几个平底锅，而且最终也找到了向他出售氰化物的那个药剂师，情况就不同了。"

"我猜是他自己把毒堇汁提取出来的？"坎皮恩问，"只不过熬煮了大量的毒堇而已。我们永远也无法证明这一点，不过，我想这并不难做到。"

"确实不难，"督察说，"死因审理的时候你听到黑斯廷斯老弟说的，他说这并不难。反而这很可能让安德鲁有事可做，在那样的家里无所事事想必是一种十分可怕的生活。"

坎皮恩颔首道："他是那种典型的会挑选毒堇的人。雅典的国家之毒，他们就是用这种毒毒死苏格拉底的，对吧？"

"我不了解苏格拉底的事情，"督察说，"不过，它把苏格拉底庄园搞得一团糟。它是如此简单，这正是让我害怕的地方。氰化物也一样，在英格兰，只要聊聊黄蜂蜂巢然后在本子上签上自己的姓名，任何人都可以获得氰化物。不，关于毒药这方面，希利似乎唯一搞砸的就是小刀上的东西了。黑斯廷斯跟我说他认为那是某种蛇毒，很可能是从黄金海岸带回来的某支毒箭上刮下来的。他无法查到它的确切位置，因为它的用量微乎其微，但他说那里确实有这种毒。"

"谢天谢地他没在装白兰地的瓶子里放一剂他自己提取的堇毒汁，然后把它丢在那里不管不顾。"坎皮恩说，被这个突如其来的想法吓了一跳。

"谋划得还不够巧妙，"督察说，"他这些额外的小花招全都是事后想起来的补救办法——他一点儿也不想浪费那些小聪明。我说，坎皮恩，小心点儿，别失去理智！这是个美丽的夜晚，我们慢慢享受。"

年轻人顺从地放慢车速。"说完这一点，我就放心了，"他说，"可以肯定的是安德鲁去教堂的时候，身上并没有藏着一捆绳子，一把左轮手枪和一个钟锤，对吧？在他准备万全之前，他把它们藏在什么地方了？我知道他是如何摆脱他的表弟的。可以相信威廉姆这种人是不会同意不按预期路线回家，反而要多走上几英里的路，而且我认为安德鲁对于如何挑起事端肯定是个内行，但是他把这些装备究竟放在什么地方了？"

"就放在河边的那个窝棚里，"督察说，"我没有详细说明这一点是因为我觉得我们应该注意到某些东西，尽管这个痕迹已有十日之久了，但我可以私下告诉你，我们从河里捞出一块砖头，它并不是桥上的砖头。我认为这块砖头就是最初打算连接那把左轮手枪的重物，但是晚餐的时候，钟锤自己掉了下来，可以说是它自己引起了他的注意。显然他突然意识到这可以作为砖块的改良品。噢，好啦，现在都解决了，但是这个月是个让人不得安宁的月份。眼下我在斯特普尼有个小案子，是个关于铸币的案子，听起来令人耳目一新。"

坎皮恩没有回应，不久之后，当他们行驶到郊区时，督察再次开口说道："你根本不会想到的，对吧？他们似乎都是挺不错的人。"

然而坎皮恩却陷入沉思。

直到回到自己位于波特大街的公寓，卢格兴奋得如同找回走失的鸡仔的老母鸡一样围在他身边，这时他才想起离开苏格拉底庄园的时候威廉姆塞到他手里的那个包裹。于是他从口袋里把它掏出来慢慢打开。卢格饶有兴致地在一旁看着。

"又一个纪念品？"卢格狐疑地问，"你去那个房子对付那群人的时候，本应该把我也带上的。"

"说到这点你就错了，"他的主人激动地说，"先安静一会儿。"

"生气啦？"大个子男人反驳道。

坎皮恩没有理会他。他已剥去包装纸，露出一个汤布利韦尔斯产的小木头盒子。他爱不释手地把它拿了起来，打开盒盖。一看到盒子里的东西，他禁不住惊呼一声。卢格从他腋下看到后也吃了一惊，沉默不语以示敬意。

一团粉色丝绸底衬上面放着一个心形小画像。这是一件精致且可爱的工艺品,边框上还镶着小红宝石和碎钻。

　　象牙上是一个女孩的肖像画。

　　乌黑油亮的头发从中间分开,细小的卷发垂在面颊两侧。一双漆黑且严肃的大眼睛,小小的鼻子,直挺挺的鼻梁,嘴角噙笑。她非常漂亮。

　　坎皮恩好一会儿才意识到他得到了一幅卡罗琳·法拉第夫人早年的肖像画。

图书在版编目（CIP）数据

法拉第葬礼／（英）玛格丽·阿林厄姆著；薛璇子
译．－－上海：上海文艺出版社，2022
（域外故事会推理小说系列）
ISBN 978-7-5321-8412-5

Ⅰ．①法… Ⅱ．①玛… ②薛… Ⅲ．①推理小说－英
国－现代 Ⅳ．① I561.45

中国版本图书馆 CIP 数据核字（2022）第 139012 号

法拉第葬礼

著　　者：[英] 玛格丽·阿林厄姆
译　　者：薛璇子
责任编辑：胡　捷
装帧设计：周艳梅
责任督印：张　凯

出版：上海文艺出版社
出品：上海故事会文化传媒有限公司
　（201101上海市闵行区号景路159弄A座3楼www.storychina.cn）
发行：上海文艺出版社发行中心
　（上海市闵行区号景路159弄A座2楼206室）
印刷：上海中华印刷有限公司
开本：889毫米x1194毫米　1/32　印张11.625
版次：2022年9月第1版　2022年9月第1次印刷
ISBN：978-7-5321-8412-5/I.6640
定价：35.00元

上海故事会文化传媒有限公司出品（01085）www.storychina.cn

想看更多精彩故事？
扫码下载故事会APP

上海故事会文化传媒有限公司所有图书可办理邮购，免收邮费(挂号除外)
汇款地址：上海市闵行区号景路159弄A座2楼206室（201101）；
收款人：上海故事会文化传媒有限公司出版发行部
联系电话：021-53204159
如发现本书有质量问题，请与印刷厂质量科联系T：021-60829062